W0384774

HEYNE
BÜCHER

BARBARA MICHAELS

ZEIT DER AHNUNG

Roman

Aus dem Englischen von
Hilde Linnert

WILHELM HEYNE VERLAG
MÜNCHEN

HEYNE ALLGEMEINE REIHE
Nr. 01/8307

Titel der Originalausgabe
WITCH

Eine gekürzte Ausgabe erschien bereits unter dem Titel »Das Haus der Hexe« in der Reihe Romantic Thriller mit der Band-Nr. 03/2164.

3. Auflage
2. Auflage dieser Ausgabe

Copyright © 1973 by Barbara Michaels
Published by Arrangement with Author
Copyright © der deutschen Ausgabe 1991
by Wilhelm Heyne Verlag GmbH & Co. KG, München
Printed in Germany 1993
Umschlagillustration: Bildagentur Mauritius/Thonig, Mittenwald
Umschlaggestaltung: Atelier Ingrid Schütz, München
Satz: IBV Satz- und Datentechnik GmbH, Berlin
Druck und Bindung: Elsnerdruck, Berlin

ISBN: 3-453-04905-5

Für Katie und Cal

1. Kapitel

Laut der Beschreibung, die Ellen von der Grundstücksmaklerin erhalten hatte, lag das Haus auf einer Lichtung im Wald. Die in dem stickigen Büro schwitzende Ellen hatte sehnsüchtig an Kühle im Schatten hoher Bäume gedacht. In Virginia ist der April unberechenbar; dieser Tag hätte besser in den Juli gepaßt, und das Kleinstadtbüro war nicht klimatisiert. Eine Stunde später war Ellen über ausgefahrene Wege gerumpelt, auf denen die Äste der Bäume gegen die Wagenfenster schlugen, und neigte dazu, das Wort ›Lichtung‹ für eine maßlose Übertreibung zu halten. Sobald sie von der Autostraße abgebogen war, hatte sie wieder zu schwitzen begonnen. Durch das dichte Unterholz des verwilderten Waldes drang kein Hauch, und die Luft war schwer vor Feuchtigkeit.

Das mußte jedenfalls das Haus sein, obwohl es mehr wie ein Haufen altersschwacher, von Geißblatt und anderen Schlingpflanzen überwucherter Balken aussah. Ein Fenster glänzte unerwartet sauber; vermutlich gab es unter dem Wirrwarr von Kletterrosen auch irgendwo eine Tür. Ellen schaltete die Zündung aus und betrachtete das Gebäude. An die Stelle des Kummers über den zerkratzten Lack und die überbeanspruchten Stoßdämpfer ihres Wagen trat belustigtes Staunen.

Ob Lichtung oder Schneise – es war schön. Blaßweiße Hartriegelsterne schimmerten vor dem grünen Hintergrund der Fichten, und die blütenbedeckten Zweige wilder Kirsch- und Apfelbäume schwankten über dem Wagen. Leuchtend gelbe Narzissen behaupteten sich gegen Unkrautbüschel, und unter den verwilderten Büschen, die das Haus bedrohten, gab es einige Fliedersträucher.

Einer von ihnen sah einem Hügel aus lavendelfarbenen Blüten gleich; der durchdringende Duft überlagerte selbst den Geruch der Auspuffgase.

Seit der Motor verstummt war, lag brütende Stille über dem Haus. Es wirkte irgendwie unheimlich und auf seine Art genauso geheimnisvoll wie ein düsteres mittelalterliches Schloß um Mitternacht. Hier hatte die Zeit ihre Bedeutung verloren. Der Wald hatte sich seit Jahrhunderten nicht verändert, und man bekam das Gefühl, daß ihn die Menschen nicht gänzlich in Besitz genommen hatten. Es war ein Ort aus einem Märchen; aber die Geschöpfe, die hier im Zwielicht lärmende Feste abhielten, waren sicherlich nicht die in Flitter, Musselin und Gaze gekleideten Geister der Kindergeschichten. Sie besaßen Hufe, Federn und Fell, gingen aufrecht, und ihre tierischen Schlitzaugen blickten, ohne zu blinzeln, aus schmalen, menschlichen Gesichtern.

Ellen lehnte sich zurück und entnahm ihrer Handtasche eine Zigarette. Sie genoß die Bilder ihrer Phantasie und hatte es nicht eilig, dem fragwürdigen Bewohner des Hauses gegenüberzutreten. Sie mußte lächeln, als sie sich an die Warnung erinnerte, die ihr Rose Bates, die Grundstücksmaklerin, auf den Weg mitgegeben hatte.

»Ich kann Ihnen das Haus nicht einmal zeigen«, hatte Rose gemurrt. »Ed besteht darauf, daß nur er die Interessenten hinbringen darf. Sie müssen zuerst ihn aufsuchen. Es ist mir gar nicht recht, daß Sie allein hinfahren. Ich würde Sie begleiten, aber der alte Schurke läßt mich bestimmt nicht hinein.«

Ellen hatte Verständnis für den unbekannten Ed. Rose, die vom Beginn ihrer Bekanntschaft an darauf bestanden hatte, daß sie einander mit den Vornamen anredeten, glich einer Karikatur der Angehörigen ihres Berufsstandes: energisch, fröhlich, hartnäckig. Über Rose's beruflichen Eifer konnte sich Ellen jedoch nicht beklagen. Sie hatte auf der Suche nach Ellens Traumhaus das ganze County abgegrast. Ein- oder zweimal hatte Ellen unhöflich und hemmungslos über eine massive Scheußlichkeit aus Backstein gelacht, die ihr Rose stolz als den letzten Schrei an modernem Komfort anpries. Für Rose war ihre Kundin ein Ärgernis und ein Rätsel, und das letzte Angebot war aus Verzweiflung erfolgt.

»Das Haus von Miss Highbarger, das Ed gerade geerbt hat, könnte genau das Richtige für Sie sein. Es ist, weiß Gott, alt genug; einige Teile stammen aus der Zeit der Revolution. Dazu gehören ungefähr vierzig Morgen – es liegt genau am Rand der Blue Ridge, jede Menge Bäume, Gegend und solches Zeug. Ja, für Sie könnte es das Richtige sein. Aber Ed...«

»Was stimmt mit Ed nicht?« fragte Ellen. »Er klingt reichlich exzentrisch; er wird doch nicht –«

»Nein, nein.« Rose war rot geworden. »Ich würde Sie nie in eine solche Situation bringen. Ed haßt Frauen.«

»Das ist nicht unbedingt eine Garantie«, stellte Ellen fest.

Rose sah sie überrascht an. Daran war nicht die Feststellung schuld, der Rose rückhaltslos zustimmte, sondern die Tatsache, daß ihrer Kundin diese zynische Wahrheit vertraut war.

Ellen wußte, daß Rose sie für unpraktisch und weltfremd hielt. Sie war achtunddreißig, sah aber jünger aus; schließlich hatte sie sorgfältig auf ihr Gesicht geachtet und regelmäßig Schönheitssalons besucht – der Luxus der Mittelklasse; ihre blonden Haare glänzten, ihre Haut war weich und glatt, und sie hatte sich ihre schlanke Figur bewahrt. Die ältere, auf dem Land aufgewachsene Frau nahm ihr unbewußt nicht so sehr ihr Aussehen übel, aber ihren großstädtischen Hintergrund, ihren Akzent, ihre Kleidung, ihr Auftreten.

»Es ist keine Garantie«, bestätigte Rose trocken. »Ich

muß nur an Joe Muller in Chew's Corners denken; er versetzt Hunden Fußtritte, erschießt Katzen, schlägt seine Frau und beschimpft seine Kinder. Er hat vierzehn Kinder, und nicht alle mit Mrs. Muller... Aber, wie gesagt, Eds wegen müssen Sie sich keine Sorgen machen. Er ist ein gemeiner alter Schuft, aber ein Gentleman. Sie werden mit ihm zurechtkommen – falls es Ihnen gelingt, ihn zu finden. Er lebt in einer Art Schuppen allein im Wald. Ich mache Ihnen eine Skizze.«

Die Zeichnung hatte gestimmt. Ellen warf noch einmal einen Blick darauf. Ja, sie befand sich vor dem Haus, aber es hatte keinen Sinn, wenn sie im Wagen hocken blieb. Vom Eigentümer gab es bis jetzt kein Lebenszeichen. Obwohl sie sich ein bißchen vor dem exzentrischen Ed fürchtete, hoffte sie, daß er zu Hause war; es wäre höchst ärgerlich gewesen, wenn sie die Fahrt umsonst unternommen hatte. Sie stieg aus, ließ die Zigarette fallen, trat sie mit dem Absatz aus und fuhr zusammen, als eine Stimme dröhnte.

»Bitte haben Sie die Güte, Madame, keine Schadstoffe auf meinen Grund und Boden fallen zu lassen!«

Ellen sah sich ratlos um. Niemand in Sicht. Doch die Rosenbüsche schwankten, also verbarg sich vielleicht ein Mensch hinter ihnen. Sie bückte sich gehorsam und hob den Zigarettenstummel auf, was ihren weißen Handschuhen nicht gerade guttat.

Die Rosen schwankten heftiger und gaben eine menschliche Gestalt frei; einen hochgewachsenen alten Mann mit goldgefaßter Brille und einem unglaublichen Bart. Als er näher kam, bemerkte Ellen, daß die Brille von Klebestreifen zusammengehalten wurde und daß der graue, gelockte Bart dem Mann bis zum Gürtel reichte. Die Hemdsärmel – und vermutlich auch der Rest dieses Kleidungsstücks – waren aus grobem, handgesponnenem blauem Leinen. Die Augen hinter der Brille strahlten leuchtend blau.

»Hat dieses entsetzliche weibliche Wesen in Warrenton Sie veranlaßt, wegen des Hauses meiner verstorbenen Tante hierherzukommen?« fragte eine Stimme aus dem Bart.

»Ja.«

»Dann dürfen Sie hereinkommen.«

Der Mann trat zurück und warf sich dabei einen Vorhang aus grünen Blättern über den Arm, als wäre er einer der drei Musketiere und das Laub sein Mantel. Eine Tür kam zum Vorschein. Ellen ging unter den Rosen durch ins Haus. Der Mann folgte ihr, ohne die Tür zu schließen.

»Ich bin Edward Salling.«

»Ellen March.«

»Mrs. March? Guten Tag.«

Er verbeugte sich formvollendet. Mit der gleichen pedantischen Förmlichkeit bot er Ellen einen Stuhl und eine Tasse Tee an. Sie nahm beides an, obwohl sie sich über die wahren Gefühle ihres Gastgebers keine Illusionen machte. Ed war ein Gentleman und würde sich entsprechend benehmen, auch wenn er daran erstickte, aber er legte keinen Wert auf ihre Gesellschaft. Die Eile, mit der er das Zimmer verließ, um den Tee zuzubereiten, sah verdächtig nach Flucht aus.

Ellen benützte seine Abwesenheit, um sich im Raum umzusehen. Er war einfach und sparsam eingerichtet, aber überraschen sauber. Die Möbel waren ausnahmslos in der Mitte des Zimmers untergebracht, denn der gesamte freie Platz an den Wänden war mit Büchern bedeckt.

Als Ed mit einem Tablett wiederkam, stand Ellen vor einem der Bücherregale. Sie hatte vergessen, wie zurückhaltend ihr Gastgeber war, und drehte sich mit strahlendem Lächeln zu ihm um.

»Sie haben die Henty-Bücher! Ich habe sie seit Jahren nicht mehr gelesen; ich liebe sie heute noch.«

Die kalten blauen Augen wurden etwas weicher, aber so leicht ließ sich Ed nicht herumkriegen. Er stellte das Tablett auf den Tisch und forderte sie mit einer fast königlichen Handbewegung auf einzuschenken.

»Ich lese sie immer noch«, sagte er. »Gottlob bin ich in der Lage, mir ein seltenes Vergnügen leisten zu können: Ich tue nur, was mir Freude macht. Sie werden auch intellektuellere Werke entdecken.«

Ellen konnte nicht anders, sie mußte ein bißchen angeben.

»Wie schön. Mögen Sie Joyce? Ich muß zu meiner Schande gestehen, daß ich *Ulysses* nie kapiert habe. Aber ich liebe seine Gedichte.«

Sie setzte ihren Angriff auf Eds schwache Punkte fort, und einige Male blitzten seine eisblauen Augen tatsächlich amüsiert auf. Schließlich wies er darauf hin, daß es Zeit sei, das Haus seiner Tante zu besichtigen. Sie würden mit seinem Lastwagen hinfahren.

Wie Eds gesamter Besitz war auch sein Lastwagen alt, jedoch makellos instand gehalten. Er war in einem Schuppen hinter dem Haus untergebracht, wurde aber anscheinend nicht oft benützt. Ed wischte sorgfältig den Staub vom Sitz, bevor er Ellen beim Einsteigen half. Als er hineinkletterte, bemerkte sie:

»Ich hätte angenommen, daß Sie einen Wagen mit Vierradantrieb besitzen. Es muß im Winter schwierig sein, von hier fortzukommen.«

»Ich komme im Winter nicht von hier fort«, erwiderte er.

Diese Antwort war zu erwarten gewesen. Ellen sah im Geiste, wie Ed das Feuer im Kamin, Bücher und Dosensuppe genoß, während sich draußen die Schneewehen türmten. Bevor sie dazu kam, seine Bemerkung als Zurechtweisung zu empfinden, fügte er hinzu: »Sie kennen sich offenbar mit Motorfahrzeugen aus, Mrs. March.«

Es war die erste Äußerung, die man als persönliche Bemerkung bezeichnen konnte. Ellen hatte sich über seine Zurückhaltung gewundert; jemand, der ein Grundstück verkauft, hat das Recht, sich nach dem Vorleben des Käufers zu erkundigen. Doch plötzlich merkte sie zu ihrer Bestürzung, daß sie eine vertraute Anwandlung überkam.

Ellens Mitteilungsbedürfnis hatte in der Familie schon oft für Heiterkeit gesorgt, vor allem, wenn ihr wieder einmal ein unfreiwilliger Zuhörer ins Netz gegangen war. Sie sprach vollkommen unbefangen über sich und ihre Familie und erzählte ihrem hilflosen Opfer dabei viel mehr, als dieses jemals wissen wollte. Ellen hatte wegen dieser Anfälle eine schlechtes Gewissen, war jedoch nicht imstande, sich zu beherrschen, auch wenn ein Teil ihres Bewußtseins sarkastische Kommentare zu ihrem blödsinnigen Geplapper abgab. Der kleine Kobold in ihr kicherte spitzbübisch, als Ellen tief Luft holte und begann:

»Mir blieb nichts anderes übrig, als mich mit Autos zu beschäftigen. Meine drei Neffen schleppten die unglaublichsten alten Wracks an – Jeeps, verrostete Lastwagen, Autos ohne Motor und Motoren ohne Auto... Es war für mich angenehm, denn sie reparierten meinen Wagen immer wieder und brachten meiner Tochter sehr viel bei. Sie ist nämlich jünger als die drei und hatte sich angewöhnt, hinter ihnen herzulaufen wie ein junger Hund. Dieser Service wird mir fehlen. Natürlich werden mir auch die Kinder fehlen. Aber man muß sie ziehen lassen, nicht wahr?«

»So lautet jedenfalls das Klischee«, meinte Ed.

Ellen überhörte seine Bemerkung. »Ich hänge zu sehr an ihnen. Die Kinder sind viel unabhängiger; sie wollen nur noch fort. Meine Tochter fährt diesen Sommer nach Europa. Nicht allein, sie ist erst sechzehn. Ich würde nie zulassen, daß sie sich wie so viele arme, kleine Dinger mit einem Rucksack und dem Geld für das Flugticket auf den

Weg macht. Sie fährt mit einer Schülergruppe. Wenn ich ein Haus kaufe, das so weit von Washington entfernt ist, dann wird sie ab nächstem Herbst in der Privatschule untergebracht, die sie bis jetzt als externe Schülerin besucht hat. Sie kann über das Wochenende herunterkommen...«

Sie biß sich schmerzhaft in die Zunge, als der Wagen über eine Furche in der Straße rumpelte. Eds Hände umklammerten das Lenkrad, als hätte er Angst, daß es sich selbständig machen würde. Seine Augen blickten glasig. Der Kobold in Ellen hatte Mitleid mit ihm, denn ihr sinnloses Geplapper mußte für einen Einsiedler, der Frauen haßte, quälend sein. Aber der Anfall war noch nicht vorbei, und Ellen sprach erbarmungslos weiter.

»Zwei meiner Neffen sind bereits am College, und der dritte ist im Herbst soweit. Deshalb hielt ich es für den richtigen Augenblick, mein Leben zu ändern. Die Familie löst sich ohnehin auf. Jack nimmt einen Posten in Übersee an... Er hat mir das Haus angeboten... es steht in Bethesda und ist sehr hübsch, aber es war nie mein Haus, sondern das von Jack und Louise. Meine Schwester. Sie hat es so sehr geliebt, und sie hat mir so sehr gefehlt, daß ich es nicht über mich brachte, etwas an dem Haus zu ändern. Sie war so jung. Wir hätten nie geglaubt, daß ihr Herz nicht in Ordnung war... Es ist beinahe zehn Jahre her, und ich sollte mich inzwischen damit abgefunden haben. Jack ist es nicht gelungen. Aber er war immer wunderbar, so ausgeglichen und zuverlässig... Ich war froh, daß ich ihm und den Jungen helfen konnte. Natürlich war es auch für mich schön. Penny und ich lebten in einer engen, kleinen Wohnung in der Stadt. Ich kam mit den Jungen immer gut zurecht, und sie brauchten jemanden, der im Haus wohnte; Sie wissen ja, wie Jungen sind. Jack hätte eine Haushälterin anstellen müssen, und es ist nicht leicht, eine geeignete zu finden.«

Schon gut, schon gut, sagte der innere Kobold; du mußt Ed Salling nicht davon überzeugen, daß deine Motive rein waren, als du in das Haus deiner Schwester zu ihrem Mann und ihren Söhnen zogst. Du kannst es ja nicht einmal dir selbst einreden. Sprich schon weiter, erzähl ihm von Jack. Wie großartig er ist, wie angesehen. Du kannst es ohnehin nicht erwarten, von ihm zu reden.

»Das Haus«, sagte Ellen laut, viel zu laut, weil sie gegen die innere Stimme kämpfte, und Ed, der gerade hinunterschaltete, um auf die Überlandstraße einzubiegen, blickte sie überrascht an. »Ich habe nie ein eigenes Haus besessen. Zuerst die Wohnung und dann Louises Haus. Jetzt möchte ich mir etwas gönnen. Ich habe nämlich Geld geerbt – von einer Tante...«

Nicht von Louise, stichelte der Kobold. Sorge dafür, daß ihm das klar wird. Nichts, das Louise gehört hat.

»Sie müssen sich also keine Sorgen machen, ob ich es bezahlen kann.« Ellen lachte schwach. Der Anfall klang langsam ab. »Wir haben noch nicht über den Preis gesprochen...«

»Das überlasse ich dem Makler«, erklärte Ed geringschätzig. »Sie müssen mir das alles nicht erzählen, Mrs. March.«

Ellens Stimmung schlug wie immer nach einem solchen Anfall in Trübsinn und Selbstverachtung um.

»Ich weiß«, erwiderte sie verzagt. »Es tut mir leid. Ich fange an und kann nicht mehr aufhören. Es muß für andere schrecklich langweilig sein.«

»Ich würde es eigentlich nicht als langweilig bezeichnen.«

Ellen warf Ed einen Blick zu. Der Bart verbarg seinen Mund, aber seine Stimme klang, als würde er lächeln.

»Wenn man an Ihrer Konversation etwas aussetzen kann, dann keinesfalls, daß sie uninteressant ist«, fuhr Ed fort. »Sie ist vielmehr unzusammenhängend. Und von

Kürze kann auch keine Rede sein. Wenn ich Sie richtig verstanden habe, dann haben Sie Ihrem verwitweten Schwager und seinen drei Söhnen den Haushalt geführt. Sie haben eine Tochter. Ihr Schwager ist bei einer jener unmoralischen Bundesdienststellen beschäftigt, die sich in die Angelegenheiten fremder Nationen einmischen. Jetzt sind Ihre Neffen im Collegealter, Ihr Schwager fährt nach Übersee, um sich weiterhin einzumischen, und Sie haben beschlossen, ein malerisches altes Haus auf dem Land zu kaufen. Hier wollen Sie ihre Seele erforschen... Ich bitte um Entschuldigung, ich werde persönlich und ironisch. Letzteres gestatte ich mir, ersteres nicht. Sagen wir, daß Sie Ihr Leben hier selbst gestalten wollen. Ein wunderbares Vorhaben. Ich bin absolut dafür, daß man sein eigenes Leben lebt. Ich bin absolut dagegen, daß man sich in das Leben anderer einmischt. Doch ich bin im Begriff, eine Ausnahme zu machen. Es überrascht mich, daß ich diesen Wunsch hege... Sind Sie Witwe, Mrs. March?«

»Geschieden«, antwortete Ellen, der unter dem plötzlichen Wortschwall schwindlig wurde. »Vor Jahren.«

»Dann werde ich Ihnen einen Rat geben. Wenn Sie sich hier niederlassen sollten, erwähnen Sie Ihre Scheidung nicht.«

»Ich soll lügen?«

»Lügen ist die bewundernswerteste aller gesellschaftlichen Tugenden. Allerdings empfehle ich es in Ihrem Fall nicht, weil es undurchführbar ist. Man würde es herausfinden. Ich schlage ein wenig Zurückhaltung vor.«

»Und das mit gutem Grund«, lachte Ellen. »Ich rede jedoch nicht immer so viel. Es gibt Situationen, die diese Anfälle auslösen, ohne daß ich den Grund kenne.«

»Ich halte Sie für einen von Natur aus offenen Menschen. Sie können es sich leisten; Sie sehen nicht aus wie eine Frau, die etwas zu verheimlichen hat. Sie müssen aber die altmodische Einstellung in Kleinstädten berücksichtigen. Sehen Sie sich um, Mrs. March. Wir haben Chew's Corners erreicht. Ein wohlklingender Name, nicht wahr? Wenn Sie mein Haus kaufen, wird dieser Ort Ihr Einkaufszentrum sein.«

Ellen sah sich um. Sie war aus der anderen Richtung gekommen, deshalb erblickte sie das Städtchen zum erstenmal. Es war nicht sehr groß. Die alten, behäbigen Häuser waren ein wenig von der Straße zurückgesetzt und von schönen alten Bäumen umgeben. Auf den Gehsteigen waren Kinder mit Dreirädern und Frauen mit Kinderwagen unterwegs. Ed fuhr langsamer, weil er sich an die Geschwindigkeitsbeschränkung hielt, und Ellen fiel auf, daß die Fußgänger, an denen sie vorbeikamen, sie anstarrten. Ed konzentrierte sich scheinbar auf das Fahren, bemerkte aber nach einem Augenblick:

»Die Leute starren nicht Sie an, Mrs. March, sondern mich. Sie bekommen mich nur selten zu Gesicht. Ich bin nämlich der Stadtexzentriker.«

Dazu fielen Ellen mehrere Bemerkungen ein, die sie alle hinunterschluckte. Sie erreichten das Geschäftsviertel – und verließen es wieder. Es bestand aus einer Tankstelle, einigen Fachwerkhäusern, die man zu Geschäften umfunktioniert hatte, und einem größeren Unternehmen – einem echten alten Dorfladen mit einer gedeckten Veranda, die die ganze Vorderseite einnahm. Auf der Veranda stand eine Reihe von Holzstühlen, die alle besetzt waren, und zwar ausnahmslos von Angehörigen des männlichen Geschlechts. Als Eds Lastwagen vorbeifuhr, beugten sich alle gleichzeitig vor und starrten sie hemmungslos an.

»Grapow's General Merchandise«, las Ellen vom Schild über der Veranda ab. »Was für ein faszinierender Ort.«

»Mrs. Grapow ist einer der erfolgreichsten Geschäftsmänner in der Stadt – ich verwende die männliche Form bewußt –, und auch eine Stütze der Kirche. Ich warne Sie vor der Kirche, Mrs. March, und auch vor Mrs. Grapow. Aber Sie werden zweifellos keinen der beiden Ratschläge befolgen.«

»Wir erregen Aufsehen«, meinte Ellen, sobald sie die Männer hinter sich gelassen hatten. »Hoffentlich schade ich Ihrem Ruf nicht, Mr. Salling.«

»Das wäre unmöglich«, meinte Ed gelassen. »Ich habe doch erwähnt, daß ich der Stadtexzentriker bin. Man bezeichnet mich auch als Atheisten. Ich bin ein rationaler Deist, aber man kann von solchen Idioten nicht erwarten, daß sie den Unterschied begreifen. Natürlich habe ich ihren Gott abgelehnt. Er ist ein unangenehmer alter Mann im Nachthemd, und er hat die Gewohnheit, sich ständig einzumischen. Was meine Nachbarn aber wirklich ärgert, ist die Tatsache, daß ich auch ihren Teufel ablehne.«

»Ich verstehe. Aber es fällt einem schwer, hier an einen Teufel zu glauben.«

Sie zeigte auf das letzte Haus am Ende der Stadt – ein weißgetünchter Fachwerkbau mit den strengen Linien und der eigenen Würde der frühen georgianischen Häuser.

»Sie haben offenbar nie in einer Kleinstadt gelebt?«

»Nein, ich bin ausgerechnet in Brooklyn zur Welt gekommen. Aber als ich klein war, habe ich oft meine Großmutter in Indiana besucht. Sie hatte …«

»Nichts mehr.« Ed schüttelte den Kopf. »Ich flehe Sie an, kein Wort mehr. Sie sind eine nette Frau, Mrs. March, soweit man das von einer Frau sagen kann – aber ich will wirklich nicht mehr wissen, als ich bereits weiß.«

»Sie sind ebenfalls nett«, lächelte Ellen. »Ich bin noch nie so schmerzlos zum Schweigen gebracht worden.«

»Ich will Ihnen nicht Ihre Begeisterung rauben, sondern Sie nur vor Naivität warnen. Rousseaus Vorstellung vom edlen Wilden ist längst in Verruf geraten. Die ländliche Einfalt bringt genauso viele Laster hervor wie die städtische Blasiertheit.«

Ellen wurde ein bißchen ungeduldig. Sie mochte diesen bärtigen Anachronismus, aber sie war nicht bereit, seine Voreingenommenheit dem Universum oder Chew's Corners gegenüber hinzunehmen, auch wenn sie zugab, daß der Name schrecklich war. Sie fragte sich flüchtig, was Eds Einstellung seinen Mitmenschen gegenüber nachteilig beeinflußt hatte. Wie so viele Zyniker war er ein enttäuschter Romantiker, das verrieten seine Bücherregale.

»Machen Sie sich keine Sorgen«, sagte sie, »ich weiß über Kleinstädte Bescheid. Wahrscheinlich werden die Leute zunächst zurückhaltend sein, aber ich werde sie herumkriegen. Ich gebe keine wilden Partys, und ich verfüge nicht über zahllose Liebhaber, auch wenn ich geschieden bin. Wenn meine Nachbarn nicht mit mir verkehren wollen, kann ich selbst für meine Unterhaltung sorgen. Ich lese viel und male ein wenig, betreue den Garten, stricke und beobachte Vögel. Ich freue mich darauf, hier Vögel zu beobachten, ich habe so lange in der Vorstadt gewohnt.«

»O ja«, brummte Ed mürrisch, »wir haben Vögel.«

»Es gibt so vielerlei, das ich immer tun wollte, wofür ich aber nie Zeit fand. Ich werde Gitarre spielen lernen, *Krieg und Frieden* noch einmal lesen und mich an Proust versuchen; ich werde Sanskrit lernen, einen Kräutergarten anlegen, Häkeln lernen, Patchwork-Decken anfertigen, einkochen und...«

Ein rostiges, krächzendes Geräusch unterbrach sie mitten im Satz. Sie brauchte einige Sekunden, bis sie das Geräusch als Gelächter identifizierte.

»Ich sage überhaupt nichts mehr«, erklärte Ed.

Sie bogen von der Überlandstraße ab, bei einem Schild mit der Aufschrift ›Privatstraße‹. Sie war asphaltiert, aber sehr schmal, Bäume drängten sich an den Lastwagen.

Dann wurde der Blick nach links frei, und Ellen sah hoch oben auf einem Hügel ein Haus.

»Das ist es doch nicht, oder?« fragte sie unglücklich. Das Haus prunkte an der Vorderseite mit weißen Säulen und war ein prächtiges Beispiel für den Neoklassizismus. Es war viel zu groß und zu großartig für sie.

»Nein, das ist das Haus der McKays. Norman McKay ist Ihr nächster Nachbar. Er hat die Straße asphaltieren lassen. Sie führt nur zu den beiden Häusern, aber Norman hatte genug davon, daß er bei Regen jedesmal steckenblieb. Er hält sie auch im Winter frei, denn er besitzt einen eigenen Traktor.«

»Das wäre ein Vorteil.« Die Straße beschrieb eine Kurve, und Mr. McKays Villa verschwand aus Ellens Gesichtsfeld. »Was für ein Mensch ist Mr. McKay?« fragte sie.

»Er hat in Harvard Betriebswissenschaft studiert und sammelt Antiquitäten, Porzellan und Bücher. Ich wechsle gelegentlich ein paar Worte mit ihm. Er ist der einzige gebildete Mensch in der Gegend.«

»Das klingt, als wäre er der vollkommene Nachbar.«

»Niemand ist vollkommen.«

Ellen lag bereits eine scharfe Antwort auf der Zunge, als Ed plötzlich auf die Bremse stieg. Weil er nicht schnell fuhr und sofort den Arm ausstreckte, wurde Ellen nicht gegen die Windschutzscheibe geschleudert. Während sie sich aufrichtete, erblickte sie kurz eine Gestalt, die in dem dichten Gestrüpp neben der Straße verschwand. Offensichtlich war diese Gestalt für Eds Notbremsung verantwortlich.

Es war ein Junge oder ein junger Mann gewesen, der verwaschene Jeans und ein Hemd trug. Das hellblonde Haar war modisch lang und sah aus, als wäre es mit einer rostigen Heckenschere geschnitten worden. All das war normal, aber er hatte etwas an sich gehabt, das Ellen beunruhigte. Vielleicht die raschen, verstohlenen Bewegungen? Oder das neugierige Zurückschauen und der forschende Blick? Sie erinnerte sich an ihre Fantasievorstellungen vom Wald und den nichtmenschlichen Geschöpfen, die vielleicht durch das Unterholz schlichen.

»Ich bitte um Entschuldigung«, sagte Ed und zog den Arm zurück.

»Entschuldigen Sie sich nicht. Wer war das? Sollte er nicht in der Schule sein?«

»Tim hat sich seit seinem sechzehnten Geburtstag nicht mehr in den Räumen der Western High School blicken lassen. Zur beiderseitigen Erleichterung. Er sollte arbeiten, zieht es aber vor, sich im Wald herumzutreiben.«

»Wie alt ist er?«

»Beinahe achtzehn.« Ed sah sie von der Seite an. »Mir ist aufgefallen, wie Sie auf meine Feststellung reagiert haben, daß Mr. McKay kein ganz vollkommener Nachbar ist. Tim gehört zu seinen Unvollkommenheiten. Er ist Normans Neffe, und wenn ich der Stadtexzentriker bin, dann ist er der Stadtdelinquent.«

Bevor Ellen das Thema verfolgen konnte, hielt Ed an und sprang hinaus. Sie sah sich um. Die asphaltierte Straße endete wenige Meter vor ihr. Ein Weg, der höchstens einem Fahrrad Platz bot, führte in den Wald hinein. Von einem Haus war nichts zu sehen; das einzige Ungewöhnliche waren zwei riesige Fichten, zwischen denen Ed verschwand. Einen Augenblick später war er wieder da, stieg ein, bog scharf nach rechts zu den beiden Bäumen ab und fuhr zwischen ihnen hindurch.

Die Zweige teilten sich; der Abstand zwischen den beiden Räumen war gerade groß genug, um einen Wagen durchzulassen. Dahinter befand sich eine Ziegelmauer mit einem Holztor, das jetzt offenstand. »Diese Bäume müssen gestutzt werden«, stellte Ed fest. Es war die Untertreibung des Jahres. »Falls Sie das Haus kaufen, werde ich es selbstverständlich veranlassen.«

Einen Augenblick später gelangten sie auf eine Lichtung. Ed stellte den Motor ab, stieg aus und öffnete die Tür auf Ellens Seite, doch sie blieb sitzen und sah sich mit großen Augen um.

Das Haus war schön, aber das war nicht wichtig. Es war *ihr* Haus. Es streckte unsichtbare Arme nach ihr aus und zog sie an sich.

Laut Rose war das Haus im achtzehnten Jahrhundert erbaut worden, aber Ellen war sicher, daß es vor dem Unabhängigkeitskrieg, vielleicht um siebzehnhundertzwanzig, entstanden war. Ursprünglich war es das übliche Gebäude mit zwei Räumen gewesen, das an jedem Ende einen Schornstein besaß. Oder vielleicht – ja, das steile Dach war bestimmt genausoalt wie das Haus. Also ein Vier-Zimmer-Haus, mit zwei Schlafzimmern im Obergeschoß. Einige frühe Grenzlandhäuser hatten sich diesen Lxus geleistet. Die Backsteine waren jetzt verwittert und von Schlingpflanzen überwuchert, so daß das Gebäude mit der Landschaft verschmolz. Spätere Besitzer hatten einen Fachwerk-Küchenflügel und an der Hinterseite im rechten Winkel zum Gebäude einen Flügel mit zwei Räumen hinzugefügt. Ellen bezweifelte, daß man jemals einen Architekten zu Rat gezogen hatte; kein Fachmann hätte die Veranda mit Fliegengittern gebilligt, die die schlichte Würde der Backsteinfassade störte. Doch das Haus war von dem instinktiven Gefühl für Linien und Gliederungen geprägt, das man bei vielen frühen Gebäuden findet.

Sein Reiz lag zum Teil auch in seiner Umgebung. Die Lichtung umfaßte etwas mehr als einen Morgen Land. Sanfte, baumbestandene Hügel umschlossen den freien Raum, um den Bäume eine Art lebende Mauer bildeten. Unter ihnen befanden sich Eichen und Ahornbäume, die im Herbst prächtig aussehen würden – wie große, mit

Farbklecksen bedeckte impressionistische Bilder. Es gab auch zahlreiche immergrüne Bäume, die im Winter als schützendes Bollwerk fungierten. Eine große Eiche, die die Schornsteine überragte, war bestimmt genausoalt wie das Haus. Ihr Stamm leuchtete smaragdgrün. Ich muß die Schlingpflanze entfernen, obwohl sie hübsch ist, dachte Ellen; sie kann den Baum umbringen. Hinter dem Haus wiesen weiße Gebilde, die wie unzeitgemäße Schneewehen aussahen, darauf hin, daß sich dort ein alter Obstgarten mit Apfelbäumen befand.

Ellen war überwältigt, denn sie entdeckte immerzu weitere Einzelheiten. Der Baum links von ihr war bestimmt ein Walnußbaum. Die Veranda war von Kletterrosen überwuchert, und neben der Küchentür standen Fliederbüsche. Ein mit Steinplatten belegter Pfad führte durch das hohe Gras zu der Veranda. Wie herrlich mußte es sein, an einem Sommerabend dort zu sitzen, wenn der Rosenduft die Luft erfüllte ... Der Wald war voller weißblühender Hartriegelsträucher. Neben dem Weg stand ein rosa Strauch.

»Ich möchte es«, sagte Ellen. »Kann ich es haben?«

»Erst nachdem Sie das Innere gesehen haben.«

Falls Ed gehofft hatte, daß das Innere des Hauses Ellen abschrecken würde, hatte er sich geirrt. Es war Liebe auf den ersten Blick; sie erkannte trotz der jahrelangen Vernachlässigung, wie kraftvoll und anmutig die Linien des Gebäudes waren. Die Küche war ein Alptraum; die Einrichtung stammte ausnahmslos aus der Zeit vor 1930, und die abblätternde grüne Farbe der Schränke war scheußlich. Das Linoleum war gesprungen und wellte sich. Ellen sah den Raum mit Kiefernschränken und einem kühlen, gelben Anstrich vor sich. Ein offener Kamin war ebenfalls vorhanden; die Ziegelwand, an der er stand, hatte im ersten Haus die Außenmauer gebildet. Die Küche war jedenfalls so geräumig, daß ein großer Tisch und Bänke mühelos in ihr Platz hatten.

Der von Ellens Reaktion sichtlich angewiderte Ed schleppte sie weiter. Die enge Treppe störte sie nicht, auch dann nicht, als Ed sie darauf aufmerksam machte, daß jeder über einssiebzig große Besucher sich bücken mußte, wenn er unter dem Treppenbogen durchging. Im oberen Korridor blieb sie jedoch wie angewurzelt stehen, weil sie von einem unbeschreiblichen Gefühl erfaßt wurde.

Verlangen – jubelndes, glühendes, triumphierendes Verlangen. Es war nicht sexuell, nicht einmal körperlich, sondern das Gefühl, aus dem körperliches Verlangen entsteht. Es war, als hätte sich aus dem Chaos etwas gelöst und sie mit unbändiger Freude empfangen. Es bemächtigte sich ihres Geistes so heftig, daß ihr schwindlig wurde, so leidenschaftlich, daß es beinahe schmerzhaft war.

Das Gefühl kam und verging sofort wieder. Ellen hatte den Atem angehalten; jetzt atmete sie aus und sah sich verwirrt um.

Der obere Korridor war eigentlich nur ein Treppenabsatz, der sein Licht durch ein einziges kleines Fenster erhielt. Der ausgetretene Fichtenfußboden fiel gefährlich schräg zur Treppe ab. Zu beiden Seiten des Fensters hatten Vorratsschränke Platz. Es war ein freundlicher kleiner Raum, doch es gab hier nichts, das ihren unheimlichen Begeisterungstaumel erklären konnte.

Ellen blickte verstohlen zu Ed hinüber, und ihr Sinn für Humor vertrieb die letzten Reste des Anfalls. Er flößte sicherlich die unterschiedlichsten Gefühle ein, aber auf keinen Fall wahnsinnige Leidenschaft.

Als Ed die Türen zu beiden Seiten des Treppenabsatzes aufstieß, vergaß Ellen ihre kurze Verwirrung. Die Schlafzimmer waren gleich groß, etwa drei mal vier Meter. Die schrägen Gesimse und die Dachfenster trösteten über die Einrichtung hinweg – Ellen bezeichnete diesen Stil als frühen Woolworth.

»Loch im Dach.« Ed zeigte mürrisch auf einen Fleck in der häßlichen Tapete.

»Das kann instand gesetzt werden.«

»Nur zwei Schlafzimmer.«

»Im Anbau unten gibt es zwei zusätzliche Zimmer. Sie können als Gästezimmer verwendet werden oder zu einem einzigen großen Arbeitszimmer vereinigt werden, das man notfalls auch als Gästezimmer benutzen kann.«

»Sie haben das Badezimmer noch nicht gesehen.«

Der so bezeichnete Raum hätte einen weniger entschlossenen Käufer vielleicht in die Flucht gejagt. Die Badewanne war nicht alt genug, um als Kuriosität zu gelten, sondern einfach alt, und der größte Teil des Emails war abgeschlagen. Die Innenseite der Armaturen war infolge des mineralhaltigen Wassers rostbraun.

»Mit grünen Fliesen und einer nilgrünen Badewanne wird es entzückend aussehen«, sagte Ellen träumerisch.

Ed vergaß in seiner Verwirrung, sich unter dem Treppenbogen zu bücken, und rannte mit dem Kopf dagegen. Das machte ihn so wütend, daß er den Rest des Abstiegs schweigend zurücklegte.

Während er die Vordertür versperrte, begutachtete Ellen die Veranda. Hier warteten weitere Unkosten: Die Fliegengitter mußten erneuert werden, und das Holzwerk war zum Teil vermodert. Die Veranda war zwar ein ästhetischer Horror, aber Ellen wollte sie behalten. In Virginia gibt es die unterschiedlichsten fleischfressenden Insektenarten.

Der Garten bot zu dieser Jahreszeit natürlich den schönsten Anblick. Einer der früheren Besitzer war Gärtner gewesen und hatte viele blühende Pflanzen gesetzt. Ellens fachkundiges Auge identifizierte die grünen Speere der Gladiolen, die gerade erst sprießenden Chrysanthemen und die gefiederten, smaragdgrünen Embryos von Rittersporn und Fingerhut. Den ganzen Sommer über würde eine der vielen Pflanzenarten in Blüte stehen – Rhododendron, Gebirgslorbeer und die verschiedenen Rosensorten. Ellens Finger konnten es kaum erwarten, sich an die Arbeit zu machen. Der Garten war herrlich, aber vernachlässigt; alle Sträucher mußten gestutzt, Knollen ausgegraben und sortiert werden...

Sie wandte sich Ed mit so leuchtenden Augen zu, daß er unwillkürlich lächeln mußte.

»Sie sind eine sehr schlechte Geschäftsfrau, Mrs. March. Wenn ich ein guter Geschäftsmann wäre, würde Ihr Gesichtsausdruck den Preis um etliche tausend Dollar in die Höhe treiben.«

»Aber Sie sind keiner«, stellte Ellen fest. »Ich kaufe es.«

»Ich schlage vor, daß Sie es sich einige Tage überlegen.«

»Aber ich...«

»Ich lasse Ihnen das Vorkaufsrecht. Wahrscheinlich ist das nicht der richtige Ausdruck, doch das ist unwichtig. Wir brauchen keine Anzahlung, oder was immer das Gesetz verlangt. Sie haben mein Wort.«

Er marschierte den Weg hinunter, und Ellen folgte ihm. Sie mußte laufen, um ihn einzuholen. Beim Lastwagen packte sie ihn am Arm, und als er stehenblieb, drehte sie sich um und betrachtete noch einmal das Haus. Ihr Haus.

»Ich versuche, Ihnen zu erklären, Mr. Salling, daß ich es mir nicht überlegen muß. Ich bin meiner Sache vollkommen sicher. Sie können nicht wissen, wie viele Häuser ich mir angesehen habe. Eines war scheußlicher als das andere. Ich fahre direkt nach Warrenton und...«

»Sie werden nichts dergleichen tun; ich bestehe darauf, daß Sie es sich zuerst überlegen. Sprechen Sie mit Ihrer Familie darüber.«

Chauvinist, dachte Ellen.

Sie sagte nichts, aber offenbar gehörte Telepathie zu Eds geheimen Fähigkeiten.

»Ich sage das nicht, weil Sie eine Frau sind, sondern weil Sie so sind, wie Sie sind.«

»Ich bin vielleicht impulsiv, aber nicht unzurechnungsfähig«, erwiderte Ellen hochnäsig. »Wenn ich einen Fehler begehe, dann zahle ich dafür, ohne zu jammern. Sie können sicher sein...«

Sie unterbrach sich.

»Was ist los?« Ed drehte sich um und folgte ihrem Blick.

»Wahrscheinlich ein Tier – es verschwand gerade zwischen den Bäumen.«

»Es gibt hier Eichhörnchen und andere kleine Tiere.«

»Ich habe noch nie ein Albino-Eichhörnchen gesehen.«

Ed bekam große Augen.

»Sie haben ein weißes Tier gesehen?«

»Vielleicht eine Katze.« Ellen beobachtete mit zunehmender Besorgnis, wie die sichtbaren Teile von Eds bärtigem Gesicht zuckten.

»Ich wollte es Ihnen eigentlich nicht erzählen«, sagte er schließlich mit einem schweren Seufzer. »Schon der Gedanke an eine solche Möglichkeit widert mich an. Aber im Hinblick auf Ihre unerklärliche plötzliche Zuneigung... Bevor Sie sich entschließen, Mrs. March, müssen Sie etwas über dieses Haus erfahren.«

2. Kapitel

»Dein Haus hat ein *was?*«

Ellens Schwager legte das Buttermesser weg und starrte sie an.

Ellen schenkte ihm Kaffee nach und schob den Gedanken von sich, daß es nur noch zwei Monate waren. Wieso hatte sie, obwohl sie schon so lang bei ihm lebte, die unausweichliche Wahrheit nicht schon früher erkannt? Er sah nicht einmal gut aus. Er war groß, und seine drei unternehmungslustigen Söhne hatten dafür gesorgt, daß er schlank und in Form blieb; aber sein Haaransatz war weit hinaufgerutscht, und das nachsichtigste Eigenschaftswort, das Freunde für sein Gesicht fanden, war »angenehm«. Er sah wie ein ehemaliger Football-Spieler aus, aber die gebrochene Nase hatte er sich nicht auf einem Spielfeld geholt, und die Augen hinter der Hornbrille waren immer kurzsichtig gewesen. Er sah schlecht, seine Ohren waren zu groß, seine Haare zu schütter, und sie liebte ihn. Sie hatte ihn immer geliebt, hatte sich diese Tatsache aber erst eingestanden, als ihr klar wurde, daß sie ihn verlieren würde. Wie konnte sie eine Zukunft ertragen, in der sie sein Gesicht nicht mehr jeden Morgen am Frühstückstisch sehen würde?

Sie würde es eben ertragen müssen. Jack liebte sie ebenfalls – als Schwester und hilfsbereite Ersatzmutter. Er war feinfühlend und herzlich, und wenn sie weiterhin Freunde bleiben sollten, durfte er nie erfahren, was sie für ihn empfand.

Ellen kam entschlossen auf das Thema zurück, das sie angeschnitten hatte.

»Ein Gespenst«, sagte sie. »Mein Haus besitzt ein Gespenst. Ist das nicht wunderbar? Er stellt es nicht einmal zusätzlich in Rechnung.«

Schritte dröhnten durch den Korridor – ein Junge war im Anmarsch. Es war beinahe eine Enttäuschung, daß auf den Krach hin nur ein einziges, wenn auch großes männliches Wesen folgte; man war auf eine Herde wilder Mustangs oder gar Büffel gefaßt. Phil sah seinem Vater ähnlich, besaß jedoch mehr Haare – viel mehr Haare. Hinten waren sie schulter- und vorn nasenlang. Da Phil sich weigerte, Stirnbänder oder gar Haarspangen zu tragen, engten die Stirnlocken sein Gesichtsfeld gefährlich ein. Er hatte die aufreizende Gewohnheit, den Kopf zurückzuwerfen, um die Haare aus den Augen zu bekommen, aber wenn ihn ein Thema interessierte, ließ er sie einfach hängen.

Phil saß die letzten Wochen in der Oberschule ab. Er hatte seinem Vater erklärt, daß es wirklich keinen Sinn hatte, wenn er weiterhin zur Schule ging, denn die Aufnahme ins College war ihm sicher. Er ging dennoch zur Schule.

Phil warf sich in einen Stuhl und ergriff eine Handvoll Brot. »Er stellt was nicht in Rechnung?« fragte er mit vollem Mund.

»Mein Gespenst!«

»Dein *was?*« frage eine neue Stimme.

Ellen warf ihrer Tochter, die gerade hereingekommen war, einen Blick zu. Penny dröhnte nicht, sondern schwebte. Sie war ein zierliches Geschöpf mit langem, schwarzem Haar, das lose um das spitz zulaufende Gesicht hing, aber ihre Aufmachung hätte zu einem arbeitslosen Landarbeiter gepaßt: geflickte, verschossene Jeans und ein knappes T-Shirt. Das T-Shirt saß wie eine zweite Haut, und Ellen blieb mit einer Platte voll Speck und Eiern in der Hand auf halbem Weg zwischen Herd und Tisch stehen.

»Penny! Du gehst sofort wieder hinauf und ziehst einen BH an. Oder eine undurchsichtige Bluse.«

»Büstenhalter sind out.« Phil war mit dem Brot fertig und griff nach einem Krapfen. »Penny hat die ihren verbrannt, nicht wahr, Küken?«

Penny schlug nach ihm, aber er duckte sich, ohne deshalb die Nahrungszufuhr zu unterbrechen.

»Niemand trägt mehr Büstenhalter, Mutter. Sie sind Symbole der sexuellen Unterdrückung. Ein *was*, hast du gesagt?«

»Hast du gesagt, ein Gespenst?« wiederholte Phil, spießte ein Spiegelei mit der Gabel auf und beförderte es auf seinen Teller.

Ellen bemerkte den amüsierten Blick ihres Schwagers.

»Ihr treibt mich zum Wahnsinn«, erklärte sie.

»Aber du liebst uns.« Phil langte nach einem weiteren Ei.

»Wenn du nicht die Vorlegegabel benützt, Phil, verprügle ich dich«, bemerkte sein Vater. »Und versuche, das Ei in mehr als zwei Stücke zu teilen. Und du, Penny, widersprich deiner Mutter nicht, sonst verprügle ich dich ebenfalls. Außerdem haltet ihr beide den Mund. Ich werde nie begreifen, wieso ihr so ungehobelt seid; schließlich seid ihr bei zwei wohlerzogenen Verwandten aufgewachsen.«

»Wahrscheinlich habt ihr uns falsch erzogen«, meinte Phil nachdenklich.

»Nein, wir haben euch richtig erzogen. Wenn ihr vom richtigen Weg abgekommen seid, dann deshalb, weil ihr von Natur aus böse seid. Sucht euch selbst einen Psychiater. Und jetzt erzähl von deinem Gespenst, Ellen.«

Ellen sah sich lächelnd im Kreis um, und drei Gesichter erwiderten ihr Lächeln. Ich weiß nicht, ob ich es durchstehen kann, dachte sie.

»Kein gewöhnliches Gespenst«, stellte sie fröhlich richtig. »Der Geist einer Hexe.«

»He«, bemerkte Phil anerkennend. »Spitze.«

»Wau«, sagte Jack an Pennys Stelle, weil sie den Mund voll hatte. »Erzähl weiter, Ellen, kümmere dich nicht um die pöbelhaften Kommentare.«

»Ihr Mann hat das Haus gebaut«, begann Ellen und verfiel dabei unbewußt in den Ton, in dem sie den Kindern Märchen erzählt hatte. »Er war Farmer, ein Deutscher, so wie viele der ersten Siedler in West-Virginia. Er kam aus den relativ zivilisierten Gemeinden Pennsylvanias in den Süden, in eine ungeheure Wildnis, an das äußerste Ende der bekannten Welt. Hier gab es feindliche Indianer, Bären, Wildkatzen und so dichte Wälder, daß das Sonnenlicht nie den Boden erreichte.

Sobald die Wildnis gerodet war, ergab sie gutes Ackerland. Getreide und Vieh gediehen. Karl Baumgartner mußte nur eine Million Bäume fällen, die Stümpfe ausgraben, den Boden pflügen, säen und ernten. Keiner von euch verweichlichten, modernen Typen hätte es länger als eine Woche durchgestanden.«

Sie sah Phil streng an.

»Bin ich froh, daß ich nicht damals gelebt habe«, murmelte er.

»Es gab bereits einige kleine Häuser, die sich an der Kreuzung zweier Wege zusammendrängten«, fuhr Ellen fort. »Damals halfen die Menschen einander; ihnen blieb nichts anderes übrig, denn sie waren so wenige. Die Siedler halfen Karl, ein kleines Holzhaus zu bauen, aber er wollte höher hinaus. Er arbeitete wie ein Verrückter und übertraf sogar seine fleißigen Nachbarn. Bereits nach einigen Jahren erzielte er eine ansehnliche Weizenernte und besaß zwei Wagen, mit denen er das Getreide in die Tidewater-Städte brachte. Nach zehn Jahren begann er, ein richtiges Haus zu bauen.

Seine Nachbarn waren überrascht und ein bißchen verärgert, als er die Siedlung verließ und sein Haus in eineinhalb Kilometern Entfernung mitten im Wald errichtete. Zwei oder drei wohlhabende Siedler hatten ihre Häuser vergrößert, aber das genügte Karl nicht; sein Haus war aus Backsteinen erbaut, die er aus England kommen ließ. Wenn seine Wagen mit dem Getreide auf den Markt fuhren, kamen sie nicht leer zurück, sondern mit Ziegeln. Und schließlich brachten sie noch etwas mit – Karls Braut.

Angeblich war sie eine Zigeunerin, eine Spanierin oder Ägypterin. Jedenfalls war sie etwas Exotisches, etwas, das sich von den kräftigen deutschen und schottisch-irischen Mädchen in diesem Gebiet unterschied. Sie war schlank und dunkel, hatte olivfarbene Haut, große, blitzende schwarze Augen...«

»Das erfindest du«, unterbrach sie Penny.

Ellen grinste.

»Ich habe nie ein Bild von ihr gesehen... Es wird eine Wohltat sein, wenn ich eine neue Zuhörerschaft bekomme, die nicht jedes meiner Worte auf die Goldwaage legt.«

»Sie werden dich nicht so gut kennen wie wir«, bemerkte Phil.

»Dieser Teil der Geschichte ist vermutlich reine Erfindung«, gab Ellen zu. »Ich meine die Sache mit dem Zigeunerblut. Sie konnte schon deshalb nicht so exotisch sein, weil sie einen guten, alten, englischen Namen trug – Mary.«

Penny stöhnte.

»Mary Baumgartner – ein schrecklicher Name für eine Hexe. Sie war doch die Hexe, oder?«

»Versuch einmal, fünf Minuten lang still zu sein«, schlug ihr Onkel vor.

»Mary war die Hexe«, bestätigte Ellen. »Sie war anders und deshalb von Anfang an unbeliebt. Sie buk kein Brot, schlachtete keine Hühner und half nicht beim Pflügen, wie die stämmigen Frauen der Pioniere. Für diese Arbeiten stellte Karl ein Mädchen ein, und Mary saß in ihrem Salon, den Karl mit den schönsten Möbeln ausgestattet hatte, die es in Georgetown zu kaufen gab. Außerdem sang sie seltsame, kurze Lieder in einer Sprache, die niemand verstand.«

»Klingt langweilig.« Penny konnte nicht den Mund halten. »War das alles, was sie getan hat?«

»Offenbar nicht«, lachte Phil. »Karl ist ja abends heimgekommen.«

»Das stimmt.« Ellen war die schüchternen Versuche der Jugend, etwas Gewagtes zu sagen, gewohnt. »Er war verrückt nach ihr und krankhaft eifersüchtig. Angeblich nähte sie wunderbar, aber nicht einmal dieses Talent beeindruckte ihre Nachbarn, weil sie keine Hemden für ihren Mann nähte und auch nicht seine Socken stopfte. Sie stickte.«

»Vielleicht war sie doch eine Spanierin«, warf Penny ein. »Oder eine Französin. Sie war in einem Kloster erzogen worden, in dem die Mädchen sticken lernten, um Altartücher und solches Zeug anzufertigen.«

»Richtig.« Phil kniff die Augen zusammen und sah sie durch seine langen Haare hinduch an. »Die Lieder in einer komischen Sprache – die armen Hinterwäldler haben Französisch oder Spanisch bestimmt nicht erkennen können. Und falls sie römisch-katholisch war, hat sie sicherlich nicht gewagt, es zuzugeben. Die Diskriminierung der Katholiken zu jener Zeit in Virginia...«

»Wir kennen deinen Essay über religiöse Intoleranz, den du im Geschichtsunterricht geschrieben hast«, sagte sein Vater nachdrücklich. »Es war die einzige echte Arbeit, die du in vier Jahren geleistet hast. Erzähl weiter, Ellen.«

»Daran habe ich nicht gedacht, aber wahrscheinlich haben die beiden recht«, gab Ellen zu. »Sie ist nämlich nicht zur Kirche gegangen.«

»Wieso hat man ihr das durchgehen lassen?« fragte Phil. »Wenn die Leute nicht wenigstens einmal wöchentlich zur Kirche gingen, wurden sie mit einer Geldstrafe belegt und in den Stock gesteckt.«

Er bemerkte den Blick seines Vaters und verstummte.

»Es war Grenzgebiet, keine ordentliche Küstenstadt«, erklärte Ellen. »Und zu dieser Zeit war Karl bereits ein vermögender Mann. Das hinderte die Stadtbewohner natürlich nicht daran zu tratschen. Geschichten kamen in Umlauf. Angeblich ging Mary nachts in den Wald. Angeblich betete sie Götzenbilder an. Angeblich hatte sie ihren Mann verhext, der bis auf seine blinde Liebe zu seiner Frau ein schwer arbeitender, gottesfürchtiger Mensch war. Angeblich hielt sie sich sogar ein Haustier.«

»Eine Katze?« fragte Penny eifrig. »Eine schwarze Katze?«

»Nein, eine weiße Katze«, antwortete ihre Mutter. »Karl brachte sie von einer seiner Fahrten nach Georgetown mit. Der Himmel weiß, wie sie in die wilden Gefilde von Amerika gelangt ist, denn die Beschreibungen weisen auf eine Perser- oder Siamkatze hin. Mary liebte sie heiß.«

»Alle vernünftigen Menschen lieben Katzen«, stellte Penny fest. »Seht euch nur an, wie wir Ishtar verwöhnen.«

Ellen wurde bewußt, daß sich alle krampfhaft bemühten, nicht in eine bestimmte Ecke der Küche zu blicken. Sie drehte sich um. Auf der Arbeitsplatte saß verbotenerweise eine elegante Siamkatze und fraß gemächlich die Speckstreifen, die Ellen zum Abtropfen hingelegt hatte.

»Ishtar!« brüllte Ellen und sprang auf.

Die Katze warf ihr einen verächtlichen Blick zu, schnappte sich das letzte Stück Speck und verließ die Arbeitsplatte. Ishtar konnte sich geräuschlos wie eine Wolke bewegen und sprang so mühelos, daß es aussah, als schwebe sie. Wenn sie schlecht aufgelegt war, trampelte sie allerdings. Ellen hatte nie begriffen, daß eine so zierliche Vier-Kilo-Katze stampfen konnte wie ein Elefant; Ishtar konnte es jedenfalls und bewies es oft genug.

»Kehren wir zu Marys Katze zurück«, schlug Jack vor. »Glaubst du, daß sie wirklich so geheißen hat?«

»Maria«, meinte Penny.

»Vielleicht.«

»Mir gefällt dieser Name für sie besser«, sagte Penny.

»Dann behalte es für dich«, erklärte Jack. »Erzähl weiter, Ellen. Marias Katze...«

Ellen senkte den Blick. Jack kannte sie zu gut; er spürte, daß sie etwas bedrückte. Aber sie hatte nicht vor, ihnen von dem weißen Etwas zu erzählen, das sie flüchtig in der Lichtung erblickt hatte, in der Mary einmal zu Hause gewesen war. Jack bezweifelte ohnehin, daß es richtig von ihr war, in eine so einsame Gegend zu ziehen.

»Das ist alles, was ich über Marias Katze weiß«, fuhr sie fort. »Selbst wenn Maria sich ein fettes rosa Schwein als Haustier gehalten hätte, wäre bestimmt jemandem auch daran etwas Unheimliches aufgefallen. Die Leute sprachen zwar über sie, aber es ereignete sich nichts Besonderes, bis ihr Mann plötzlich starb und sie eine reiche Witwe war.

Es hieß, daß sie ihn ermordet hätte. Die Idylle war nicht von Dauer gewesen. Der eifersüchtige Karl hatte ihr einige Male vorgeworfen, sie hätte ihn betrogen. Ich glaube nicht, daß sie es getan hat. Die meisten Leute im Dorf mieden sie, und die wenigen Männer, die ihr schlechter Ruf nicht abschreckte, hatten zu Recht Angst vor ihrem Mann. Deshalb glaube ich, daß Maria im körperlichen Sinn treu war. Aber es gab Streit – laute, heftige Auseinandersetzungen, bei denen die Dame genauso wütend brüllte wie der Herr. Das Dienstmädchen belauschte sie, und was es im Dorf erzählte, trug nicht zu Marias Ruf bei.

Doch die Dorfbewohner konnten mit ihrem Verdacht

nicht viel anfangen. In diesem abgelegenen Ort gab es keinen Arzt, und selbst wenn es einen gegeben hätte, wäre sein Wissensstand äußerst dürftig gewesen. Karl besaß keine Verwandten, die sein einfaches Testament angefochten hätten – alles geht an meine Frau Mary –, und es gab keinen Graphologen, der die Echtheit der Unterschrift prüfen konnte.

Statt die Farm zu verkaufen oder sich sofort wieder zu verheiraten, wie man es von einer anständigen Frau erwartete, kümmerte sich Mary selbst um ihren Besitz. Sie verließ ihren hübschen Salon, fuhr die Wagen und ging wie ein Mann über die Felder. Sie war der härteste Dienstherr im ganzen County und trieb unbarmherzig den Pachtzins und Geldbeträge ein, die man ihr schuldete. Sie ließ sich nie erweichen, nicht einmal, wenn blondgelockte Kinder sie anflehten, ihrem Daddy noch ein wenig Zeit zu lassen. Sie haßte Kinder. Sie hatte einen einzigen schwachen Punkt, und das waren Tiere. Sie betrieb eine Einrichtung, die man am ehesten als erstes inoffizielles Tierheim in Virginia bezeichnen kann. Jedes kranke, ausgesetzte oder verletzte Tier fand bei ihr Zuflucht. Sie behandelte sie mit Kräutern und Pflanzen, die sie im Wald sammelte. Und die Tiere vergalten es ihr. Obwohl sie verhaßt war, befand sie sich in Sicherheit, solange sie Wölfe, Füchse und eine lahme Wildkatze bei sich beherbergte, die sie gesundgepflegt hatte.«

»Mutter!« protestierte Penny.

»So lautet die Geschichte«, erklärte Ellen sanft. »Natürlich bestärkte Marias Geschicklichkeit im Umgang mit Tieren ihre Nachbarn in dem Glauben, daß sie mit dem Teufel im Bund stand. Auch ihr wachsender Reichtum trug zu ihrem Ruf bei. Alles, was sie anfaßte, verwandelte sich in Gold, während ihre Feinde unglaubliches Pech hatten. Ihre Kühe gaben keine Milch, ihre Kinder wurden krank, ihre Häuser brannten ab.«

»Wo nahm sie Landarbeiter her?« fragte Phil. »Wir haben gelernt, daß es damals im westlichen Teil des Staates nur wenige Sklaven gab, also war sie auf bezahlte Arbeitskräfte angewiesen. Aber wenn sie so verhaßt war...«

»Das Wort, auf das es ankommt, ist ›Angst‹«, sagte sein Vater. »Ihr Kinder habt verdammtes Glück. Ihr habt nie Armut kennengelernt, ihr wißt nicht, wie sehr Tyrannei einschüchtern und versklaven kann. Infolge ihres Reichtums besaß sie Macht, und ihre angeblichen übernatürlichen Fähigkeiten waren eine zusätzliche wirkungsvolle Waffe. Pioniere lebten von der Hand in den Mund. Wenn deine Kinder hungrig sind, arbeitest du für den Teufel persönlich – und leckst ihm die Stiefel, wenn er droht, dich zu entlassen.«

Er warf Ellen einen Blick zu.

»Entschuldige, meine Liebe, ich wollte deine Gespenstergeschichte nicht in einen Vortrag verwandeln.«

»Ich mag Maria immer weniger«, erklärte Penny. »Wenn sie so war...«

»Daraus kannst du ihr keinen Vorwurf machen«, unterbrach sie Jack. »Was konnte sie als Frau und Fremde sonst tun? Sie mußte kämpfen oder untergehen.«

»Durch deine Erklärungen wird sie zu real«, protestierte Ellen.

»War sie denn nicht real?«

»O doch. Ihr Name findet sich in Grundbuch- und Steueraufzeichnungen aus dem Anfang des achtzehnten Jahrhunderts. Alles übrige sind nur lokale Legenden.«

»Prima Legenden«, stellte Penny anerkennend fest. »Komm schon, Mammi, erzähl weiter. Unsere Fahrgemeinschaft muß jeden Augenblick hier sein.«

Ellen versuchte, wieder in Erzählstimmung zu kommen. Sie hatte es ernst gemeint, als sie Jack vorwarf, daß die Gestalt durch seine Bemerkungen zu real wurde. Es war leichter, humorvoll von einer Legende zu erzählen als von einem menschlichen Wesen mit menschlichen Schwächen und Sorgen.

»Eines Tages war es soweit«, fuhr sie langsam fort, »daß Marias Tierkrankenhaus beinahe leer war. Sie hatte ihre Patienten zu gut gepflegt, und die Tiere waren in den Wald zurückgekehrt. Eines Morgens erschien sie nicht auf den Feldern, obwohl sie ihre Arbeiter sonst immer beaufsichtigte. Niemand beschwerte sich deswegen; alle waren glücklich, weil sie ihre Ruhe hatten.

Beinahe eine Woche verging, bis einige um das Gemeinwohl besorgte Wichtigtuer beschlossen nachzusehen. Maria besaß kein Hauspersonal; beim Tod ihres Mannes hatte sie die Dienerschaft entlassen und lebte seither angeblich in unbeschreiblichem Schmutz. Als sich das Komitee dem Haus näherte, blieb es bei dem Anblick, der sich ihm bot, entsetzt stehen.

Das Gebäude war von Tieren umgeben. Wölfe, Füchse, Stinktiere, Ratten, sogar Schlangen saßen und lagen um das stille Haus herum. Auf der Vordertreppe saß die weiße Katze wie ein General, der seine Truppen inspiziert.

Die Eindringlinge machten kehrt, um so rasch wie möglich zu flüchten. Hinter ihnen stand ein großer schwarzer Bär und versperrte ihnen den Weg.

Sie gingen also ins Haus, und die Tiere drängten sich hinter ihnen hinein. Die Männer konnten vor Angst kaum denken, aber sie waren trotzdem imstande zu erkennen, ob jemand tot oder lebendig war. Mary war vor beinahe einer Woche gestorben. Den Männern wurde übel. Als sie entsetzt das Haus verließen, war die Lichtung leer. Kein einziges Tier, nicht einmal eine Katze, war zu sehen.«

Als Ellen verstummte, blickten ihre Zuhörer einander beeindruckt an. Schließlich erhob sich Jack, holte seinen Hut, setzte ihn auf und zog ihn dann feierlich vor Ellen.

»Die Geschichte ist sogar besser als die vom Vampir in der 14. Straße«, meinte Phil anerkennend.

»Wieviel davon ist deine Erfindung?« wollte Penny wissen.

»Ob du es glaubst oder nicht, nur sehr wenig. Mein skeptischer Freund Ed glaubt nicht an Gespenster, aber er versteht es, Geschichten zu erzählen. Natürlich nimmt er an, daß Leute, die Erscheinungen sehen, hysterische Narren sind...«

»Was für Erscheinungen?« unterbrach sie Jack stirnrunzelnd.

»Nichts Aufregendes. Maria ist anscheinend ein sehr faules Gespenst.«

»Was tut sie? Rasselt sie mit Ketten? Heult sie nachts?«

»Sie tut überhaupt nichts. Die Leute haben Geräusche gehört, das ist alles. Gelächter, knarrende Fußbodenbretter. Die in Gespenstergeschichten üblichen Geräusche. Eds Tante hat fünfzig Jahre dort gelebt und hat nichts gehört.«

»Ach, komm schon.« Phil sah sie hoffnungsvoll durch eine struppige braune Haarsträhne an. »Jemand muß etwas gehört oder gesehen haben.«

»Sie sehen ihre Katze«, gab Ellen zu.

»Der Geist einer Katze?« Phil war enttäuscht. »Davor kann man ja keine Angst haben.«

»Er ist auch nicht sehr überzeugend.« Jack entspannte sich. »Die einheimischen Panikmacher sollten sich etwas Fantasievolleres einfallen lassen. Es gibt zu viele streunende Katzen.«

»So ein Reinfall«, murmelte Phil. »Ich habe immer schon ein Gespenst sehen wollen.«

»Wenn du willst, kannst du dich trösten, indem du ihr Grab suchst«, schlug Ellen vor. Sie wußte, daß Jack sie genau beobachtete, und sprach deshalb vollkommen unbekümmert. »Sie ist irgendwo im Hof bestattet. Sie haben einfach eine Grube ausgehoben und sie hineingeworfen. Für geweihten Boden war sie vermutlich nicht gut genug.«

»He.« Phil strahlte auf.

Sein Vater versetzte ihm einen Tritt gegen das Schienbein. »Vergiß es, du Leichenfledderer. Nach der langen Zeit kann von der armen Frau ohnehin nicht mehr viel übrig sein.«

»In deiner jetzigen Inkarnation vergeudest du dein Talent, Tante Ellen«, stellte Phil fest. »Du solltest Drehbücher für die Mitternachtshorrorfilme schreiben.«

»Komm jetzt, Phil«, mahnte Jack unvermittelt. »Ich weiß zwar, daß du dein Bestes tust, um den Schulbus zu versäumen, aber...«

»Wir haben das Ende noch nicht gehört«, protestierte Phil. »Wie ist sie gestorben, Tante Ellen? Hoffentlich nicht eines natürlichen Todes, das wäre ein wirklicher Reinfall.«

Draußen verkündete eine Hupe, daß Pennys Fahrgemeinschaft eingetroffen war.

»Sie ist natürlich ermordet worden«, sagte diese und raffte eine Armvoll Bücher zusammen. »Auf Wiedersehen allerseits. Bis später.«

Bevor Ellen reagieren konnte, war sie verschwunden. Phil grinste.

»Sie hat die verrückte rote Bluse mit«, sagte er tröstend. »Sie wird sie im Wagen anziehen, Tante Ellen.«

»Ich habe keine Bluse gesehen.«

»Sie hat sie in ihre Büchertasche gestopft. Du weißt, wie Kinder in diesem Alter sind. Sie müssen rebellieren.«

»Wenn ich mir deine ach so geistreichen, herablassenden Witzeleien anhöre, wundert es mich, daß Penny dich noch nicht ermordet hat«, meinte sein Vater resigniert. »Steig ins Auto, Phil. Du hast den Bus versäumt, aber den Unterricht wirst du nicht versäumen. Ich setze dich auf dem Weg zur Arbeit bei der Schule ab.«

Phil zwinkerte seiner Tante zu, vergrub die Hände in den Hosentaschen und verließ das Zimmer.

Ellen stand auf, um den Tisch abzuräumen. Die Tür hatte sich kaum hinter Jack geschlossen, als er sie wieder öffnete und den Kopf hereinsteckte.

»Wie ist sie gestorben?« flüsterte er.

»Du bist genauso schlimm wie die Kinder. Sie hat Selbstmord begangen. Sie hat sich aufgehängt. Oder heißt es erhängt?«

»Ich habe nicht die leiseste Ahnung. Danke. Ich hätte heute nicht arbeiten können, wenn ich es nicht erfahren hätte.«

Ellen stand in der Tür und sah zu, wie der Wagen die Auffahrt im Rückwärtsgang hinunterfuhr. Das Haus lag in einer älteren Satellitenstadt von Washington; Grundstücke mit einem Ausmaß von einem Morgen und über zehn Jahre alte Bäume verliehen der Gegend einen Reiz, der den neueren Vororten fehlte, obwohl die Häuser dort prächtiger waren. Jacks blauer Buick hielt am Ende der Auffahrt, um einen Wagen vorbeizulassen, bevor er sich in den spärlichen Strom der zur Arbeit fahrenden Pendler einreihte.

Es wäre einfach gewesen, in der Tür stehenzubleiben und zu weinen, aber Ellen hatte sich vorgenommen, solche Gefühlsausbrüche nicht öfter zuzulassen als unbedingt notwendig. Sie verzog das Gesicht, als sie sich der Küche zuwandte, die das nach dem Frühstück übliche Bild der Verwüstung bot – und in der eine Siamkatze auf einem der Stühle saß, die Pfoten graziös auf die Tischplatte stützte und den Rest von Pennys Speck verputzte.

»Schlimme Katze«, sagte Ellen lustlos.

Ishtar wandte ihr das Gesicht zu, sah sie aus unschuldigen blauen Augen an und schätzte sie kühl ab. Sie gelangte zu der Erkenntnis, daß Ellen es bei dem Schimpfen bewenden lassen würde, und wandte sich wieder dem Speck zu. Ellen lehnte sich an den Türrahmen und überlegte.

Sie hatte sich bewußt entschlossen, die Gespenstergeschichte zu erzählen. Sie mußte die grausigen Einzelheiten sachlich schildern, denn diese konnte sie Jack unmöglich verheimlichen – damit hätte sie nur sein Mißtrauen geweckt.

Es wäre unfair gewesen, Jack als überfürsorglich zu bezeichnen. Er leistete ihr genausoviel Beistand, wie sie gegebenenfalls brauchte, und wenn sie diesen Beistand öfter erhielt als unbedingt notwendig, so war sie selbst daran schuld, weil sie darum gebeten hatte. Das Haus in den Bergen zog sie unter anderem deshalb an, weil es einen vollkommenen Bruch mit ihrem bisherigen Leben und ihren Gewohnheiten bedeutete. Diese Veränderung war sie sich selbst und den Menschen schuldig, die ihrem Leben zehn Jahre lang Sinn gegeben hatten. Sie brauchte die Kinder – sowohl Jacks Söhne als auch Penny – mehr, als ihnen klar war. Weil sie ihnen so viel schuldete, mußte sie sie gehen lassen; das konnte sie nur tun, indem sie sich auf eigene Füße stellte und von ihnen nur so viel Liebe erwartete, wie sie ihr freiwillig gaben. Das war sie nicht nur den Kindern, sondern vor allem Jack schuldig.

Sie liebte ihr neues Haus wirklich. Es sagte ihr zu wie noch kein lebloser Gegenstand zuvor. Aber es wäre ihr lieber gewesen, wenn Ed ihr die schauerliche Geschichte nicht erzählt hätte.

Sie sagte laut: »Verdammt!« Die jetzt auf dem Tisch sitzende und an den Tellern schnüffelnde Katze spitzte die Ohren, fand aber, daß der Fluch nicht ihr galt. Ellen war vage bewußt, daß die Katze sich schlecht benahm, aber sie hatte bei der Gespenstergeschichte etwas ausgelassen, und das machte ihr zu schaffen.

Sie hatte nicht erwähnt, daß sie eine Katze gesehen hatte, eine weiße Katze. Jack hatte absolut recht, es war fantasielos, das Gespenst einer Katze zu erfinden. Die Tatsache, daß Marias zarte, elfenbeinfarbene Knochen irgendwo unter dem Rasen ihres Vorgartens lagen, störte Ellen mehr. Jack hatte es bemerkt, aber er wußte, daß sie zu vernünftig war, um sich durch so etwas aus der Fassung bringen zu lassen. Die Knochen waren nur ein Teil des abgestreiften Kokons, das zu klein gewordene Haus der Nautilus-Schnecke.

Ellen fand, daß sie sich im großen und ganzen sehr gut aus der Affäre gezogen hatte. Warum hatte sie dann Jack nicht erzählt, wie Maria gestorben war?

Laut Ed, dessen Talente als Erzähler bei seiner jetzigen Lebensweise vergeudet waren, hatte das Untersuchungskomitee festgestellt, daß die Leiche der Frau an einem Haken hing. Doch erst an diesem Morgen hatten die Kommentare ihrer Familie Ellen bewußt gemacht, was sie an diesem Tod störte. Wenn Maria Katholikin gewesen war, dann war Selbstmord eine Todsünde. Und warum sollte sie sich selbst töten? Die Legende erwähnte nichts von Krankheit oder Schuldbewußtsein, die eine Frau zu dieser Tat getrieben hätten. Selbstmord stand im Widerspruch zu Marias Religion und ihrer Persönlichkeit, die sich in ihrem skrupellosen Verhalten äußerte. Sie hatte die heimischen Heilpflanzen gekannt; wenn sie Anzeichen einer unheilbaren Krankheit an sich bemerkt hätte, dann hätte sie sicherlich zu einem natürlichen Mittel gegriffen, statt sich für einen so qualvollen Tod zu entscheiden.

Ellen schüttelte so entschlossen den Kopf, daß ihre hellgoldenen Locken durcheinandergerieten.

»Jetzt reicht's«, sagte sie laut und ging zielstrebig auf den Tisch zu. Der Ausruf war zweideutig, aber Ishtar richtete sich nach Handlungen, nicht nach Worten; sie verschwand, und Ellen begann, die eibekleckerten Teller einzusammeln.

Am Samstag fuhr die Familie zu dem Haus hinaus. Jack war während der Fahrt sehr schweigsam; er hatte Ellen gebeten, den Kaufvertrag erst zu unterschreiben, wenn sie sich das Häuschen noch einmal kritisch angesehen hatte. Damit meinte er, wenn er es sich angesehen hatte, war jedoch zu taktvoll, um es so zu formulieren. Phil und Penny waren in Hochstimmung, lachten, sangen und machten gewagte Witze; sie waren mit Ellens Zurück-zur-Natur-Trend vollkommen einverstanden.

Zu Ellens Erleichterung waren alle für den Zauber des Hauses empfänglich, sogar Jack. Die Jugend hatte keine Geduld mit ihren langsameren Eltern und erforschte das Haus selbständig. Ihre begeisterten Ausrufe, die nur von Phils Aufjaulen unterbrochen wurden, als er sich den Kopf am Treppenbogen anstieß, drangen bis zu Ellen und Jack, die im Wohnzimmer standen.

»Es ist wirklich bezaubernd«, gab er zu. »Ich kann dich verstehen, Ellen; ich hätte gern selbst so ein Haus.«

»Das freut mich wirklich, Jack.«

»Moment mal, ich habe nicht gesagt, daß ich einverstanden bin. Charme und Termiten sind zweierlei. Gehen wir langsam durch das Haus und sehen wir nach, welche Schönheitsfehler wir finden.«

Die Runde dauerte beinahe eine Stunde. Ellen wurde wieder besorgt, als sie zusah, wie Jack herumstocherte, rüttelte und murmelte. Er gab keine Kommentare ab, und auch sein Gesichtsausdruck verriet ihr nicht, was er dachte. Erst als sie wieder auf dem Weg vor dem Haus standen, räusperte er sich und entschloß sich, sein Urteil abzugeben. Die Jugend trieb sich im Wald herum und verständigte sich mit lauten Rufen.

»So schwer es mir fällt«, sagte Jack, »ich muß zugeben,

daß sich das Haus in erstaunlich gutem Zustand befindet. Es gibt natürlich eine Menge zu tun, vor allem im Inneren. Der Umbau der Küche und des Badezimmers wird dich ein Heidengeld kosten. Du brauchst auch unten ein Badezimmer, und die Installationen sind reif für eine Generalüberholung. Das gilt auch für die elektrischen Leitungen. Die Wasserpumpe liegt in den letzten Zügen, und die Senkgrube ist wahrscheinlich vor dreißig Jahren zum letztenmal gewartet worden. Aber das Gebäude an sich ist gesund. Diese Mauern werden ein weiteres Jahrhundert überdauern.«

»Und was sagst du zum Preis?«

»Er ist niedriger, als ich erwartet habe. Immer mehr Leute werden das Bedürfnis haben, den immer größer werdenden Städten zu entfliehen. Falls du es wieder verkaufen willst, wird es bestimmt kein Verlustgeschäft sein.«

»Dann rätst du mir also abzuschließen?«

Er lächelte. »Nein. Es wäre mir viel lieber, wenn du ein hübsches, neues Stadthaus in Potomac oder Chavy Chase kauftest.«

»So ein Haus könnte ich nicht ausstehen.«

»Das weiß ich. Dieses Haus zieht auch mich an. Seine Mängel stören nicht; man hat nur das Bedürfnis, sie zu beheben. Ich bin selbstsüchtig. Ich möchte, daß du ein Haus kaufst, das du verabscheust, nur damit ich mir keine Sorgen um dich machen muß. Aber es ist natürlich egoistisch, so etwas von jemandem zu verlangen, noch dazu, wenn er mir so nahe steht wie du.«

»Du weißt, daß ich auf deine Meinung großen Wert lege.«

»Eben deshalb hätte ich den Mund halten sollen. Vergiß meine Gefühle. Aber bist du auch sicher, Ellen, daß du hier glücklich sein wirst? Wirst du keine Angst haben, wenn du in dieser Einsamkeit lebst?«

»Ich bin hier vielleicht sicherer als in deinen geliebten Vorstädten.«

»Physisch bestimmt. Ich mache mir um deinen seelischen Zustand Sorgen.«

»Ich habe ja gewußt, daß es besser gewesen wäre, wenn ich dir die Geschichte nicht erzählt hätte. Hältst du mich wirklich für eine Neurotikerin?«

Jack sah sie einen Augenblick lang verständnislos an, dann begann er laut zu lachen.

»Eines kannst du mir glauben, Liebling – dein Gespenst ist das einzige, das mir keine Sorgen macht.«

3. Kapitel

Die nächsten beiden Monate vergingen unglaublich rasch. Ellen hatte sich gefragt, wie sie die vielen komplizierten Aufgaben, die vor ihr lagen, bewältigen würde. Sie mußte Reisevorbereitungen für drei Menschen treffen, die in die unterschiedlichsten Gegenden der Welt fuhren, mußte das Haus in Bethesda verkaufen und dafür sorgen, daß ihr neues Haus bewohnbar wurde. Jack übernahm in seiner unaufdringlichen Art einen großen Teil der Arbeit. Er traf seine Reisevorbereitungen selbst, und wenn Ellen ein paar Knöpfe nachnähte, die es gar nicht nötig hatten, erfuhr er nie davon; Ellen hatte das Gefühl, daß sie sich diese Schwäche leisten durfte. Jack verkaufte sein Haus und schaffte es trotzdem, zur Stelle zu sein, wenn er gebraucht wurde, obwohl er bis über den Kopf in Arbeit steckte. Er brachte sogar Phil und Penny dazu, Ellen zu helfen, die darauf bestand, daß das Haus vor Sauberkeit blitzte. Als Ellen später Zeit zum Nachdenken hatte, fragte sie sich, ob Jack das Haus vielleicht unter seinem Wert verkauft hatte, nur um ihren Putzorgien ein Ende zu setzen.

Ellen war darüber verblüfft, wie rasch ihr neues Haus wohnlich wurde, und dieses Tempo veranlaßte ihre Freunde zu neidvollen Bemerkungen. Entweder lebten die altmodischen Tugenden Fleiß und Verläßlichkeit in den Kleinstädten weiter, oder Ed Salling besaß größeren Einfluß auf die einheimischen Handwerker, als er zugeben wollte, Installateure, Elektriker und Tischler kamen und gingen; jedesmal, wenn Ellen zur Inspektion hinausfuhr, war eine weitere Arbeit erledigt.

Mitten in dem Aufruhr kamen die beiden älteren Jungen Arthur und Sam aus dem College heim. Nachdem sie das Haus in Augenschein genommen hatten, beriefen sie einen Familienrat ein und erklärten Ellen, es sei lächerlich, daß sie soviel Geld für Arbeiten ausgab, die sie selbst besorgen konnten. Ellens Einwände wurden vom Tisch gefegt; die drei Jungen übersiedelten mit Schlafsäcken und einer Kiste voll Konserven in das Haus und strichen jedes sichtbare Stück Holz an. Penny schäumte vor Enttäuschung. In ihrer Schule begannen die Ferien erst Ende Juni, so daß sie sich nur an den Wochenenden in Farbe und Gips suhlen konnte.

Die letzte Woche artete zu einem Wirbelsturm an Aktivitäten aus. Wenn Ellen später daran zurückdachte, konnte sie sich nicht an Einzelheiten erinnern, sondern sah nur Gestalten vor sich, die Leitern, Möbel und Koffer schleppten, Nägel einschlugen und Bilder aufhängten, neue Vorhänge säumten und Teppiche auflegten. Als ihre Familie endlich Koffer packte, war die gesamte Schwerarbeit getan; aber es gab noch genügend kleinere Aufgaben, mit denen sie mindestens eine Woche beschäftigt war. Sie wußte, daß das bewußt so geplant war.

Am nächsten Morgen stand sie in der Tür und winkte dem davonfahrenden Wagen nach. Einen Tag zuvor hatte die Familie Penny zum Flugzeug nach New York gebracht, wo sie zu der Gruppe stoßen würde, mit der sie die einmonatige Europareise unternahm. Jack reiste am nächsten Tag ab. Die drei Jungen würden noch einige Zeit bei Freunden in Washington bleiben und dann ihre Sommerbeschäftigungen antreten – Arthur hatte einen Job als Berater in einem Ferienlager für Jungen, Sam würde drei Monate in einer Stadt im Norden arbeiten, bevor er zurückkam, um seine Dissertation abzuschließen, und Phil unternahm mit Verwandten von Jack eine Wanderung in Kanada. Das letzte, das sie von ihnen sah, waren die roten Bremslichter des Wagens am Ende der Auffahrt.

Sie sah die roten Lichter nur verschwommen, aber daran war nicht nur der trostlose Nieselregen schuld. Ellen wischte sich die Tränen aus den Augen, schniefte zweimal und kehrte entschlossen ins Haus zurück.

Sie legte eine Schallplatte auf und machte sich über die Bücherkisten her, die einen großen Teil des Wohnzimmers einnahmen. Zu beiden Seiten des Kamins waren Bücherschränke eingebaut, die die Jungen frisch gestrichen hatten. Im Kamin flackerte ein Feuer; Jack hatte es zum Abschied angezündet. Die Therapie von Musik, Literatur und knisterndem Feuer wirkte Wunder. Trotzdem kam Ellen mit dem Auspacken nur langsam voran. Die Bücher mußten abgestaubt und eingeordnet werden, und sie fand immer wieder alte Lieblingsautoren, die sie lange nicht gelesen hatte. Als es klingelte, war sie in das dritte Kapitel der ›Ungeheuren Reise‹ vertieft und mußte erst Kniebeugen machen, bevor sie hinausstolpern konnte. Noch bevor sie ihr Ziel erreicht hatte, klingelte es zum zweitenmal, und sie nahm sich vor, einen altmodischen Türklopfer zu kaufen. Die Glocke war eine störende moderne Einrichtung.

Sie hatte nicht übertrieben, als sie Jack erklärt hatte, daß sie keine Angst vor dem Alleinsein habe. Sie öffnete die Tür, ohne zu zögern, aber beim Anblick der Gruppe auf der Veranda wich sie zurück.

Der Mann wirkte nicht beunruhigend, ganz im Gegenteil. Er war groß und breitschultrig und trug einen tropfnassen alten Regenmantel. Die nassen Haare klebten an seinem Kopf, und nach seinem jugendlichen Gesicht zu schließen, war er früh ergraut. Ed Salling hatte ihn Ellen einmal gezeigt, deshalb wußte sie, wer er war. Doch die beiden Hunde rechts und links von ihm hätten die meisten Menschen in die Flucht gejagt – es waren riesige, tiefschwarze Dobermänner.

»Mrs. March? Ich bin Norman McKay, Ihr nächster Nachbar. Ich wohne oben auf dem Hügel.«

»Ach ja.« Ellen streckte die Hand aus. »Mr. Salling hat Sie schon erwähnt. Möchten Sie nicht hereinkommen?«

»Gern, wenn ich nicht störe. Ich bin nicht früher gekommen, weil ich gewußt habe, daß Sie mit Arbeit eingedeckt sind, aber ich habe gesehen, wie Ihre Familie wegfuhr. Vielleicht tut es Ihnen gut zu wissen, daß Sie einen Freund in Reichweite haben.«

»Das ist sehr freundlich von Ihnen«, antwortete Ellen herzlich. »Sie stören mich nicht, denn ich werde noch einen Monat lang im Haus zu tun haben. Ich wollte ohnehin gerade eine Kaffeepause einlegen.«

Sie trat von der Tür zurück. Statt ihr zu folgen, bückte sich Norman und faßte die Hunde an den Halsbändern.

»Hoffentlich fürchten Sie sich nicht vor den Hunden.«

»Keineswegs«, log Ellen tapfer.

»Ich wollte Sie einander offiziell vorstellen, damit Sie keine Angst bekommen, wenn Sie die beiden auf einem Ihrer Spaziergänge treffen. Sie greifen nur dann an, wenn sie den Befehl dazu erhalten, aber schon ihr Anblick wirkt furchterregend, wenn man ihnen unerwartet gegenübersteht. Bruce, Champion – das ist Mrs. March.«

Ellen hielt den Hunden nacheinander die Hand hin. Normalerweise hatte sie keine Angst vor Hunden, aber sie war froh darüber, daß Norman sie an den Halsbändern festhielt. Es war bestimmt nicht notwendig, weil die Tiere sichtlich gut dressiert waren, aber es war trotzdem aufmerksam von ihm.

Die Hunde schnüffelten höflich an ihrer Hand und legten sich dann gleichzeitig wie gut gedrillte Akrobaten hin – oder wie Maschinen, dachte Ellen unwillkürlich.

»Das ist verblüffend«, sagte sie. »Sie haben ihnen nicht einmal ein Handzeichen gegeben.«

»O doch.« Norman grinste verschmitzt. »Hinter dem

Rücken. Manchmal muß ich einfach angeben. Macht es Ihnen etwas aus, wenn die beiden auf der Veranda warten?«

»Natürlich nicht.«

Ellen ging in das Wohnzimmer voran und wollte sich gerade für das Durcheinander entschuldigen, als Norman rief:

»Bücher! Bücher, die gelesen worden sind! Was für ein schöner Anblick!«

»Ich hätte es als unordentlich bezeichnet«, lachte Ellen.

»Sie haben keine Ahnung, wie wunderbar es für mich ist, eine Nachbarin zu haben, die liest. Ich komme mir vor wie ein Alkoliker, der einen Neuankömmling begrüßt und ein Wohnzimmer voller Flaschen vorfindet. Ein sofortiger gefühlsmäßiger Einklang.«

»Dann muß ich mir wohl keine Sorgen darüber machen, wie Sie sich die Zeit vertreiben werden, während ich Kaffee koche.«

»Ganz bestimmt nicht.«

Als Ellen mit einem Tablett zurückkam, saß ihr Gast im Schneidersitz auf dem Boden und hatte Dickens' gesammelte Werke rings um sich aufgestapelt. Als er sie sah, sprang er auf und nahm ihr das Tablett ab. Wie alt er wohl ist, dachte Ellen. Er bewegt sich wie ein Junge.

Normans Begeisterung für Ellens Lieblingsautoren verstärkten den günstigen Eindruck. Als er sich verabschiedete, sprachen sie einander bereits mit dem Vornamen an.

»Ich hatte nicht so lange bleiben wollen«, gestand er offen. »Kann ich Ihnen bestimmt nicht beim Einräumen helfen?«

»Danke, wirklich nicht. Ich habe mich gefreut, daß Sie gekommen sind. Es tut gut zu wissen, daß jemand in der Nähe ist.«

»Sie können zu jeder Tages- oder Nachtzeit vorbeikommen. Aber es gibt nichts, wovor Sie Angst haben müßten.

Seit zweihundert Jahren hat es hier kein schweres Verbrechen mehr gegeben.«

Es war merkwürdig, daß er ausgerechnet diesen Zeitraum nannte. Sollte das heißen, daß es vor zweihundert Jahren im Dorf ein schweres Verbrechen gegeben hatte? Mary Baumgartner hatte vor zweihundertfünfzig Jahren gelebt...

Noch bevor sie sich überlegt hatte, ob sie auf das Thema eingehen sollte, begannen auf der Veranda beide Hunde gleichzeit zu bellen.

»Jemand kommt«, stellte Norman stirnrunzelnd fest. »Erwarten Sie Besuch?«

»Nein. Vielleicht haben sie Ishtar gerochen. Sie werden doch keine Katze angreifen, oder?«

»Sie haben eine Katze?« Normans Stimme klang seltsam.

Katzenfreunde behaupten, daß diese Tiere zu außersinnlichen Wahrnehmungen fähig sind. Ishtar hatte tatsächlich die Gewohnheit, aus dem Nichts aufzutauchen, wenn ihr Name genannt wurde. Sie stolzierte mit hochgestrecktem, zuckendem Schwanz durch den Bogengang ins Wohnzimmer. Statt beim Anblick eines Fremden stehenzubleiben, wie sie es normalerweise tat, ging sie geradewegs auf Norman zu, ohne ihn aus den Augen zu lassen. Zu Ellens Überraschung wich er zurück. Er war blaß geworden.

»Entschuldigen Sie«, sagte sie und packte die Katze. »Ich weiß, daß manche Menschen allergisch...«

Ishtar wand sich miauend in ihren Armen, und Ellen trug sie entschlossen in den Keller. Als sie ins Wohnzimmer zurückkehrte, beschwerte sich Ishtar im Keller noch immer lauthals über diese Behandlung. Ellen bemerkte verblüfft, daß Norman sich den Schweiß vom Gesicht wischte.

»Lächerlich, nicht wahr?« fragte er. »Nein, entschuldigen Sie sich um Himmels willen nicht, Ellen, denn dann komme ich mir noch idiotischer vor. Dabei kann ich nichts dafür. Der Arzt sagt, daß es der schlimmste Fall von Katzenphobie ist, den er je erlebt hat.«

»Du meine Güte«, meinte Ellen unglücklich. »Das heißt doch hoffentlich nicht, daß Sie mich nicht mehr besuchen können.«

»Nein, nein, es ist ja keine normale Allergie. Soviel ich weiß, können allergische Anfälle durch Tierhaare in der Luft oder auf den Möbeln hervorgerufen werden. Es macht mir nichts aus, daß eine Katze im Haus ist, solange ich sie nicht sehe – oder berühre.« Ein deutlich sichtbarer Schauer überlief ihn, und er lächelte schüchtern. »Sie sehen ja, schon die Vorstellung jagt mir eine Gänsehaut über den Rücken. Es tut mir leid, daß ich mich auf diese Weise für Ihre reizende Gastfreundschaft revanchiere. Das nächstemal müssen Sie mich besuchen – aber nicht, weil ich mich drücken will. Ich möchte mit meiner Bibliothek und den paar Nippsachen angeben, die ich zusammengetragen habe. Wie wäre es, wenn Sie morgen zum Abendessen zu mir kommen? Ich hole Sie ab.«

»Sehr gern.« Ellen ging zusammen mit ihm hinaus. »Aber Sie müssen nicht...«

»Natürlich muß ich nicht. Ich möchte. Und Sie müssen keine Angst vor den Kochkünsten eines Junggesellen haben. Mich betreut ein hervorragendes Ehepaar. Martha ist eine engstirnige, alte Puritanerin, aber sie kocht wie ein Engel.«

Als er die Tür öffnete, begann das Gebell von neuem, und Ellen zuckte unwillkürlich zurück. Norman lachte.

»Das nenne ich echten Takt. Sie tun, als hätten Sie Angst vor meinen armen, kleinen Hunden, damit ich mich nicht wegen meiner Reaktion auf Ihre bösartige Katze schäme. Es war eine reine Freude für mich, Ellen. Danke. Bis morgen. Gegen sieben? In Ordnung.«

Sobald er die Tür mit dem Fliegengitter öffnete, schossen die Hunde über den Rasen davon. Sie bellten nicht mehr, aber ihr Schweigen wirkte bedrohlicher als ihr Bellen. Sie schienen etwas zu verfolgen. Ellen dachte mitfühlend an ein Kaninchen oder Eichhörnchen, das vor den beiden Ungeheuern mit den weißen Reißzähnen floh.

Vor dem Haus stand kein Auto, und als Norman den Hunden in den Wald folgte, wurde Ellen klar, daß es zwischen den beiden Häusern einen Fußpfad gab. Ich muß den Weg finden, dachte sie, während sie der hochgewachsenen Gestalt nachsah, die zwischen den Bäumen verschwand. Diese Bekanntschaft hatte sich gelohnt. Sie war nicht darauf gefaßt gewesen, in ihrer nächsten Nähe einen Mann zu finden, der attraktiv, wohlhabend, kultiviert und intelligent war. Er hatte sogar Sinn für Humor. Ihre Freundinnen in Washington würden über Norman in Verzückung geraten; einige von ihnen hatten ihr jahrelang annehmbare Männer vorgeführt und die waghalsigsten Vermutungen über ihre Gleichgültigkeit angestellt.

Warum nicht, dachte sie trotzig. Ein paar Monate Einsamkeit würden erholsam sein – aber dreißig oder vierzig Jahre? Der Rest ihres Lebens? Jack würde sie nie heiraten. Wahrscheinlich würde ihn eine bezaubernde Europäerin einfangen, und dann hätte sie ihn auch als Freund verloren. Für ihn würde sie immer die gute alte Tante Ellen bleiben. Wenn sie Norman als eventuellen Ehemann in Betracht zog, gab es allerdings ein Hindernis. Sie würde sich zwischen ihm und Ishtar entscheiden müssen.

Ellen lächelte. Die Töne, die aus dem Keller kamen, deuteten an, daß dort unten einer Katze das Fell bei lebendigem Leib abgezogen wurde.

Ellen ging zur Kellertür und öffnete sie. Ein gelbbraunes Etwas schoß an ihr vorbei, prallte gegen die Vordertür und kratzte und schnüffelte einige Augenblicke lang. Sobald Ishtar begriffen hatte, daß ihre Beute fort war, setzte sie sich unvermittelt hin und begann mit äußerster Konzentration, ihren Bauch zu säubern.

»Der ist dir entwischt«, stellte Ellen fest. »Jetzt kommst du dir lächerlich vor, was?«

Die Katze reagierte nicht, sondern setzte sich bequemer zurecht und bearbeitete einen anderen Abschnitt.

Ellen beobachtete lächelnd Ishtars Versuch, Gleichgültigkeit vorzutäuschen, doch dann wurde sie ernst. Sie hatte von Katzenphobie gehört, aber immer geglaubt, daß es das gleiche war wie der komische Abscheu, den sie vor großen, weichen Insekten empfand. Sie mochte sie nicht, aber sie wurde nie blaß oder floh vor einem Käfer. Der arme Norman. Es war ein unangenehmes, peinliches Leiden. Sie glaubte ihm aufs Wort, daß er seine Gefühle nicht unter Kontrolle hatte. Kein Mann würde sich freiwillig so bloßstellen, und schon gar nicht vor einer Frau. Und Ishtar...

Ellen schaute die Katze an, die tat, als bemerke sie es nicht. Ishtar hatte wahrscheinlich die Schwäche des Besuchers gespürt und sie ausnützen wollen. Katzen machten sich immer an Menschen heran, von denen sie gehaßt wurden. Je nachdem, wie man es betrachtete, konnte man es als rührenden Vertrauensbeweis oder als boshafte Freude an menschlichem Unbehagen werten.

»Schreckliches Tier«, sagte sie, bückte sich und hob die schnurrende Ishtar hoch. »Möchte die schlimme Katze jetzt ein Stückchen Leber? Mach dir keine Sorgen, mein Liebling, ich würde niemanden heiraten, der dich nicht mag... Natürlich würde Jack dich zurücknehmen, wenn...«

Ishtar grub die Zähne in Ellens Hand. Nicht so tief, daß es blutete, aber sie hinterließ deutlich sichtbare Vertiefungen. Ellen stellte sie schnell auf den Boden.

»Ich sollte schon wissen, daß ich in deiner Gegenwart nicht laut denken darf.« Sie sah dem Tier nach, das beleidigt davonstolzierte. Jeder Zoll ihres eleganten Körpers strahlte Verachtung aus. Ellen sprach lauter.

»Ich habe nur theoretische Überlegungen angestellt. Ich kann mir nicht vorstellen, daß ich jemals mit dem Problem konfrontiert werde.«

Ishtar wendete nicht einmal den Kopf. Ellen lachte, aber ihr Lachen klang etwas gezwungen.

Am ersten Abend saß Ellen vor dem Kamin und überblickte ihr Königreich voll Besitzerstolz. Sie fühlte sich genauso behaglich wie Ishtar, die ihr die Taktlosigkeit vergeben hatte und jetzt mit untergeschlagenen Pfoten auf dem Kaminvorleger lag. Ellen hatte sich vor dem ersten Abend, an dem sie ganz allein sein würde, gefürchtet, traute ihrer Stimmung nicht und suchte immer wieder nach einem geheimen Kummer, so wie man versuchsweise in einem schmerzenden Zahn stochert. Zweifellos trug der Besuch eines attraktiven Nachbarn zu ihrer Zufriedenheit bei, aber es war vor allem das Haus. Das große, niedrige, gemütliche Wohnzimmer war ein behaglicher Zufluchtsort vor dem Regen. Die Täfelung glänzte im Feuerschein, und Ellens Sammlung von alten Gläsern, die auf einem Regal neben dem Kamin stand, schimmerte rötlich.

Das Haus war nicht vollkommen still. Jedes Haus hat seine eigenen Geräusche – das Knarren von Holz, das Summen verschiedener Geräte, Lärm von draußen. Ellens Unterbewußtsein kannte diese Geräusche und akzeptierte sie. Sie schaukelte genüßlich und ging im Geist ihren neuen Herrschaftsbereich durch.

Es gab noch genügend Arbeit, angenehme und unangenehme Aufgaben: Sie mußte einen Türklopfer und Stoff für Vorhänge kaufen, aber auch den Keller reinigen. Es war ein echter, altmodischer Keller, kein Tiefgeschoß; er roch nach feuchter Erde und hatte kein Fenster.

Die Jungen hatten vorgehabt, den angesammelten

Kram wegzuschaffen, hatten ihn aber zuerst besichtigt und berichtet, daß die Sammlung zu interessant sei, um ohne genauere Prüfung weggeworfen zu werden. Alte Zeitungen und Magazine, kaputte Geräte, Kisten voller verschimmelter Bücher und abgelegter Kleider – man konnte wirklich nicht wissen, was es unten alles zu finden gab.

Ellen sah Phils eifriges Gesicht vor sich.

Er hoffte auf Skelette; Lovecrafts and Bradburys Gruselgeschichten waren noch immer seine Lieblingslektüre.

Ellen nahm nicht an, daß sie Mary Baumgartners Gebeine finden würde, obwohl der Keller zum Teil wie eine archäologische Fundstätte aussah, der aus den übereinandergelegten Schichten des Gerümpels bestand, das die früheren Bewohner hier deponiert hatten. Als begeisterte Antiquitätensucherin freute sie sich darauf, dort herumzustöbern.

Der Keller sah nicht schlimmer aus als einige der Geschäfte, in denen sie fündig geworden war. Laut Phil gab es sogar in einem der unteren Kellerräume eine ›geheimnisvolle‹, mit Brettern vernagelte Tür.

Nur die fehlende Zeit und das strenge Verbot seines Vaters hatten Phil daran gehindert, dieses faszinierende Geheimnis mit einer Axt zu ergründen.

Sie mußte irgendwann Ed Salling nach der Tür fragen...

Das Feuer erlosch; als Ellen hinaufging, war sie noch immer von heiterer Gelassenheit erfüllt. Ihr niedriges Schlafzimmer war gemütlich und anheimelnd. Jemand hatte auch hier Feuerholz in den Kamin geschichtet. Ellen wußte, wer der Jemand war, und kniete lächelnd nieder, um es anzuzünden. Das Zimmer war nicht kalt, aber sie freute sich darauf, wohlig im Bett zu liegen, dem Trommeln des Regens zuzuhören und in die Flammen zu schauen.

Sie beschloß, noch eine Weile zu lesen. Der Raum hätte nicht friedlicher sein können. Ihre Leselampe warf einen hellen Lichtkreis auf das Buch, während die Ecken des Zimmers in sanftem Dunkel versanken. Ishtar hatte sich am Fußende des Bettes zusammengerollt, ihr Schnurren verschmolz mit dem Rauschen des Regens, und Ellen vertiefte sich in ihr Buch.

Dann geschah es. Sie ließ das Buch fallen, holte scharf Luft und griff sich an den Hals.

Ishtar knurrte und drehte sich auf die andere Seite, wachte aber nicht auf. Ellens wild klopfendes Herz beruhigte sich allmählich, aber sie starrte immer noch in die dunkle Ecke neben der Tür.

Natürlich gab es dort nichts... nichts, das imstande war, den Schatten zu werfen, der plötzlich am Rand von Ellens Gesichtsfeld aufgetaucht war. Er war in dem Augenblick verschwunden, in dem sie sich ihm zuwandte, doch er hatte unheimlich real gewirkt. Ellen fuhr sich mit der Hand über die Stirn, um den Schweiß wegzuwischen.

Sie schaute schmunzelnd zur schlafenden Katze hinunter. Ishtar lag auf dem Rücken, streckte alle vier Pfoten in die Luft und sah unglaublich lächerlich aus. Das war jedenfalls der Beweis dafür, daß es kein Gespenst gewesen sein konnte. Katzen sind bekanntlich für Übernatürliches sehr empfänglich.

Etwas Besseres als ein Gespenst fällt dir nicht ein, dachte sie, während sie nach ihrem Buch griff. Deine Augen sind nicht mehr die jüngsten, meine Liebe. Vielleicht solltest du einmal zum Augenarzt gehen. Aber sie konnte sich nicht auf die traurige Liebesgeschichte konzentrieren, denn ihr Blick wanderte unwillkürlich immer wieder zu der Ecke, in der der Schatten gestanden hatte. Als sie das Licht ausschaltete, gab es übergenug Schatten. Sie bewegten sich und wechselten die Form, während die Flammen sie schufen. Ellen blieb noch eine Zeitlang wach und beobachtete sie – aber keiner erinnerte auch nur entfernt an den scharf umrissenen Schatte, den sie erblickt hatte. Er hatte wie eine Frau mit offenem Haar ausgesehen, die ein Kleid mit weitem Rock trug.

4. Kapitel

Am nächsten Abend machte sich Ellen äußerst sorgfältig für das Dinner zurecht. Sie schwankte eine Weile zwischen drei Paaren von Ohrringen, und dabei fiel ihr auf, wie lange es her war, seit sie Lust und Zeit gehabt hatte, sich mit ihrer äußeren Erscheinung zu beschäftigen. Solange die Kinder klein gewesen waren, hatte die Zeit nie dafür gereicht; sie mußte sie füttern und zu Bett bringen, bevor der Babysitter kam, und dann war es zu spät zum Herausputzen. Später hatte Penny versucht, sie für Make-up und Perücken zu begeistern, aber Ellen hatte inzwischen das Interesse daran verloren. Sie hatte seit Jahren kein Rendezvous mehr mit einem Mann gehabt; wenn sie ausgegangen war, dann nur mit Jack zu Konzerten oder Parties in die Botschaft.

Du hast Angst gehabt, erkannte sie plötzlich, deshalb hast du dir keine Mühe gegeben; einerseits hattest du Angst davor, die Aufmerksamkeit von Männern zu erregen, die dir gleichgültig waren; andererseits wolltest du die Leute nicht auf die Idee bringen, daß du dich für Jack schön machst.

Ellen betrachtete kopfschüttelnd ihr ernsthaftes Spiegelbild. Jack war nicht mehr bei ihr, aber Norman war in ihr Leben getreten, und sie mußte allmählich darüber nachdenken, wie er sie sah. Im großen und ganzen war sie mit ihrem Spiegelbild zufrieden. Sie sah vielleicht etwas gesetzt aus, aber für eine Frau, die auf die Vierzig zuging, hatte sie sich sehr gut gehalten. Sie trug eine zu ihrem rosa Leinenkleid passende Jacke; ein rosa-mauve gemusterter Schal milderte die Strenge des Kostüms. Sie beugte sich vor und musterte ihr Gesicht im Spiegel. Natürlich war es nicht faltenlos; man konnte Runzeln nur vermeiden, indem man immer und überall die Fassung bewahrte. Sie verzog versuchsweise das Gesicht und stellte fest, daß die meisten Fältchen vom Lachen kamen. Sie konnte nicht aufhören zu lachen, nur damit ihr Gesicht faltenlos blieb. Wenn Norman die glatte Geistlosigkeit der Jugend vorzog, wie es so viele Männer unverständlicherweise tun, dann hatte sie eben Pech gehabt.

Ihr Blick wanderte wieder zu den Fotos auf ihrem Toilettentisch. Pennys lächelndes Gesicht – jung, aber sicherlich nicht geistlos, Phils breites Grinsen, Arthur und Sam, die sich bemühten, ihren Ärger darüber zu unterdrücken, daß man sie in Jacketts und Krawatten gezwängt hatte... und Jack. Sein Haar war kompromißlos zurückgebürstet, und seine Augen blickten direkt in die ihren.

Als es klingelte, betrachtete sie noch immer das Foto. Sie griff nach Handschuhen und Handtasche und warf im Hinausgehen noch einen Blick durch das Fenster auf die bewaldeten Hügel, die ihr bereits lieb und vertraut waren. Sie hatte nicht viel im Garten gearbeitet, weil der Boden noch feucht war, aber sie nahm sich vor, demnächst mit dem Jäten und Zurückstutzen anzufangen. Sie war zwei Tage lang nicht vor die Tür gekommen und brauchte Bewegung – geistig und körperlich. Es hatte keinen Sinn, wenn sie Jacks Foto anschmachtete wie ein verliebter Teenager.

Es klingelte wieder, und Ellen lief hinunter.

»Wie ich sehe, sind Sie fertig«, stellte Norman fest. »Eine bewundernswerte Frau.«

Er stand lächelnd vor ihr, seine Haare leuchteten in der Sonne, und Ellen fiel der Gegensatz zwischen Normans jugendlicher Erscheinung und Jacks geliebtem, aber reizlosem Gesicht auf. Sie hätte wirklich gern gewußt, wie alt Norman war. Er mußte Mitte Dreißig sein.

»Ja, ich bin fertig«, bestätigte sie. »Wollen Sie nicht einen Augenblick hereinkommen?«

»Wenn ich das tue, dann halte ich mich länger auf, und Martha ist in Bezug auf Pünktlichkeit ein Pedant.«

Sein Ton veränderte sich nicht, aber Ellen sah seine Augen; sie mußte nicht zurückschauen, um festzustellen, wem seine Reaktion galt. Ishtar kam die Treppe heruntergetrampelt. Ellen trat so schnell ins Freie, daß sie Norman beinahe auf die Zehen stieg.

Normans Wagen enthüllte eine Seite seines Charakters, auf die Ellen nicht gefaßt gewesen war. Autos interessierten sie nur als Transportmittel, aber es gibt einige Wagentypen, die sogar ein Neuling erkennt. Wenn man die massive Eleganz eines Rolls-Royce einmal gesehen hat, vergißt man sie nicht so leicht. Norman Rolls war schwarz und fleckenlos. Ellen zuckte zusammen, als er den Wagen durch die Zweige der Fichten zwängte. Ed hatte zwar die Bäume wie versprochen gestutzt, aber der Zwischenraum, der für ihre Corvette breit genug war, reichte bei weitem nicht für den Rolls. Norman sagte nichts, preßte jedoch die Lippen zusammen. Wenn man sich einen Rolls-Royce leistet, dachte Ellen, hat man das Recht, heikel zu sein.

Der Wagen bereitete sie auf Normans Haus vor, das sie nur von der Straße aus erblickt hatte. Schon von dort aus wirkte es beeindruckend, aber als sie es aus der Nähe sah, kam sie sich vor wie eine Putzfrau aus dem East End, die den Buckingham Palace besucht. Das Haus war sehr groß und wies an den unerwartetsten Stellen Seitenflügel und Nebengebäude auf. Es war genauso liebevoll gepflegt wie der Wagen, und der Rasen war so weich und samtig, als läge das Haus in England. Eine von Blumen und Sträuchern gesäumte, kreisförmige Auffahrt führte am Säulengang vorbei zu der breiten Treppe, über die man zur Eingangstür gelangte. Kies kommt für Norman nicht in

Frage, dachte Ellen, während sie versuchte, sich auszurechnen, wieviel diese Auffahrt gekostet hatte. Schließlich konnte ein hochgeschleuderter Stein den spiegelnden Lack des Rolls zerkratzen.

Als Norman vor der Treppe hielt, kam hinter dem Haus ein Mann hervor. Er war groß, schlaksig und unbestimmten Alters. Norman stelle ihn als Will Hendrick, sein Faktotum, vor. Hendrick erwiderte Ellens Gruß mit einem steifen Nicken, stieg in den Wagen und fuhr ihn weg.

»Er ist nicht gesprächig, aber verläßlich«, erklärte Norman. »Der Wagen ist seine große Liebe; er wäscht ihn jeden Tag. Wenn es nach ihm ginge, würde ich ihn überhaupt nicht fahren. Kommen Sie herein, Ellen. Willkommen.«

Es bedurfte keiner großen Überredungskunst, damit Norman ihr das Haus zeigte. Er liebte es offensichtlich und war auf jeden einzelnen Gegenstand stolz. Wie Ellens Haus besaß auch dieses einen zentralen Kern aus der Kolonialzeit, aber äußerlich gab es nur noch wenige Hinweise auf sein Alter. Ellen zog zwar Wände aus Backsteinen und dicken Deckenbalken vor, aber sie mußte zugeben, daß Normans Haus ein großartiges Beispiel dafür war, was man mit Geld und Geschmack bewirken kann. Die Einrichtung war im besten Sinn des Wortes erlesen; jeder Gegenstand, jedes Möbelstück war ein Kunstwerk für sich. Als sie sich endlich im geräumigen Wohnzimmer niederließen, dessen große Terrassentür den Blick auf bewaldete Hügel und einen spektakulären Sonnenuntergang freigab, hatte Ellen beinahe Angst, sich zu setzen. Sie hatte nie ein Kleid besessen, dessen Material so teuer war wie der importierte französische Samt, mit dem der Stuhl bespannt war.

Norman wartete sichtlich auf ihr Lob. »Es ist prachtvoll«, sagte sie. »Ich habe noch nie ein schöneres Haus gesehen. Ist das alles Ihr Werk?«

»Teilweise.« Normans Gesicht verdüsterte sich kurz. »Meine Schwägerin hat das Haus neu eingerichtet, als sie meinen Bruder heiratete . . . Ich bin ein schrecklicher Gastgeber, Ellen. Was möchten Sie trinken?«

Ellen entschied sich für Sherry; zu diesem eleganten Raum paßte er am besten. Sie hatte erst einen Schluck getrunken, als eine Frau mit einem Tablett hereinkam.

»Das ist Martha«, sagte Norman. »Die beste Köchin von Virginia.«

Martha stellte das Tablett auf einem Tisch ab, richtete sich auf und blickte Ellen in die Augen. Sie sah aus wie eine Köchin aus dem Bilderbuch: dick, ein rundes, rosiges Gesicht und weiche, graue Haare, die im Nacken zu einem Knoten aufgesteckt waren. Unerklärlicherweise war die Frau Ellen sofort unsympathisch. Vielleicht waren die kalten grauen Augen daran schuld, die sie sichtlich abschätzten und beurteilten.

Das Ergebnis war negativ, denn das Gesicht der Frau blieb kalt. Sie nahm Ellens Vorhandensein mit einigen kühlen Worten zur Kenntnis, erwähnte, daß das Abendessen in einer halben Stunde serviert werden würde, und wandte sich zum Gehen.

»Fein«, antwortete Norman. »Wo... das heißt... ist Tim hier?«

»Nein«, antwortete Martha kurz.

»Ach so... ja also, wenn er kommt, schicken Sie ihn bitte hierher. Ich möchte, daß Mrs. March ihn kennenlernt.«

»Hmmm« war Marthas einzige Reaktion.

Als sie das Zimmer verlassen hatte, blickte Ellen ihren Gastgeber schuldbewußt an.

»Ich fürchte, daß ich auf Martha keinen besonderen Eindruck gemacht habe.«

Norman schreckte aus einem Gedanken auf, der Falten in sein Gesicht gezeichnet hatte, so daß es älter aussah.

»Nein, da irren Sie sich. Martha ist nicht damit einverstanden, daß ich Alkohol trinke. Sie und Will gehören einer streng abstinenten Sekte an. Sie ist nicht bereit, Alkohol in irgendeiner Form zu servieren, nicht einmal Wein beim Abendessen. Ich verlange von ihr natürlich nicht, daß sie gegen ihre Grundsätze verstößt, auch wenn ich sie nicht teile, aber ich denke nicht daran, auf mein harmloses Glas Sherry zu verzichten. Deshalb haben wir einen Kompromiß geschlossen. Ich trinke, und sie bemerkt es nicht. Ich habe mich so an ihre stumme Mißbilligung gewöhnt, daß sie mir wahrscheinlich fehlen würde.«

»Sie sind härter als ich. Mißbilligung stört mich, auch wenn sie stumm ist.«

»Tatsächlich? Sie würden auf Ihren Sherry verzichten?«

»Nein, ich würde Martha entlassen.«

Norman lachte.

»Sie täten es nicht mehr, wenn Sie einmal eine von ihr zubereitete Mahlzeit gegessen haben. Für dreimal täglich Ambrosia ist Mißbilligung kein hoher Preis.«

Ellen kostete die *Hors d'oeuvres,* stimmte Norman zu und aß viel mehr davon, als für sie gut war. Norman plauderte weiterhin angeregt, aber Ellen hätte gern gewußt, ob ihm Martha wirklich so gleichgültig war, wie er tat. Etwas schien ihn zu beunruhigen; er sah immer wieder auf die Uhr und verstummte manchmal mitten in einem Satz. Seine Nervosität war ansteckend, und Ellen begann ebenfalls, auf die Uhr zu blicken. Als es Zeit für das Abendessen wurde, sagte Norman plötzlich:

»Ich muß Ihnen etwas erzählen. Es geht um meinen Neffen...«

Er brach mitten im Satz ab und blickte zur Tür. Ellens Nerven prickelten, als sie sich umdrehte, um nachzusehen, warum er so plötzlich verstummt war.

Der Junge, der in der Tür stand, mußte Normans Neffe Tim sein. Ellen hatte ihn schon einmal gesehen, als Ed seinetwegen scharf abbremsen mußte. Er ähnelte den Jugendlichen, die sie in Washington gekannt hatte. Das ungepflegte, schulterlange blonde Haar und die ausgewaschenen, geflickten Jeans hätten genausogut einem ihrer Neffen gehören können. Barfußgehen war ebenfalls in, aber Tims Füße waren schwarz vor Schlamm; eine Reihe von Fußabdrücken verunstalteten den Fußboden des Vorzimmers.

Das hat er absichtlich getan, dachte Ellen gereizt. Wenn er zehn oder elf gewesen wäre – aber er war alt genug, um vernünftiger zu sein. Alt genug und groß genug; Schultern und Brust konnten zwar noch etwas Fleisch vertragen, aber er war so groß wie sein Onkel, und die bereits vorhandenen Muskeln waren beeindruckend.

Dann blickte sie Tim ins Gesicht und wußte, woher ihr Unbehagen kam. Sie kannte diesen Ausdruck von früher.

Während der letzten Jahre hatte Ellen mit den unterschiedlichsten Typen von straffälligen Kindern gearbeitet. Schwarz und weiß, reich und arm, aus der Verkommenheit der Ghettos und aus den teuersten Satellitenstädten. Alle litten verschieden intensiv an allen möglichen psychischen Problemen. Ellen hatte sehr früh erfaßt, daß es unmöglich war, einen gemeinsamen Nenner für die zahlreichen Formen der Straffälligkeit zu finden. Aber ›das Aussehen‹, wie sie es nannte, war ihr vertraut – die ausdruckslosen, verschlossenen Gesichter, die jeden Kontakt mit der Außenwelt ablehnten. Mit diesen Kindern wurde man am schwersten fertig; sie mißtrauten dem Mitgefühl der Erwachsenen und fürchteten ihre Kritik.

»Da bist du ja«, sagte Norman. »Komm herein, Tim, und begrüße unsere neue Nachbarin.«

Tim reagierte nicht sofort – ein weiteres Symptom, das Ellen wiedererkannte. Nach einer Pause, die beinahe schon peinlich war, ging Tim langsam quer durch das Zimmer und hinterließ dabei immer schwächer werdende

Fußspuren. Er blieb dicht vor Ellen stehen, so daß sie den Kopf zurücklegen mußte, um ihm in die Augen zu sehen.

»Hallo, Tim«, sagte sie.

Tim antwortete nicht und starrte sie weiterhin unverwandt an. Mein Gott, ist er groß, dachte Ellen unwillkürlich.

»Setz dich, Tim«, forderte ihn Norman nervös auf. »Und trink etwas – eine Coke oder sonst was. Das Abendessen ist in einer Minute fertig. Du bist bestimmt hungrig. Warst du den ganzen Tag im Wald? Sie wissen ja, wie aktiv junge Menschen in diesem Alter sind«, wandte er sich mit gespielter, beinahe peinlicher Herzlichkeit an Ellen.

Tim rührte sich nicht. Ellen spürte Normans Verlegenheit, aber sie konnte ihm nicht helfen. Später fragte sie sich, wie lange sich keiner von ihnen bewegt hätte, wenn Martha nicht hereingekommen wäre.

»Das Abendessen ist fertig«, begann sie, dann rief sie: »Tim! Sieh dir den Schmutz im Korridor an! Du gehst sofort hinauf und wäschst dir die Füße. Und wasch dir auch gleich deine dreckigen Hände. In dem Zustand kannst du an keinem ordentlichen Tisch essen. Und ich rate dir, dich zu beeilen, junger Mann, sonst...«

»Ist schon gut, Martha«, unterbrach sie Norman rasch. »Beeil dich, Tim, bitte!«

Man konnte nicht sagen, daß Tim gehorchte. Er verließ das Zimmer; aber sein Gang und sein Gesichtsausdruck vermittelten klar, was er ausdrücken wollte – er verließ das Zimmer, weil er es wollte, und nicht, weil man es ihm befohlen hatte. Norman erhob sich und bot Ellen den Arm. Er sah so unglücklich aus, daß er ihr wider Willen leid tat, obwohl er es offensichtlich nicht verstand, mit Tim umzugehen.

»Alle Jugendlichen sind Ungeheuer, nicht wahr?«

fragte sie leichthin. »Ich habe vier großgezogen, und es hat Zeiten gegeben, in denen ich geglaubt habe, daß ich aus der Haut fahre.«

Ihre Offenheit war die richtige Methode; Norman strahlte auf.

»Sie sind alle schrecklich. Wahrscheinlich lasse ich mich zu leicht aus der Fassung bringen. Ich verfüge nicht über soviel Erfahrung wie Sie.«

»Es macht ihnen Spaß, die Erwachsenen aus der Fassung zu bringen. Gelassene Gleichgültigkeit ist die einzig richtige Reaktion.«

Norman führte sie zum Platz rechts vom Kopfende des Tisches und ging zu der Anrichte, wo er sich geschickt mit einer Flasche Wein zu schaffen machte. Der Tisch war geschmackvoll mit schönem, altem Porzellan und dem Familiensilber gedeckt. Ellen schwindelte bei der Vorstellung, daß Tim seine schlammverkrusteten Füße unter diesem Tisch ausstreckte.

»Es tut gut, mit Ihnen zu sprechen«, sagte Norman, während er den Wein einschenkte. »Ich weiß nicht, was ich mit Tim anfangen soll. Ich habe nie gut mit Kindern umgehen können und war entsetzt, als ich erfuhr, daß mich Bev und Joe zu Tims Vormund bestellt hatten. Aber ich konnte schwerlich ablehnen, denn es gibt keine anderen Verwandten.«

»Sie unterschätzen sich. Die beiden haben Sie bestimmt für den Richtigen gehalten, sonst hätten sie jemand anderen gewählt.«

»Es blieb ihnen nichts anderes übrig«, widersprach Norman bitter. »Natürlich hat Joe mir vertraut; ich erledigte seine geschäftlichen Angelegenheiten, deshalb war es nur logisch, daß er mich zum Erbschaftsverwalter einsetzte. Bev hingegen hat nie viel von mir gehalten. Sie hat mich immer ausgelacht... Sie hat sicherlich nie ans Sterben gedacht.«

»Daran denkt niemand«, bemerkte Ellen sanft.

»Wahrscheinlich. Aber Bev – sie war so lebendig. Lebendiger als alle Menschen, die ich je gekannt habe. Für sie war alles aufregend – ein neues Kleid, ein neues Kunstwerk für das Wohnzimmer, das erste Rotkehlchen im Frühling. Ich konnte es nicht glauben...«

Während er sprach, kam Martha herein und begann, die Suppe in die Teller zu schöpfen. Sie füllte auch Tims Teller, obwohl er noch nicht da war. Ellen war überrascht, als Norman vor der Köchin weitersprach.

»Ich konnte nicht glauben, daß sie tot war. Die Polizei stellte fest, daß der andere Fahrer schuld gewesen war, aber Bev fuhr immer zu schnell... Sie waren beide sofort tot, und das war eine Gnade für sie... Joes Tod war natürlich ebenfalls ein Schock für mich, aber Bev... sie war so lebendig.«

»Sie war eine Sünderin«, mischte sich Martha unvermittelt ein. »Sie hat ihren Eltern das Herz gebrochen und den Jungen verdorben.«

»Aber, aber, Martha«, sagte Norman mißbilligend.

Die Köchin rümpfte die Nase und verließ den Raum. Norman sah zu Ellen hinüber, der es schwerfiel, ihre Empörung und ihren Abscheu zu verbergen.

»Ich bitte um Entschuldigung, Ellen. Martha ist keine gewöhnliche Hausangestellte. Sie ist seit zehn Jahren bei mir und hat mir geholfen, Tim aufzuziehen. Ihre Erziehungsprinzipien sind genauso altmodisch wie ihre Einstellung zu Alkohol, aber sie hat nicht ganz unrecht. Bev war Tim gegenüber zu nachsichtig; sie erlaubte ihm, die Schule zu schwänzen, um mit ihr auf Beerensuche zu gehen, und solche Dinge.«

»Hoffentlich spricht Martha nicht mit Tim über seine Mutter«, bemerkte Ellen scharf.

»Das hoffe ich auch«, bestätigte Norman und fügte kläglich hinzu: »Ich habe Ihnen ja gesagt, daß ich ein erbärmlicher Vormund bin. Wenn Sie mir gelegentlich einen Rat geben könnten, Ellen...«

Die Bitte stimmte Ellen weicher, obwohl sie noch immer gute Lust hatte, Martha die Meinung zu sagen.

»Sie kennen mich nicht sehr gut, Norman, sonst würden Sie mich nicht darum bitten. Ich erteile nur zu gern Ratschläge. Ich bin weiß Gott keine Sachverständige, aber ich habe einige Jahre lang mit gestörten Kindern gearbeitet und habe eine Schwäche für junge Leute. Ich kann mir nicht vorstellen, daß ein Junge wie Tim ein hoffnungsloser Fall ist.«

»Er ist nicht schlecht«, stimmte Norman zu. Er sah sie ängstlich an, und Ellens mitfühlendes Herz verkrampfte sich. Sie hatte diesen Satz zu oft gehört.

»Er sieht gut aus«, meinte sie. »Er sieht Ihnen ähnlich.«

»Schämen Sie sich, meine Eitelkeit so auszunützen. Tim sieht seinem Vater sehr ähnlich, und als Joe und ich klein waren, hielten uns die Leute oft für Zwillinge. Aber man braucht schon einen scharfen Blick, um die Ähnlichkeit zu bemerken, weil Tim immer ein so mürrisches Gesicht macht.«

Ellen hatte es ernst gemeint, als sie Norman ihre Hilfe anbot, und hätte auch gern mehr erfahren, aber sie wollte nicht über Tim sprechen, wenn er jeden Augenblick hereinkommen konnte.

»Die Suppe war köstlich«, sagte sie. »Sie haben in bezug auf Marthas Talente nicht übertrieben.«

Die Suppe war nicht ganz die richtige Ablenkung, denn Tims Tasse blieb unberührt. Als Martha hereinkam, um die Teller zu wechseln, nahm sie Tims volle Tasse mit, ohne ihren Dienstgeber anzusehen. Dann brachte sie einen vorzüglichen Braten und die dazu gehörenden Gemüse herein und warf einen Blick auf den leeren Stuhl.

»Sie sollten ihm ein paar Tage nichts zu essen geben«, bemerkte sie kopfschüttelnd. »Ein bißchen Hunger würde ihn lehren, gutes Essen zu schätzen.«

»Hören Sie, Martha...«

»Sie sind zu weich«, brummte die Köchin. Sie warf Ellen einen herausfordernden Blick zu – also hatte sie gelauscht. Ellen erwiderte Marthas feindseligen Blick mit so kühler Verachtung, daß diese sich kommentarlos abwandte. Tim betrat den Raum in dem Augenblick, in dem sie ihn verließ. Das Timing war zu perfekt; Tim lauschte an einer Tür, die Köchin an der anderen – du meine Güte, dachte Ellen, was ist das für ein Haus!

Tim hatte sich die Hände gewaschen. Buchstäblich. Die Wirkung von Wasser und Seife hörte zwei Zentimeter oberhalb seiner Handgelenke auf. Ellen hätte gern seine Füße gesehen, die jetzt in abgetragenen alten Turnschuhen steckten. Sie hatte den Verdacht, daß der Schlamm noch immer da war.

Tim begann schweigend zu essen. Auf Normans Versuche, ihn ins Gespräch miteinzubeziehen, reagierte er, indem er knurrte.

Hätte sich Norman nicht so sichtlich unbehaglich gefühlt, so hätte Ellen die Mahlzeit genossen. Nachdem sie die anfängliche Verblüffung überwunden hatte, störte Tim sie nicht mehr. Sie hatte zu viele Jugendliche wie ihn kennengelernt und dabei die Erfahrung gemacht, daß Normans gespielte gute Laune die schlechteste Taktik überhaupt war. Sie übersah Tim gleichmütig und plauderte über alles mögliche; im Lauf der Mahlzeit vergaß sie dann beinahe wirklich, daß er am Tisch saß. Deshalb zuckte sie zusammen, als sich ihr schweigendes Gegenüber plötzlich an sie wandte.

»Sie haben doch eine Katze?«

»Ja«, antwortete Ellen freundlich. »Eine Siamkatze. Magst du Katzen?«

»Nein, ich mag Katzen nicht. Nicht wahr, Norman?« Er wartete die Antwort nicht ab. »Keiner von uns mag Katzen. Aber Norman mag sie noch viel weniger als ich. Nicht wahr, Norman?«

Norman war blaß geworden. Ellen, die ihn mitfühlend, aber hilflos beobachtete, wußte, daß er Angst hatte – aber nicht vor der Ursache seiner Phobie. Er hatte vor etwas Angst, das ihr ebenfalls eine Gänsehaut über den Rücken jagte – dem unverhüllten Haß in den Augen seines jungen Neffen.

»Es ist sehr unangenehm, wenn man unter Katzenphobie leidet«, meinte sie. »Aber ich habe nie gehört, daß sie vererbbar wäre. Hat man sie schon erforscht?«

Tim blickte auf seinen Teller hinunter und begann, ein Meisterwerk der Tortenbäckerkunst hinunterzuschlingen – Erdbeertorte mit einer federleichten Schaumkruste. Norman entspannte sich mit einem hörbaren Seufzer. Ellen kam sich wie ein Dompteur vor, der einen Leoparden beruhigen will, indem er ihm gut zuredet. Bis jetzt schien es zu funktionieren. Sie fuhr genauso ruhig fort.

»Angeblich übernehmen Kinder die Vorurteile ihrer Eltern in bezug auf Tiere, Essen und dergleichen. Das habe ich immer bezweifelt. Meinen Kindern schmecken die Gemüsesorten, die ich nicht ausstehen kann, und umgekehrt. Aber Katzenphobie ist mehr als ein Vorurteil, es ist eine Krankheit. Vielleicht ein chemisches Ungleichgewicht...«

»Nein«, widersprach Tim, ohne aufzusehen. »Es ist ererbt. Wir haben es seit langem, nicht wahr, Norman? Es geht auf unseren Vorfahren zurück, der von der Katze der Hexe getötet wurde. Sie hat ihn verhext, und er hat sie ermordet, nicht wahr, Norman? Dann verkrallte sich die Katze...«

»Tim!« Normans blasses Gesicht wurde rot vor Zorn.

»Verschon uns zumindest während des Essens mit dieser verrückten Geschichte.«

»Ich bin fertig.« Tim schob den Stuhl zurück und stand auf. Dann tat er etwas, das Ellen mehr erschütterte als alles Vorhergegangene. Er verbeugte sich übertrieben höflich und sagte mit hoher Stimme:

»Bitte, Madam, würden Sie mich entschuldigen? Wenn ich sehr, sehr schön bitte?«

Ellen mußte sich keine passende Antwort einfallen lassen, denn Tim machte abrupt kehrt und schlenderte aus dem Zimmer.

Norman entschuldigte sich wortreich, aber Ellen hörte ihn kaum. Sie versuchte herauszufinden, was an dieser bizarren Szene so beunruhigend gewesen war. Bosheit – ja, die wirkte bedrückend, vor allem, weil sie Tim keinen Grund gegeben hatte, sie nicht zu mögen. Aber noch etwas brachte sie aus der Fassung: die Erkenntnis, wie männlich Tim wirkte, wenn er sich ausnahmsweise gerade hielt und nicht schlurfte. Er war vielleicht emotionell zurückgeblieben, aber körperlich war er beinahe erwachsen und bewegte sich mit fast tierischer Anmut.

Wenn Ellen etwas sehr beeindruckte, sprach sie, ohne zu überlegen, und das war jetzt der Fall.

»Er muß unglaublichen Erfolg bei Mädchen haben.«

»Sagen Sie das nicht«, stieß Norman hervor, und Ellen starrte ihn an.

»Entschuldigen Sie, Norman, das war dumm von mir. Er hat doch nicht – ich meine, es hat keine...«

»Noch nicht. Bis jetzt war es nichts Ernstes. Mein Gott, was soll ich nur tun?«

Er vergrub das Gesicht in den Händen.

»Das nützt nichts«, erklärte Ellen sanft, aber bestimmt. »Ich bin sicher, daß Sie sich unnötige Sorgen machen, Norman. Tim befindet sich in einem schwierigen Stadium...«

»Er ist beinahe achtzehn.« Norman ließ die Hände sinken; sein Gesicht war gerötet, wies aber keine Tränenspuren auf. Ellen war darüber froh, denn an weinende Männer war sie nicht gewöhnt. Ihr fiel plötzlilch ein, wie Jack auf die Untaten seiner Söhne reagiert hatte, aber sie unterdrückte schnell diesen unfairen Gedanken.

»Wie lange dauern diese Stadien?« fuhr Norman fort. »Er benimmt sich seit sieben Jahren so.«

»Was hat er eigentlich...« Ellen unterbrach sich, weil Martha mit dem Kaffee hereinkam. Wenn Norman vor Martha über Tim sprechen wollte, konnte sie ihn nicht daran hindern, aber sie hatte nicht vor, sich den Kritikern anzuschließen. Sie war davon überzeugt, daß Martha die ganze Episode mitbekommen hatte. Auf ihrem Gesicht lag der selbstgefällige Ausdruck eines Puritaners, der soeben, wie erwartet, einen Sünder beim Sündigen ertappt hat.

Norman beantwortete die unausgesprochene Frage, während Martha die Dessertteller einsammelte.

»Er hat eine Menge getan. Boshafte Streiche, Vandalismus, Grausamkeit in bezug auf Tiere...«

Ellen konnte einen leisen Ausruf nicht unterdrücken, und Martha sah sie streng an. Die Frau trug das schwere Tablett, als wäre es leer; sie hatte Arme wie ein Schauermann.

»Sie sollten auf Ihre Katze achtgeben«, bemerkte sie.

»Aber Martha...« begann Norman.

»Sie müssen es ihr erzählen. Sie sind dem Jungen gegenüber zu weich, Sie waren es immer schon. Erzählen Sie ihr von dem Eichhörnchen, dem er den Schwanz abgeschnitten hat, von den jungen Ratten...«

»Martha!«

»Schon gut, schon gut. Aber erzählen Sie es ihr. Mir ist es gleich, was er mit Schädlingen wie Eichhörnchen tut, aber manche Menschen legen großen Wert auf Tiere.

Zuchtkatzen kosten viel Geld. Es gibt Leute, die ein Theater um sie machen, als wären sie Menschen.«

Sie marschierte mit dem Tablett hinaus. Norman streichelte Ellens Hand. »Es tut mir leid, meine Liebe. Sie sind ja blaß wie ein Gespenst.«

»Das ist meine Phobie.« Ellen versuchte zu lächeln. »Ich vertrage keine Geschichten über Grausamkeiten, die an Kindern oder Tieren verübt werden. Ich bin eine sentimentale Närrin.«

»Diese Haltung ist weder sentimental noch närrisch. Aber Martha hat recht; ich muß Sie auf Tims Einstellung zu Tieren aufmerksam machen. Als er klein war, habe ich geglaubt, daß ihm Haustiere guttun würden, aber er – na ja, die einzigen Tiere, die ich halten kann, sind die Hunde. Sie sind zu groß und zu gefährlich, als daß Tim ihnen etwas antun würde, obwohl er sie so weit quält, wie es ihm gefahrlos möglich ist. Die Hunde verabscheuen ihn, und ich habe immer Angst, daß sie ihn einmal verletzen werden.«

»Als die Hunde gestern in meinem Haus bellten und dann in den Wald rannten – da haben sie ihn gewittert, nicht wahr?«

»Ich fürchte, ja. Aber Ihnen droht von Tim keine Gefahr. Er ist ein Einzelgänger und streift sehr oft im Wald herum, hat aber noch nie jemanden angegriffen. Zumindest keinen Erwachsenen.«

»Wollen sie damit sagen, daß er Kinder schlägt?«

»Nein, er rauft.« Norman grinste. »Er hat es jedenfalls früher getan. Als er zehn oder elf war, wurde ich durchschnittlich zweimal wöchentlich von empörten Eltern angerufen, mit deren Kindern Tim sich geprügelt hatte. Ich habe es damals nicht tragisch genommen. Sie wissen ja, wie Kinder sind.«

»Diese Art von Aggressivität ist oft ein Hinweis auf Schwierigkeiten. Der plötzliche Tod seiner Eltern…«

»Das ist richtig«, stimmte ihr Norman eifrig zu. »Es war eine normale Reaktion. Er war zehn, als Joe und Bev ums Leben kamen. Ich war darauf gefaßt, daß der Junge durcheinander sein würde.«

»In gewissem Sinn ist es normal«, gab Ellen vorsichtig zu. »Aber Kinder brauchen oft viel Hilfe, um einen so schweren Verlust zu überwinden.«

»Er bekam Hilfe. In den darauffolgenden fünf Jahren war er bei drei Psychiatern. Es nützte überhaupt nichts. Er rauft nicht mehr, aber nur deshalb, weil ihn die anderen Jungen in Ruhe lassen. Sie haben gelernt, daß sie ihn nicht provozieren dürfen.«

»Ist er zur Zeit bei einem Psychiater in Behandlung?«

»Im Augenblick nicht. Der letzte Arzt, bei dem ich war, erklärte mir, daß er ohne Tims Mitarbeit nichts erreichen könne. Tim kooperiert nicht.«

»Bei welchen Ärzten waren Sie?«

Die Namen, die Norman nannte, beeindruckten Ellen.

»Sie waren tatsächlich bei den besten. Wie haben Sie Abrahamson dazu gebracht, Tim anzunehmen? Er ist normalerweise zehn Jahre im voraus ausgebucht.«

»Damals war ich soweit, daß ich auch das Unmögliche schaffte. Sie finden also, daß ich mein Möglichstes getan habe?«

»Und ob. Auf dem Gebiet gibt es keine besseren Leute.«

»Ich kann nichts dafür, ich muß ihn gern haben«, sagte Norman verzweifelt. »Auch wenn er mich haßt... Doch, das tut er. Ich muß es zur Kenntnis nehmen, obwohl es schmerzt... Es ist unglaublich rücksichtslos von mir, Sie mit diesen Dingen zu belasten, Ellen. Sprechen wir über etwas anderes. Ich hätte nicht davon angefangen, wenn Tim sich nicht so schlecht benommen hätte. Ich bin ein so idiotischer Optimist. Jedesmal, wenn Tim jemand Neuen kennenlernt, hoffe ich, daß er auf ihn reagieren und freundlich sein wird... und ich hoffe auch jedesmal, daß der Neuankömmling kein Vorurteil gegen Tim haben wird, das kommt nämlich auch vor.«

»Ich verstehe Sie vollkommen. Wenn man von einem Jungen erwartet, daß er sich schlecht benimmt, dann fordert man diese Haltung heraus. Aber ich habe keine Vorurteile, Norman. Und ich möchte Tim so gern helfen.«

»Auch wenn Sie von seiner Grausamkeit gegen Tiere wissen?«

»Er kann an Ishtar nicht heran, die ist zu vorsichtig.«

»Und wenn er es doch schafft?«

»Was haben Sie gerade über Vorurteile gesagt? Glauben Sie mir, Norman, ich habe mit Kindern gearbeitet, die schlimmere Probleme hatten als Tim.«

»Danke, Ellen. Aber jetzt wollen wir wirklich über etwas anderes sprechen.«

Er wirkte noch immer deprimiert, und als sie ins Wohnzimmer gingen, ließ sich Ellen zu einer Geste hinreißen, vor der sie sich normalerweise hütete. Sie hängte sich bei ihm ein und fragte: »Wissen Sie, daß ich hellsehen kann? Meine Kristallkugel verrät mir, daß Sie sich keine Sorgen machen müssen. Tim wird sich zu einem Musterbürger entwickeln.«

»Können Sie tatsächlich hellsehen?« fragte Norman interessiert.

»Natürlich nicht. Ich glaube nicht...«

»An solche Dinge? Das hoffe ich sehr, Ellen. Wenn Sie für so etwas empfänglich sind, dann wohnen Sie im falschen Haus.«

»Fangen Sie nicht auch noch damit an, Norman! Ed Sallinger hat sich beinahe geweigert, mir das Haus zu verkaufen. Sehe ich wirklich wie ein schwachsinniges weibliches Wesen aus?«

»Das habe ich nicht gemeint.«

»Dann erzählen Sie mir von meiner Hexe und Ihrem Vorfahr. Oder hat das Tim erfunden?«

Norman legte den Kopf schief und musterte sie nachdenklich. In dieser Haltung sah er beinahe genauso jung aus wie sein Neffe. Nach einem Augenblick lächelte er.

»Sie sind in Ordnung. Sie fragen ja nicht aus morbider Neugierde, nicht wahr?«

»Es ist ganz einfach Neugierde. Ich habe Ihnen gesagt, daß ich meine Nase überall hineinstecke.«

»Ich kann sehr gut verstehen, daß Sie neugierig sind. Gespenstergeschichten sind immer amüsant. Mein Vorfahre Peter McKay war einer der ersten Siedler in dem Gebiet. Er war ein harter Mann und schleppte ständig die Bibel mit sich herum. Hat Ed Ihnen etwas über die hiesige Kirche erzählt?«

»Er hat mich vor ihr gewarnt, aber er hat mich auch vor einer Menge anderer Dinge gewarnt.«

»Das sieht ihm ähnlich. Die Kirche ist allerdings eine Art Kuriosität. Es ist eine ungewöhnliche Sekte – soviel ich weiß, ist sie einmalig. Nein, denken Sie nicht an Teufelsanbetung oder schwarze Messen. Das ist es keineswegs, sondern nur eine extreme Form von pessimistischem Calvinismus. Erbsünde, Prädestination, geiler Puritanismus – was Sie wollen. Peter McKay wurde zum Konvertiten und Ältesten. Es ist sehr gut möglich, daß er mit Mary Baumgartner aneinandergeriet, falls die Geschichten über sie wahr sind. Aber ich kann die Legende, die Tim erwähnt hat, nur bis zu diesem Punkt akzeptieren. Marys Tod war offiziell Selbstmord, und ihre Katze ist vermutlich eine nachträgliche Erfindung. Katzen sind ja die üblichen Vertrauten von Hexen.«

Ellen nahm einen Schluck von dem Brandy, den er eingeschenkt hatte, während er sprach.

»Schwarze Katzen sind üblich, aber eine weiße, blauäugige Angorakatze ist für die damalige Zeit äußerst unüblich. Doch dieses Problem ist nebensächlich. Wie ist Ihr Vorfahre gestorben?«

»Wer kann das sagen? Er verschied 1756, während der Franzosen- und Indianerkriege, es kann also auch ein gewaltsamer Tod gewesen sein. Es gibt keine verläßlichen Unterlagen.«

»Und die Katzenphobie – ist sie wirklich in der Familie erblich?«

»Ich muß wieder fragen: Wer kann das sagen? Mein Vater haßte Katzen, aber das tun viele Leute. Wenn Männer der alten Schule eine solche Schwäche hatten, dann haben sie es nie zugegeben.«

Er preßte die Lippen zusammen, und Ellen beschloß, das Thema vorläufig ruhen zu lassen.

Wenn man bedachte, wie ungünstig der Abend begonnen hatte, verlief der Rest angenehm. Norman legte einige seiner Lieblingsplatten auf, und sie unterhielten sich noch auf der Heimfahrt über Musik. Das Gespräch hatte sich so weit von Gespenstern und Halluzinationen entfernt, daß Ellen überhaupt nicht mehr daran dachte. Deshalb war es ein schwerer Schock für sie, als sie den Schatten wieder sah.

Sie summte das Thema des Klavierkonzerts von Mozart, das Norman aufgelegt hatte, vor sich hin, während sie sich auszog. Weder flackerte das Licht, noch warnte sie eine Bewegung; plötzlich war er da.

Als Ellen einige Sekunden später ihre fünf Sinne wieder beisammen hatte, hockte sie an der Wand und drückte sich das Nachthemd krampfhaft an die Brust. Vom Fußende des Bettes aus beobachtete Ishtar sie neugierig. Der Gesichtsausdruck der Katze vermittelte wohlerzogene Überraschung, sonst nichts.

Diesmal brauchte Ellens pochendes Herz länger, bis es wieder normal schlug. Lächerlicherweise wandte sie dem Raum den Rücken zu, bevor sie sich das Nachthemd über den Kopf streifte. Als sie sich umdrehte, bot das Zimmer den gleichen anheimelnden, gemütlichen Anblick wie immer. Ishtar schnurrte. Die Brise, die zum offenen Fenster hereindrang, war warm wie eine Liebkosung.

»Ich muß meine Augen untersuchen lassen«, sagte Ellen laut.

Als sie das Licht ausschaltete, wirkte die Dunkelheit nicht bedrohlich. Im Finstern sieht man keine Schatten.

5. Kapitel

Bis zum Wochenende hatte Ellen ihre optische Täuschung beinahe vergessen. Es konnte kaum etwas anderes sein, denn es fehlten sämtliche Attribute übersinnlicher Erscheinungen. Ellen kannte die Literatur zu diesem Thema. Ihr gefielen Gespenstergeschichten genausogut wie vielen anderen Menschen, und da sich etliche ihrer Freunde für Okkultismus interessierten, hatte sie Wahrsagerinnen aufgesucht und sogar an Séancen teilgenommen. Ihre Familie hatte sie mit ihrem prophetischen Talent geneckt, das sich meist in Form von Warnungen an die arbeitsunwillige Jugend äußerte: »Wenn du dieses Fahrrad nicht wegräumst, wird es jemand stehlen.« Jack hatte darauf hingewiesen, daß solche billigen Vorhersagen den Ruf eines Wahrsagers begründen.

Ellen war Prophezeiungen, Handlesern und Spiritismus immer mit offener Skepsis begegnet. Sie hielt sich nicht für beeinflußbar und wies darauf hin, daß in Mary Baumgartners Haus jede mystische Veranlagung unweigerlich ans Tageslicht kommen mußte. Statt dessen wirkte das Haus jeden Tag gemütlicher. Und wenn Ellen gelegentlich an seine frühere Besitzerin dachte, dann geschah es mit Mitleid und Neugierde, nicht mit Angst.

Da das Wetter schön blieb, brachte sie einen guten Teil der Gartenarbeit hinter sich. Als sie einmal unter der Eiche im Vorgarten Giftsumach ausgrub, starrte sie fasziniert auf eine kleine Vertiefung zwischen zwei dicken Wurzeln. Sie hörte einen Augenblick auf zu graben und blieb mit dem Pflanzenheber in der Hand regungslos stehen. Es ist nicht leicht, Giftsumach auszugraben, denn die alten Wurzeln sind lang und dick. Wenn sie tief genug grub...

Der Gedanke erschreckte sie nicht. Die Geschichte war vage, der Hof groß, und es war lange her. Wenn sie tatsächlich durch einen unglaublichen Zufall auf sterbliche Überreste stieß, würde dies sie bestimmt nicht beunruhigen. Sie grub eine Weile langsamer, das war alles. Als sie endlich die Wurzel herausholte, hatte sie die Geschichte schon wieder vergessen.

Einige Tage später erforschte sie den Keller und dachte dabei wieder an Mary. Es war ein heißer Vormittag, und sie hatte es vorgezogen, in einem kühleren Teil des Hauses zu arbeiten; nach einigen Stunden hatte sie jedoch genug. Der Keller war so feucht, daß es unangenehm war. Wenigstens mußte sie sich keine Sorgen darüber machen, daß die alten Zeitungen und der übrige Kram in Brand geraten konnten. Die Zeitungen waren nicht alt genug, um wertvoll zu sein, aber Ellen wollte sie nicht wegwerfen; Schlagzeilen aus den vierziger und fünfziger Jahren würden für die Kinder vielleicht interessant sein. Aber sie räumte zwei Truhen mit verfaulenden Kleidungsstücken aus. Sie hatte zwar in den Schaufenstern der teuren Geschäfte in Georgetown aufgefrischte alte Kleider gesehen, die offenbar ›in‹ waren, doch diese waren nicht mehr zu retten. Ellen rümpfte angewidert die Nase, während sie Glockenhüte und verschimmelte Kattunschürzen in einen Müllsack stopfte.

Phil hatte in bezug auf die geheimnisvolle Tür recht gehabt. Es gab eine Menge Türen im Keller; er war im Lauf der Jahrhunderte immer wieder unterteilt und vergrößert worden, aber es stand zweifelsfrei fest, welche der Türen Phil gemeint hatte.

Sie befand sich in einer Ecke im tiefsten Teil des Kellers, einem stinkenden, kleinen, schwarzen Raum am Ende einer steilen Steintreppe. Die Treppe erinnerte Ellen an die Hexe; sie war so alt, daß der Erbauer ohne weiteres Marys Mann gewesen sein konnte. Ellen leuchtete den Raum mit ihrer Taschenlampe aus. In diesem Teil des Kellers war keine Elektrizität verlegt worden, und das mit gutem Grund; der Raum war für Vorratshaltung oder ähnliche Zwecke ungeeignet. Die rauhen Steinwände waren grün vor Moos. Das Material, aus dem die Tür bestand, war schwer zu erkennen, denn sie war nicht nur einmal, sondern mehrmals mit Brettern vernagelt worden, und das Holz war in der feuchten Luft verfault.

Ishtar hatte sich geweigert, ihrer Herrin in den unteren Keller zu folgen. Sie ging am oberen Rand der Treppe auf und ab und stieß kummervolle Laute aus. Ein leicht beeinflußbarer Mensch hätte diese Tatsache vielleicht für bedeutsam gehalten, doch Ellen kannte den wahren Grund: Ishtar haßte nasse, unangenehme Räume und sagte immer hemmungslos, was sie dachte. Ellen kümmerte sich nicht um ihr Gejammer, sondern wartete darauf, daß ihr sechster Sinn einen übersinnlichen Hauch wahrnahm.

Der sechste Sinn rührte sich nicht, aber andere Sinne erhoben Einwände, besonders ihr Geruchssinn. Der Raum stank. Ellen zuckte die Achseln, stieg die Treppe hinauf und wurde von Ishtar mit einer Strafpredigt empfangen. Den Rest des Tages arbeitete sie im Garten.

Am nächsten Tag holte sie sich bei Ed Sallinger Rat wegen eines undichten Wasserrohrs und fragte ihn dabei nach der Tür. Ed sah sie angewidert an.

»Das ist natürlich der Tunnel der Hexe«, antwortete er sarkastisch. »Durch ihn gelangte Mary Baumgartner in den Wald, in dem sie sich mit dem Teufel traf. Beruhigt Sie das, Mrs. March?«

»Ich wollte nur sicher sein, daß niemand durch diese Tür in das Haus gelangen kann«, wandte Ellen schüchtern ein.

»Falls es dort jemals einen Tunnel gegeben hat, was ich bezweifle, dann ist er wahrscheinlich längst eingestürzt.«

»Falls es einen Tunnel gegeben hat«, widersprach Ellen,

»dann war es wahrscheinlich Marys Fluchtweg. Wenn ich Marys Ruf hätte, würde ich einen anlegen lassen.«

Jetzt schien Eds Interesse zu erwachen, aber er weigerte sich trotzdem, sich mit einem so irrationalen Thema zu befassen, und Ellen gab auf. Am Nachmittag erschien der Installateur und reparierte die lecke Leitung. Ed wirkte zwar manchmal aufreizend, aber er war wenigstens gewissenhaft.

Ellens Wochen bestanden aus Arbeit und Ruhepausen, und wenn sie etwas störte, dann war es nicht die Hexe, sondern der jugendliche Stadtdelinquent. Als sie zum erstenmal zu einem Spaziergang in den Wald aufbrach, war sie ein wenig besorgt; sie würde bestimmt erschrecken, wenn Tims große, feindselige Gestalt plötzlich vor ihr auftauchte. Noch mehr Sorgen machte sie sich Ishtars wegen, aber zu ihrer Erleichterung blieb die Katze in der Nähe des Hauses. Ein peinliches Zusammentreffen mit einem Stinktier zu Beginn der Woche hatte Ishtar gelehrt, daß im Wald Feinde lauerten, mit denen nicht einmal eine Siamkatze fertig wird. Nach der Bekanntschaft mit dem Stinktier verbrachte sie drei Tage im Holzschuppen, wo sie herzzerreißend jammerte. Danach beschränkte sie sich auf den Garten und fand dort vieles, was sie interessierte. Obwohl sie nur vier Kilo wog, war sie eine großartige Jägerin und brachte Ellen immer wieder Maulwürfe und Feldmäuse als Geschenk.

Ellen traf im Wald nicht auf Tim, so daß ihre Nervosität allmählich nachließ und ihre Spaziergänge zur reinen Freude wurden. Der Wald konnte gefährlich sein; auch wenn es noch so heiß war, betrat ihn Ellen nur mit Schnürschuhen und dicken Handschuhen, denn es gab Brombeeren und Giftsumach, ganz zu schweigen von Schlangen. Das Unterholz war genauso schwer zu durchdringen wie ein Stacheldrahtverhau. Ellen wußte, wie tief die täuschend dünnen Ranken des Geißblatts in die Haut einschneiden können, und gewöhnte sich an, ein Messer mitzunehmen. Wenn sie größere Touren unternahm, hatte sie auch einen Kompaß bei sich. Die Hänge und Hügel waren von Bächen und Schluchten durchzogen, und man verlor leicht die Orientierung.

Aber ihre Erlebnisse machten diese Mühe wett. Als sie einmal in einer winzigen, sonnenbeschienenen Lichtung saß, marschierten Familien von schwarzköpfigen Wachteln in Reih und Glied wie altmodische Schulkinder an ihr vorbei. Sie stieß auf Vögel, die sie noch nie gesehen hatte – Spechte und Walddrosseln, Mehlschwalben und Wildgänse. Sie fand kleine Pfade, die bestimmt keine menschlichen Füße ausgetreten hatten, und einmal traf sie auf einer dieser tierischen Landstraßen einen Fuchs, der seinen Jungen das Abendessen nach Hause brachte. Der Wind stand für Ellen günstig; der Fuchs bemerkte sie erst, als sie sich bewegte. Er blieb regungslos stehen, und das Sonnenlicht, das auf ihn fiel, verwandelte ihn in eine kupferrote Statue. Er musterte Ellen ruhig, dann drehte er sich um und verschwand in den Büschen.

Diese Begegnung erschütterte Ellen. Einige ihrer Freunde gehörten Jagdgesellschaften an; der Sport hat in Virginia Tradition. Sie hatte immer einen Sport mißbilligt, dessen Reiz unter anderem in der Angst und Qual des gehetzten Tieres besteht; während sie jetzt das noch zitternde Laub der Büsche beobachtete, in denen der Fuchs verschwunden war, zitterte sie ebenfalls vor unerklärlichem Kummer und Zorn – als wäre sie in den Geist des gejagten Tieres eingedrungen, hätte die keuchende Lunge und die schmerzenden Gliedmaßen gespürt... Und gleichzeitig war ihr die Ungerechtigkeit durchaus menschlich bewußt. Füchse jagten nur um der Nahrung willen, und wenn sie töteten, dann töteten sie schnell.

Auf dem Heimweg beschloß Ellen, auf ihrem Grund und Boden Tafeln aufzustellen, um jede Art von Jagd zu verbieten. Die Geste paßte sogar zur Tradition, die Mary Baumgartner zwei Jahrhunderte zuvor begründet hatte. Ellen mußte lächeln. Die tiefe Erschütterung verklang allmählich, und jetzt wurde sie sentimental. Sie stellte sich die gehetzte, belagerte Mary vor, die mit den Geschöpfen des Waldes Mitleid hatte, weil diese wie sie Opfer der menschlichen Grausamkeit waren.

Am nächsten Morgen fuhr Ellen nach Smithville, kaufte Tafeln mit der Aufschrift ›Jagen verboten‹ und suchte eine Bibliothek auf – eine Einrichtung, die es in Chew's Corners nicht gab. Sie verbrachte den Rest des Tages sowie den nächsten Vormittag damit, die Tafeln aufzustellen; zum Teil verlief die Grenze ihres Besitzes hoch oben in den Hügeln und war nur zu Fuß erreichbar.

Als sie zum Haus zurückkehrte, fuhr gerade der Postwagen weg, und sie lief aufgeregt zum Briefkasten. Ihre Familie bestand aus eifrigen Briefschreibern. Penny und die Jungen hatten sich bereits gemeldet, und diesmal war es der lang ersehnte Brief von Jack.

Seine Schrift war typisch für ihn, fand sie, während sie den Umschlag betrachtete. Sie war zwar rasch hingekritzelt – er tat alles rasch –, aber überraschend gut leserlich. Sie holte sich eine Tasse Kaffee, setzte sich damit auf die schattige Veranda und öffnete erwartungsvoll das Schreiben.

»Soll ich dir etwas Komisches erzählen?« begann es mit einer Direktheit, die ebenfalls für Jack typisch war. »Ich habe Heimweh, und das ist unfair. Eigentlich sollten doch die aus dem Nest geworfenen Kinder diejenigen sein, die leiden. Soweit ich es beurteilen kann, empfindet keines von ihnen auch nur eine Spur von Heimweh, während ich hier sitze, Familienfotos anstarre und bedaure, daß ich mein Zuhause verlassen habe.

Zu allem Überfluß nehme ich an, daß wir dir überhaupt nicht fehlen. Wahrscheinlich fühlst du dich wohl wie nie zuvor in deinem Leben. Ich sehe dich vor mir: Du sitzt mit Ishtar auf dem Schoß in deinem Traumhaus und trinkst genüßlich Tee, oder du kämpfst mit Unkraut, die Locken fallen dir ins Gesicht, und du verwendest Ausdrücke, die keine Dame jemals in den Mund nehmen sollte und die du von meinen nichtsnutzigen Söhnen gelernt hast. Außerdem dankst du Gott täglich dafür, daß du diese anspruchsvolle Bande endlich vom Hals hast. Ich habe dir wahrscheinlich nie gesagt, wie dankbar ich dir für alles bin, was du für uns getan hast. Ich habe einige Male einen Anlauf genommen, bin aber nie weit gekommen, weil man es nicht mit Worten ausdrükken kann. Wenn jemals eine Frau Anspruch auf Ruhe und Frieden hatte, dann bist du es. Du hast es verdient.«

Die Buchstaben verschwammen Ellen vor den Augen, so daß sie nicht weiterlesen konnte. Sie legte die Katze, die auf ihrem Schoß schlief, die Hand auf den Rücken. Jack kannte sie zu gut; das Bild stimmte haargenau. Eine Träne fiel der Katze ins Gesicht, und Ishtar fuhr sich gereizt mit der Pfote darüber; dann rollte sie sich wieder zusammen und schlief weiter.

Ellen wäre es beinahe lieber gewesen, wenn Jack nicht geschrieben hätte. Sie hatte geglaubt, daß es ihr allmählich gelang, ihn zu vergessen, aber der Brief hatte ihn ihr so deutlich ins Gedächtnis gerufen, daß sie ihn im Geist vor sich sah: seine feingliedrigen Hände, seine lustigen braun-grünen Augen, die sehr, sehr hohe Stirn, wegen der er etwas empfindlich war ... Wenigstens kämmte er sich nicht wie andere Männer klägliche Haarsträhnen über die Glatze. Er machte sich nichts vor und nahm seine Schwächen nicht zu wichtig.

Das galt auch für sein Gefühl für sie. Er hätte es nie so herzlich und offen ausdrücken können, wenn mehr dahinter gesteckt hätte als brüderliche Liebe.

Ishtar saß auf Ellens Taschentuch. Ellen wischte sich die Tränen mit dem Handrücken ab und las weiter.

Der Rest des Briefes war unpersönlich und bestand aus humorvollen, aber diskreten Kommentaren zu Jacks Tätigkeit. Sein Sinn für Humor machte nicht einmal vor seinem Beruf halt, und das ist bei einem Mann eine sehr seltene Eigenschaft. Viele Menschen können über alles lachen, nur nicht über sich selbst. Ellen lachte laut über die Schilderung eines diplomatischen Empfangs und der dabei Anwesenden.

Der Brief verschwand in einer bestimmten kleinen Schachtel auf Ellens Frisiertisch, doch weiter ging sie nicht. »Keine blauen Bänder«, erklärte sie ihrem Spiegelbild. Es war überhaupt höchste Zeit, daß sie aus dem Haus und unter Menschen kam. Sie befaßte sich viel zuviel mit sich selbst und ließ ihrer Fantasie zu freien Lauf.

Sie faßte unvermittelt einen Entschluß, schlüpfte aus den verschossenen Wanderjeans und der Bluse und griff nach einem Kleid – etwas Leichtem, Kühlem, denn der Tag würde heiß werden. Sie wollte in die Stadt fahren und im Gemischtwarenladen Kochschokolade, Kokosraspeln und Kondensmilch kaufen, die sie für sehr üppige Plätzchen brauchte. Wenn sie nach Hause kam, würde sie die Plätzchen backen und sie essen. Die vielen Fußmärsche rechtfertigten einige zusätzliche Kalorien. Dann würde sie sich hinsetzen und Jack einen netten, fröhlichen Brief über den seltsamen, gemütlichen Reiz von Chew's Corners schreiben.

Ihre Stimmung besserte sich, als sie auf die Straße zur Stadt einbog. Sie hatte kaum etwas von Chew's Corners gesehen und freute sich auf den Einkauf in Mrs. Grapows Gemischtwarenladen. Sie hatte ursprünglich ihre Speisekammer mit Vorräten aus dem Supermarkt in der dreißig Kilometer entfernten Stadt angefüllt, aber von nun an würde sie sich an die örtlichen Produkte und Kaufleute halten. Es gab in der Gegend bestimmt Obstplantagen und auch Erdbeerfelder, auf denen sie ihren Bedarf selbst pflücken konnte.

Chew's Corners lag an der Kreuzung zweier schmaler Nebenstraßen, deshalb war der Verkehr nicht dicht. Der Ort bestand nur aus wenigen Straßen, aber Ellen hatte einen Blick auf einige interessante alte Häuser erhascht.

Sie parkte den Wagen in einer Seitengasse und sah, wie sich an einem Fenster ein Vorhang bewegte.

Sie stieg lächelnd aus und versperrte den Wagen nicht; das wäre ihrer neuen Stadt gegenüber unhöflich gewesen, besonders, wenn einer der Bewohner sie beobachtete. Sie machte sich auf den Weg.

Es ging auf Mittag zu, und die Sonne wärmte ihre nackten Arme. Sie brauchte für die Stadt nicht mehr als eine halbe Stunde; sie war weniger interessant, als Ellen angenommen hatte. Einige Häuser waren alt; sie entdeckte eine schöne, fächerförmige Lunette und ein prächtiges neoklassizistisches Gebäude mit Pilastern, Architrav und Gesims. Doch der allgemeine Eindruck war deprimierend. Der Verfall war noch nicht augenscheinlich, aber die Stadt lag im Sterben. Einige Häuser waren mit Brettern vernagelt; eines davon war eine schöne georgianische Villa. Übermütige Jungen hatten die Fenster eingeschlagen, und das Haus blickte trübsinnig auf eine verwahrloste Rasenfläche.

Ellen erhoffte sich von der Kirche einen besseren Eindruck, aber sie wurde enttäuscht. Sie war ein strenger, einfacher Kasten aus weiß gestrichenen Brettern, mit einem untersetzten, reizlosen Turm. Die Fenster waren aus farblosem Glas, und im Inneren stand Ellen vor Holzbänken ohne Verzierung und vor weiß getünchten Wänden. Sie wandte sich von der kalten, abweisenden Kirche ab und dem neben ihr liegenden Friedhof zu.

Die verwitterten, grauen Grabsteine wirkten im grünen

Gras freundlich und anheimelnd, doch der Schein trog; der Friedhof war genauso streng wie die Kirche. Ellen hatte gehofft, daß sie Material für ihre Sammlung von ungewöhnlichen Grabsteinen und skurrilen Nachrufen finden würde, und vielleicht sogar einen Grabstein mit Marys Namen. Ein Begräbnis in geweihter Erde wirkt angeblich beruhigend auf ein Gespenst. Sie konnte jedoch keine alten Grabsteine entdecken. Vielleicht hatten sich an den vereinzelten ungepflegten und unkrautüberwucherten Stellen früher Gräber befunden, aber die Einwohner der Stadt hatten bestimmt etwas dagegen, daß eine neugierige Fremde zwischen den Überresten ihrer Vorfahren herumstöberte.

Die Inschriften auf den neueren Grabsteinen bestanden aus einem Namen und zwei Daten. Gelegentlich gab es sogar ein Bibelzitat, doch als Ellen einige von ihnen las, wunderte sie sich über die Hoffnungslosigkeit, die sich in ihnen widerspiegelte. ›Aus Staub bist du und zu Staub sollst du werden‹, und ›Dort wird Heulen und Zähneklappen sein‹ waren noch die mildesten. Nirgends gab es einen Hinweis auf die Auferstehung.

Schließlich wandte sich Ellen wieder der Welt der Lebenden zu und begab sich sehr neugierig und ein wenig beklommen zum Gemischtwarenladen. Eine Frau in einem baumwollenen Hauskleid hatte ihr zugenickt, und ein Kind hatte sie angelächelt, bevor es sich hinter einem Busch im Vorgarten seines Hauses versteckte. Die Stadt machte keinen unfreundlichen Eindruck, aber die Vorstellung, daß sie an der Reihe der Müßiggänger auf der Veranda vorbeigehen mußte, war ihr unangenehm. Als sie die Holzstufen hinaufstieg, stellte sie fest, daß es insgesamt sechs Männer waren.

Sie waren alle relativ alt, und Ellen schloß daraus, daß die Veranda der örtliche Ersatz für einen Golfplatz und einen Klub war. Die Gesichter, die sich ihr zuwandten, waren kantig, braungegerbt und sahen einander seltsam ähnlich.

Sie wurde zwar nicht mit begeistertem Applaus begrüßt, aber der Empfang war freundlich; einige der Männer sagten »Morgen«, und die übrigen nickten. Ellen atmete erleichtert auf und strahlte sie an.

Wenn man aus der hellen Sonne kam, wirkte der Laden kühl und dunkel. Sobald sich Ellens Augen darauf eingestellt hatten, stiegen nostalgische Gefühle in ihr auf und weckten Erinnerungen an weit zurückliegende Kleinstadtgeschäfte.

Es gab ein Pult mit Süßigkeiten hinter Glas, während obenauf große Glasflaschen mit bunter Limonade standen. Im Hintergrund des Raums hing an einem braunen, auf Hochglanz polierten Holzgitter ein Schild, auf dem ›Postamt‹ stand. Auf den Regalen rechts davon lagen Stoffballen, Hemden und Overalls, und daneben standen Schachteln mit der schamhaften Bezeichnung ›Damenunterwäsche‹.

Auf anderen Regalen befanden sich Lebensmittel in Flaschen, Dosen und Kartons. Es gab einen einzigen kleinen Tiefkühlschrank und eine Menge Fässer, die Samen und verschiedene Futtermittel enthielten. Der Raum war groß und so geschickt ausgenützt, daß er die größtmögliche Menge von Waren enthielt; ein Bündel Besen, das wie ein eigenwilliges, modernes Blumenarrangement aussah, hing von einem Deckenbalken herab. Links von der Tür gab es sogar einen Ständer mit Zeitschriften.

Dann fiel Ellens Blick endlich auf die Frau hinter dem Ladentisch. Viel später suchte sie nach Erklärungen für alles mögliche, und da fand sie genügend Begründungen dafür, warum ihr Mrs. Grapow sofort unsympathisch gewesen war. Die Frau war riesig – das größte weibliche Wesen, das Ellen jemals außerhalb einer Zirkusmanege oder einer Raritätenschau gesehen hatte. Sie war nicht dick, und das breite Gesicht wirkte keineswegs dumm, als sie Ellen mit unverhohlener Neugier musterte. Sie war einfach eine sehr große, kräftige, grobknochige Frau, die im Lauf der Jahre massig geworden war, weil sie nicht auf ihre Linie achtete. Mrs. Grapows langärmliges, dunkel gemustertes Kleid und die zu einem Knoten zusammengefaßten grauen Haare machten deutlich, daß sie jede Einschränkung ihrer Essenszufuhr als Eingriff in den Willlen Gottes betrachtete. »Wenn er gewollt hätte, daß ich dünn bin, hätte er mich so geschaffen.«

Ellen setzte ein freundliches Lächeln auf und trat an die Theke.

»Ich heiße Ellen March und bin gerade in das alte...«

»Das Hexenhaus«, unterbrach Mrs. Grapow sie. Ihre Stimme war fast ein Schreck. Statt des dröhnenden Basses, den Ellen erwartet hatte, war sie hoch und quengelig. »Ja. Ich habe gehört, daß Ed das Haus an eine Frau aus der Stadt verkauft hat.«

»Das Hexenhaus! Nennen Sie es immer noch so?«

»Es gibt Orte, an denen die Menschen nicht so vergeßlich sind«, erwiderte Mrs. Grapow. »Was brauchen Sie heute, Miß March?«

Ellen begriff erst nach einem Augenblick, daß die Anrede keinen emanzipatorischen Bestrebungen, sondern dem im Ort gesprochenen Dialekt zuzuschreiben war.

»Ach ja. Kochschokolade, Kondensmilch und – haben Sie vielleicht Kokosraspel?«

Mrs. Grapow drehte sich um, sammelte mit einer einzigen Armbewegung die gewünschten Waren ein und legte sie auf den Ladentisch.

»Noch etwas?«

»Ich muß mich umsehen«, antwortete Ellen. »Ich brauche bestimmt eine ganze Menge.«

Mrs. Grapows Gesichtsausdruck gab unmißverständlich zu verstehen, was sie von einer Hausfrau hielt, die sich ›umsehen‹ mußte, statt mit einer sorgfältig vorbereiteten Liste einzukaufen, aber sie sagte nichts. Als Ellen vom Ladentisch zurücktrat, kam eine Frau herein. Sie war hellblond und ungefähr so alt wie Ellen, sah aber infolge des fehlenden Make-ups und des unvorteilhaften Kleids älter aus. Sie nickte der Ladeninhaberin zu, lächelte Ellen schüchtern an und begann dann, am Gestell neben der Kasse Strumpfhosen durchzusehen.

Ellen wandte sich den Taschenbüchern und Magazinen zu. Sie konnte einem Buch nie widerstehen, obwohl in ihrem Haus die Werke ihrer Lieblingsautoren auf sie warteten, die sie zum zweitenmal lesen wollte. Das Angebot war keineswegs umfassend; es bestand größtenteils aus Kochbüchern und Liebesromanen. Einbandillustrationen mit barbusigen Gestalten beiderlei Geschlechts fehlten gänzlich. Offenbar lasen die Männer dieser Stadt nicht, und die Frauen zogen etwas Gesetzteres vor. Unerklärlicherweise fand Ellen die Auswahl deprimierend.

Kurz darauf kamen zwei weitere Frauen herein. Die zweite keuchte hörbar, und Ellen dämmerte allmählich, daß sie die Ursache für diesen Massenansturm war. Als sie sich umdrehte, bemerkte sie, daß Mrs. Grapow die Neuankömmlinge lächelnd beobachtete – falls man ihren grimmigen Gesichtsausdruck so bezeichnen konnte.

»Also gut, meine Damen«, sagte sie. »Das ist Miz March. Und ich kann Ihnen, Miz March, Ihre Nachbarinnen vorstellen: Miz Muller, Miz Roth, Miz Janssen.«

Die drei Frauen gingen gleichzeitig auf Ellen zu.

Mrs. Roth war die Blondine, die als erste gekommen war. Da sie einen Ehering trug, war ihr Familienstand nicht schwer zu erraten. Mrs. Muller trug ebenfalls einen Ehering. Außerdem rang sie die Hände, als wäre sie Lady Macbeth. Haare, Gesicht und Kleid waren einheitlich blaßgrau. Miss Janssen war offenbar unverheiratet. Sie war dick, fröhlich, trug einen goldgefaßten Kneifer und war die redseligste der drei. Sie griff frontal an, nutzte den Überraschungseffekt aus und hatte Ellen schnell alle wesentlichen biologischen Fakten entlockt, einschließlich ihres Alters und Familienstandes sowie der Zahl, dem Geschlecht und den Namen ihrer Nachkommen.

Die direkte Taktik der Verhörenden amüsierte Ellen. Die armen Seelen, dachte sie nachsichtig, haben nicht viel Gesprächsstoff. Sie bemerkte jedoch die vielsagenden Blicke, als sie gestand, daß sie geschieden war. Sie hatte Eds Rat nicht vergessen, aber sie hatte der Antwort nicht ausweichen können. Auf die Frage »Ist Ihr Mann tot?« gibt es nur zwei Antworten: »Nein« oder »Das geht Sie nichts an.« Letzteres wäre unhöflich gewesen, obwohl Ellen einen Augenblick lang versucht war, so zu reagieren.

Das war jedoch nur das Vorgeplänkel gewesen. Miß Janssen beugte sich vor, schob ihren Kneifer zurecht und kam zur Sache.

»Wir machen uns Sorgen um Sie, Mrs. March, weil Sie so ganz allein da draußen leben. Ich könnte in dem schrecklichen Haus kein Auge zumachen. Sind Sie nicht nervös?«

»Überhaupt nicht. Ich schlafe wie ein Murmeltier.«

»Oh«, sagte Miß Janssen verblüfft.

Mrs. Roth schob ihr Gesicht nahe an das von Ellen heran.

»Haben Sie etwas gehört? Etwas gesehen?«

Sie waren nur zu dritt; drei gewöhnliche Frauen – und Mrs. Grapow, die bestimmt ungewöhnlich war... Ellen kam sich plötzlich eingekreist – belagert – vor. Mrs. Muller atmete schwer und mit offenem Mund. Mrs. Roths Augen waren erwartungsvoll aufgerissen, und Miß Janssen sah wie ein Raubvogel aus, der im nächsten Augenblick zustoßen wird.

Der Kobold in Ellen erwachte und breitete die Flügel aus.

»Ja also...«

Die drei Frauen holten gleichzeitig tief Luft und drängten sich an sie heran.

Als Ellen mit ihren Einkäufen am Wagen anlangte, hatte sie sich beruhigt und begann sich zu schämen. Sie hatte die armen Frauen doch tatsächlich auf den Arm genommen! Dabei hatte sie im Grunde nichts gesagt...

Nein, widersprach ihr inkonsequenter Kobold; du hast es nicht gesagt, nicht ausdrücklich, aber die drei Frauen sind jetzt davon überzeugt, daß es in deinem Haus spukt und daß du mit dem Gespenst von Mary Baumgartner in Verbindung stehst. Du solltest dich schämen. Sie wollten doch nur freundlich sein. Sogar Mrs. Grapow...

Nein! Damit war der Kobold zu weit gegangen. Mrs. Grapow hatte überhaupt nichts Freundliches an sich. Sie war zu stolz, um unverschämte Fragen zu stellen, aber sie hatte genau zugehört, als Ellen den drei auf ihre Fragen antwortete. Und keine von ihnen war wirklich nett. Ihre Neugierde war morbid und keineswegs taktvoll.

Als Ellen ihre Einfahrt hinauffuhr, saß eine kleine weiße Katze auf dem Torpfosten.

Ellen stieg auf die Bremse; sie wollte das Tier nicht erschrecken. Das mißlang ihr gründlich; die Katze schoß blitzschnell davon.

»Ich möchte wissen, was die netten Damen dazu sagen würden«, murmelte Ellen.

In ihrer Gruselgeschichte waren weder Katzen noch Schatten vorgekommen. Sie war ein Meisterwerk der Erzählkunst gewesen, in dem es vor Andeutungen auf Schluchzen, Stöhnen und einen Schaukelstuhl, der sich von selbst in Bewegung setzte, nur so wimmelte. Sie war froh, daß sie ihren makabren Zuhörerinnen gegenüber die Katze nicht erwähnt hatte. Es würde ihnen ähnlich sehen, einen genauso leichtgläubigen Ehemann mit einer Silberkugel auszuschicken, damit er eine streunende oder wildlebende Katze ins Jenseits beförderte.

Am Samstag mußte Ellen wieder einkaufen. Sie war gar nicht mehr scharf darauf, die einheimischen Kaufleute aufzusuchen, aber sie hatte für Sonntag abend Gäste eingeladen, und als sie endlich verschiedene Arbeiten erledigt hatte, reichte die Zeit nicht mehr, um zum dreißig Kilometer entfernten Supermarkt zu fahren.

Vor dem Gemischtwarenladen erwartete sie eine angenehme Überraschung. Am Samstag vormittag wurde die Veranda zum Sammelplatz der Jugend des Ortes statt des Altmännerklubs. Wie in vielen sterbenden Kleinstädten war die Bevölkerung von Chew's Corners überaltet, und es gab im ganzen Ort nur etwa ein Dutzend Jugendliche. Sie waren alle da und hellten den Vormittag mit ihren bunten Hemden und ihren jungen, fröhlichen Stimmen auf; sie saßen auf den Stufen, hockten riskant auf dem Geländer, kauften an der großen, roten Maschine Cokes. Ellen fand sie unwiderstehlich. Sie erledigte rasch ihre Einkäufe, und als sie hinauskam, kaufte sie eine Coke, die sie in Wirklichkeit gar nicht wollte. Er dauerte nicht lange, bis sie in einem der Stühle saß und die ganze Gruppe sich um sie drängte.

Sie waren schüchterner und weniger wichtigtuerisch als ihre städtischen Gegenstücke; jedes zweite Wort war »Ja, Madam« und »Nein, Madam«. Jeans und Shorts herrschten vor, aber es gab keine durchsichtigen Blusen und keine enganliegenden T-Shirts, und die Shorts waren im Durchschnitt um einige Zentimeter länger als die Minihöschen, die Penny für gewöhnlich trug.

Einige Angehörige der Gruppe fielen ihr schon an diesem ersten Tag auf. Ein großer Junge namens Steve, dessen blonde Koteletten praktisch bis zum Kinn reichten, war offenbar der Stadt-Casanova. Er lehnte am Verandageländer und tat, als bemerke er die Blicke der kichernden Mädchen nicht. Trotzdem wanderten seine Augen immer wieder zu einem Mädchen namens Joyce. Sie war nicht die hübscheste von allen, aber ihre Munterkeit und ihre rotgoldenen Locken machten sie unwiderstehlich.

Einige der jungen Leute fielen Ellen aus dem entgegengesetzten Grund auf: Sie waren vollkommen unattraktiv. Bob Muller war sichtlich wegen seiner Akne gehemmt; sein Versuch, die Pickel unter einem Bart zu verbergen, war gescheitert, denn der Bart war zwar struppig und schwarz, aber viel zu schütter, um etwas zu verbergen, einschließlich Bobs kaum vorhandenem Kinn und seiner vorstehenden Oberlippe. Seine Schwester Prudence gehörte zu einem Typ, dem Ellen aus Erfahrung mit Mißtrauen begegnete. Sie kicherte zu hoch und zu häufig. Bis auf die großen blauen Augen – die allerdings oft ins Leere blickten – war sie bemitleidenswert häßlich; außerdem trug sie eine Rüschenbluse und einen weiten Rock, in dem ihre Hüften noch breiter aussahen.

Joyce war die Sprecherin der Gruppe. Sie saß im Schneidersitz auf dem Boden und sprach, bis Ellen der Kopf wirbelte.

»Die Oberschule ist in Smithville«, beantwortete sie Ellens Frage. »Ja, Madam, es gibt einen Schulbus, aber die Fahrt ist im Winter ein Alptraum. Unser lieber Vater Staat schafft es nicht, die Straßen schneefrei zu halten.«

»Ihr könnt froh sein, daß ihr nicht meilenweit über verschneite Felder wandern müßt«, entgegnete Ellen.

»Wie Abe Lincoln?« grinste Joyce. Sie sah Penny manchmal so ähnlich, daß es Ellen einen Stich versetzte. »Dann würden wir eben zu Haus und unwissend bleiben, Madam – nicht wahr, Steve?«

Anscheinend gehörte dies zu einem alten Witz für

Eingeweihte, denn die Gruppe brach in Gelächter aus. Steve, der so schön war, daß er auf Intelligenz verzichten konnte, warf grinsend seine gelbe Mähne zurück.

»Im Sommer arbeiten wir«, fuhr Joyce fort. »Einige von uns auf Obstplantagen – wie bitte, Madam? O ja, Madam, auf Bordens Obstplantage oben in Cosmo. Im Augenblick gibt es Kirschen und Erdbeeren.«

Das Gespräch wandte sich jetzt praktischen Dingen zu und Ellen beschloß, an einem der nächsten Tage hinauszufahren, um Obst zu pflücken und zu kaufen. Sie bekam so viele Hilfsangebote, daß sie die Plantage hätte leerpflücken können.

»Was werden Sie mit soviel Obst anfangen?« fragte Prue mit zusammengekniffenen Augen. (Sie braucht eine Brille und will sie nicht tragen, dachte Ellen.) »Sie haben wahrscheinlich keine Ahnung vom Einkochen.«

»Das ist dumm von dir, Prue«, griff Joyce ein, bevor Ellen sich verteidigen konnte. »Ich könnte wetten, daß Mrs. March sehr viel von sehr vielem versteht.«

»Mit dem Einkochen kenne ich mich wirklich nicht besonders gut aus«, gab Ellen unbefangen zu. »Vielleicht könnte einer von euch es mir beibringen.«

»Meine Mutter würde Ihnen bestimmt gern helfen«, meinte Joyce.

»Besonders gut kann sie Pfirsiche einkochen«, sagte Prue hinterhältig.

Dieses scheinbare Kompliment führte wieder zu Gelächter, das diesmal allerdings leiser war. Joyce wurde rot.

»Nur weil ein Glas geplatzt ist...«

»Eines! Es war wie am vierten Juli. Oder im Krieg.«

Joyce sprang auf. Ellen merkte, daß ein Chaos bevorstand, und wollte gerade eingreifen, als die gesamte Gruppe erstarrte.

Einige Sekunden lang sahen sie wie ein Standbild aus einem Film aus. Dann ließ sich Joyce wieder auf den Fußboden sinken, Steve kämmte sich, und auch die übrigen nahmen ihre vorherigen Beschäftigungen auf, allerdings in Zeitlupe. Der Grund dafür war nicht zu übersehen: Tim kam die Straße heruntergeschlurft.

Wenn Ellen seine Geschichte nicht gekannt hätte, so hätte sie ihn für das Kind analphabetischer Farmer gehalten. Sein Hemd war eine Schande, seine Jeans beinahe anstößig. Das sonnengebleichte, blonde Haar hing ihm in die Stirn, er hatte die Hände in den Hosentaschen vergraben und blickte stur vor sich hin. Er ging auf den Laden zu und stieg die Treppe hinauf; die Jugendlichen wichen vor ihm zurück, als hätte er den Aussatz. Joyce schob sich zu Steve hin, der ihre Hand ergriff. Prue starrte gierig, und Bobs nahe zusammenstehende Augen verengten sich.

Die Stille hielt so lange an, wie Tim im Laden blieb. Er aß eine Zuckerstange, als er herauskam, ging die Treppe hinunter und überquerte die Straße. Er hatte Ellen nicht einmal mit einem Blick zur Kenntnis genommen, also schwieg sie. Die in der Luft liegende Spannung bedrückte sie. Norman hatte erwähnt, daß die Jugendlichen Tim aus dem Weg gingen, aber sie hatte sich nicht vorgestellt, daß sie so intensiv feindselig waren.

Als es geschah, ging Tim gerade auf der gegenüberliegenden Straßenseite an einer Baustelle vorbei. Ellen wußte genau, welches Mitglied der Gruppe dafür verantwortlich war, hatte aber keine Ahnung, wo es den Stein her hatte. Er war faustgroß, wurde präzis geschleudert und traf Tim an der Schläfe. Tim sank auf die Knie und fiel dann mit dem Gesicht voran in das staubige Unkraut.

Noch bevor er aufschlug, rannte Ellen die Treppe hinunter. Als sie neben ihm niederkniete, richtete er sich auf. Sein Gesicht war unter der Bräune aschfahl. Über seine Wange floß Blut.

»Halte dich an mir fest.« Ellen packte ihn an den Schultern. »Es hat dich ziemlich erwischt, vielleicht hast du sogar eine Gehirnerschütterung. Stütze dich auf mich.«

»Stützen...« Seine Augen wurden klarer, und er sah sie an. »Ich soll mich auf Sie stützen?«

»Ich bin weicher als das Pflaster.« Sein Kopf sank nach vorn, und sie glaubte einen Augenblick lang, daß er sich an ihre Schulter lehnen würde, dann hob er ihn wieder, und als sie den Ausdruck auf seinem Gesicht sah, wurde ihr kalt. Sie sprach zu ihm, als wäre er einer ihrer früheren Schützlinge.

»Fang keine Prügelei an, Tim. Du bist nicht in der Verfassung für einen Kampf. Er würde dich k. o. schlagen.«

Tim überlegte. »Ja, das ist richtig... später.«

»Nein, nicht später.« Sie schüttelte ihn sanft, denn ihre Hände lagen noch immer auf seinen Schultern. Seine Nackenmuskeln waren hart wie Stein – sie wußte nicht, ob vor Zorn oder vor Schmerz. »Laß ihn in Ruhe. Er ist ein Feigling; wenn du zurückschlägst, bekommst du nur Schwierigkeiten.«

Er sah sie unverwandt an. Sein Gesicht war vollkommen ausdruckslos; diese Selbstbeherrschung war bei einem Jungen seines Alters erschreckend. Endlich sagte er: »Mir geht es wieder gut. Bitte lassen Sie mich jetzt in Ruhe.«

»Es geht dir keineswegs gut. Ich fahre dich nach Hause.«

»Das werden Sie verdammt noch mal nicht tun.« Sie hatte begonnen, ihm das Gesicht mit einem Taschentuch abzuwischen, und er stieß ihre Hand weg. »Hören Sie um Himmels willen damit auf! Es sieht großartig aus, wenn Mutti ihren kleinen Jungen umsorgt. Möchten Sie auf die Wunde blasen, damit sie nicht mehr weh tut?«

Er stand auf. Die Zurückweisung beeindruckte Ellen nicht weiter; sie war bereit, ihn aufzufangen, wenn er umfiel, was sie für wahrscheinlich hielt. Aber er blieb auf den Füßen. Als er sich in Bewegung setzte, schwankte er leicht, doch er sah sie nicht an.

Ellen kehrte zum Laden zurück, blieb vor der Treppe stehen und ließ den Blick langsam über die Gruppe wandern. Niemand konnte ihr in die Augen sehen, aber das Gesicht, das sie suchte, entdeckte sie nicht.

»Wo ist Bob?«

»Drinnen«, murmelte Joyce.

»Das paßt dazu«, stellte Ellen laut fest. »Durch und durch feige.«

Sie ging in den Laden. Mrs. Grapow hatte die Arme vor der Brust verschränkt und stand wie ein ungeheures Götzenbild hinter dem Ladentisch. Sonst war niemand anwesend.

»Wohin ist Bob gegangen?«

»Zur Hintertür hinaus.« Mrs. Grapow zeigte auf die Tür, die in den Lagerraum führte. Sie musterte Ellens zorngerötetes Gesicht und fügte hinzu: »Sie haben seine Mutter kennengelernt. Sie ist eine Heilige und mit einem unflätigen Sünder verheiratet. Sie versäumt keinen Gottesdienst. Eine gute Frau ist mehr wert als Gold und Edelsteine.«

»Sie ist vielleicht eine Heilige, aber sie hat ihren Sohn zu einem Nichtsnutz erzogen.«

»Diesem jungen Teufel ist recht geschehen«, erklärte Mrs. Grapow entschieden. »Er hat Glück, wenn ihm nichts Schlimmeres zustößt.«

Ellen war so wütend, daß ihr keine vernichtende Antwort einfiel, um die Selbstgefälligkeit der Ladenbesitzerin zu erschüttern. Dann erinnerte sie sich an Worte aus einer ungewöhnlichen Quelle und sagte:

»Wer von euch ohne Sünde ist, der werfe den ersten Stein.«

Mrs. Grapows Reaktion war äußerst befriedigend. Ihr

breites Gesicht wurde beinahe violett, und sie kniff die Augen zusammen, bis sie nur noch Schlitze waren. Ellen wartete auf eine Antwort, aber Mrs. Grapows Kenntnis der Bibel beschränkte sich offenbar auf das Alte Testament.

Ellen machte kehrt und marschierte zur Tür. Dort blieb sie stehen und sagte so laut, daß man es sowohl drinnen als auch draußen hören konnte:

»Ich weiß nicht, was Tim getan hat, und es interessiert mich auch nicht. Nichts rechtfertigt einen solchen heimtückischen Angriff. Verständigt die Polizei, wenn er etwas Unrechtes tut, denn dazu ist sie da. Falls es wieder zu einer Gewalttat kommt, werde ich die Polizei holen, ganz gleich, wer sie begangen hat.«

Als sie über die Veranda ging, streckte Joyce die Hand aus.

»Bitte glauben Sie nicht, daß wir das wollten, Madam. Wir mögen Tim nicht, aber wir sind keine hinterlistigen Feiglinge.«

Ellen blieb stehen.

»Warum mögt ihr Tim nicht?«

»Er hat meinen Hund getötet« antwortete Joyce.

»Und er hat meinen kleinen Bruder verprügelt«, fügte Steve hinzu.

»Er hat die Scheune in Brand gesteckt.«

»Er hat Mutters Hühner gejagt, bis sie tot umfielen.«

»Moment mal«, unterbrach Ellen die Liste der Anschuldigungen. »Hat er wirklich all das getan?«

»Klar. Er ist ein Teufel«, sagte Joyce.

»Vielleicht war er einer, als er klein war. Aber jetzt...«

»Mein Hund ist vergangenen Winter verschwunden. Als ich ihn fand, hatte ihm jemand... er hatte ihn verletzt, bevor er ihn tötete.«

»Versteht ihr denn nicht, daß Tim krank ist, wenn er so etwas tut. Er braucht Hilfe – keine Steine an den Kopf.«

»Der Stein war schlimm«, gab Joyce ernst zu. »Aber Sie können ihm nicht helfen, Madam, er hat den Teufel im Leib, wie der Prediger sagt. Als er klein war, benahm er sich manchmal freundlich, und wir waren auch freundlich zu ihm... jedenfalls einige von uns. Und dann wurde er ganz anders und tat den Leuten, die am nettesten zu ihm waren, etwas Schreckliches an.«

»Ihr müßt begreifen, daß auch das ein Symptom seiner Krankheit ist...«

Ellen brach mitten im Satz ab. Sie verstanden es nicht. Nicht einmal Erwachsene bringen Mitgefühl für jemanden auf, der sie verletzt.

»Also gut.« Sie rang sich ein Lächeln ab. »Ich werde darüber nachdenken, was ich tun kann. Inzwischen keine Steine mehr, abgemacht?«

»Ja, Madam.« Der Chor klang aufrichtig.

»Und Sie kommen nächste Woche auf die Obstplantage?« frage Joyce.

»Wenn es nicht regnet. Ich mag nicht Beeren im Schlamm pflücken.«

Joyce warf einen Blick auf den wolkenlos blauen Himmel. »Es wird nicht regnen. Im Kalender steht, daß es eine Woche lang nicht regnen wird.«

»Da bin ich nicht so sicher«, widersprach Ellen. »Ein schweres Gewitter liegt in der Luft, spürt ihr das nicht?«

6. Kapitel

Zum Glück herrschte auf der Landstraße 624 nur geringer Verkehr. Ellen war so tief in Gedanken versunken, daß sie sich nicht auf die Straße konzentrieren konnte. Sie bedauerte ihre letzte Bemerkung; die jungen Leute verstanden symbolische Andeutungen nicht und würden ihren Eltern wahrscheinlich erzählen, daß die verrückte Dame aus dem Hexenhaus Wetterprophet spielte. Doch als sie zum Himmel hinaufsah, stellte sie fest, daß sich ihre Vorhersage tatsächlich bewahrheiten konnte. Der Tag war ungewöhnlich schwül, und in der Luft lag leichter Dunst.

Sie verwünschte den Zwischenfall, der diese zunächst so angenehme Begegnung vorzeitig beendet hatte. Die meisten der jungen Leute waren nett, und sie sehnte sich nach junger Gesellschaft. Es war seltsam, daß die beiden unangenehmsten Angehörigen der Gruppe Bruder und Schwester waren...

Doch wenn sie darüber nachdachte, war es natürlich nicht seltsam. Ellen hatte den Eindruck gehabt, daß man Mrs. Muller eher bemitleiden als verachten mußte. Zweifellos war ihr ›sündiger‹ Ehemann an ihrer Niedergeschlagenheit schuld, obwohl Ellen bezweifelte, das Mrs. Grapow das Wort genauso auslegte wie sie. Eine halb vergessene Erinnerung regte sich, und sie versuchte, sie sich ins Gedächtnis zu rufen. Hatte nicht die Grundstücksmaklerin einen Mann namens Muller erwähnt, der trank, seine Frau prügelte und überhaupt ein Schwein war? Sie war ihrer Sache beinahe sicher. Vielleicht hatte Mrs. Grapow ausnahmsweise einmal recht. Obwohl Mrs. Mullers graue, schlaffe Hilflosigkeit einen brutalen

Kerl wie ihren Mann natürlich besonders reizen mußte. Warum verließ sie ihn nicht oder warf ihm einen Stein an den Kopf?

Damit war sie wieder bei der wahren Ursache für ihre deprimierte Stimmung. Ihr gingen Tims Blick und sein Tonfall nicht aus dem Kopf, als er gesagt hatte: »Mich auf Sie stützen?« Als wäre ihm die Vorstellung, daß ihm jemand half, ihn unterstützte, völlig fremd. Das war natürlich lächerlich, denn sein Onkel würde ihm jederzeit gern helfen – Tim mußte es nur zulassen.

Ellen seufzte. Es hatte keinen Sinn, wenn sie sich dagegen wehrte – in bezug auf Tim mußte etwas geschehen. Sie kannte die Symptome; sie hatte es oft genug durchgemacht, und es war nie einfach gewesen. Man konnte nie wissen, wie es ausging. Auf die gelegentlichen ermutigenden Erfolge folgte oft eine Reihe von Enttäuschungen. Bernie zum Beispiel. Bernie war einer ihrer ersten Fälle gewesen, der Leitstern, der sie veranlaßte, weiterhin mit gestörten Kindern zu arbeiten, obwohl die Mißerfolge nicht abrissen. Der große, schlaksige Bernie mit dem Kraushaar, ›der schlimmste Junge in der Gegend‹, studierte jetzt erfolgreich Jura und war einer der aktivsten Mitarbeiter einer Organisation für unentgeltliche Rechtshilfe. Oder Hank, der jetzt verheiratet war, ein Kind hatte und stellvertretender Leiter der dortigen Tankstelle war; Pat, deren Mann über ihren unglücklichen Fehltritt, als sie fünfzehn gewesen war, Bescheid wußte; Marian, die jetzt ein recht erfolgreiches Model war, nachdem sie ihre Schönheit eine Zeitlang in einem weniger gesellschaftsfähigen Beruf vermarktet hatte.

Auf der Minusseite ihres Hauptbuchs standen andere Namen und Gesichter, bei denen sie versagt hatte und die sich ihr aus diesem Grund unauslöschlich eingeprägt hatten. Auf welcher Seite würde Tim stehen? Sie wußte, daß sie nicht mehr von ihm loskam.

Als Ellen vor ihrem Haus anlangte, hatte sie sich entschlossen, Norman anzurufen und ihn ebenfalls für den nächsten Abend einzuladen. Es war zwar sehr kurzfristig, aber sie war ihm eine Gegeneinladung schuldig, und wenn sie zu lange zögerte, würde er annehmen, daß Tim sie durch sein Benehmen beleidigt hatte.

Er hat ja keine Ahnung, dachte Ellen ironisch. Er war dran, wie Jack zu sagen pflegte, wenn sie sich für einen Jungen interessierte und nicht mehr locker ließ, bis die Eltern taten, was sie von ihnen wollte. Jack sagte immer...

Ellen konzentrierte sich entschlossen auf die Speisefolge für den nächsten Abend und trug ihre Einkäufe ins Haus.

Norman nahm die telefonische Einladung so erfreut an, daß Ellen sich schämte, weil sie nicht früher daran gedacht hatte. Sie hatte nicht vorgehabt, ihm am Telefon einen Vortrag über Tim zu halten, aber sie hatte sich verpflichtet gefühlt, den Zwischenfall mit dem Stein zu schildern.

Norman hatte eher resigniert reagiert.

»Nein, er hat es mir nicht erzählt, er erzählt mir nie etwas. Es war schön von Ihnen, Ellen, daß sie sich für ihn eingesetzt haben.«

»Was hätte ich sonst tun sollen? Ich hatte wirklich Angst; er hätte tot sein können.«

»Worauf in der Stadt allgemeines Frohlocken geherrscht hätte«, sagte Norman bitter.

»Das Frohlocken hätte nicht lange angehalten, denn ich hätte der Polizei erzählt, was geschehen ist.«

»Der Polizei?« wiederholte Norman sarkastisch. »Hier belästigt man die Polizei nicht mit solchen Kleinigkeiten. Diese Gemeinde ist die anachronistischste, engstirnigste... Aber eigentlich sollte ich mich nicht darüber beklagen, denn wenn die Bürger lieber dem Arm des Gesetzes statt Gottes rächender Hand vertrauten, hätte Tim ein endloses Vorstrafenregister.«

»Ich verstehe Ihre Gefühle und zum Teil auch Ihre Einstellung. Aber man kann die Polizei nicht aus dem Spiel lassen, wenn jemand schwer verletzt wird. Sie haben mir zuliebe heruntergespielt, wie ernst das Problem ist, und ich bin Ihnen dafür dankbar. Nach dem heutigen Vorfall jedoch...«

»Ich danke Ihnen nochmals für Ihre Hilfe; Tim wird sich wohl kaum bei Ihnen bedankt habe.«

»Er hat das genaue Gegenteil getan.«

»Du meine Güte.« Norman klang so deprimiert, daß Ellen lachen mußte.

»Ich bin viel zu eigensinnig, um mich durch schlechtes Benehmen abschrecken zu lassen. Sie können von einem Jungen nicht erwarten, daß er für weibliche Fürsorge dankbar ist. Meine Neffen hätten mich verflucht, wenn ich sie vor anderen umsorgt hätte. In diesem Alter legen sie sehr großen Wert darauf, sich besonders männlich zu benehmen.«

»Sie sind ein sehr guter Mensch, Ellen.«

»Ich bin neugierig und mische mich überall ein«, sagte Ellen vergnügt. »Ich habe mir in bezug auf Tim einiges überlegt, aber darüber können wir uns morgen unterhalten.«

»Ich freue mich schon darauf. Ich ... ich erwähne es nur ungern, aber die Katze...?«

»Sie wird den Tag an der frischen Luft verbringen.«

»Sie hatten doch gemeint, daß es am klügsten wäre, sie im Haus zu halten. Ich könnte es mir nie verzeihen, wenn Ishtar infolge meiner idiotischen Phobie etwas zustieße.«

»Wenn es Sie beruhigt, dann wird Ishtar in den Holzschuppen gesperrt. Hören Sie auf, sich unnötige Sorgen zu machen, Norman.«

Den Rest des Nachmittags verbrachte Ellen in der Küche. Sie genoß es, daß sie endlich Zeit für die komplizierten Rezepte hatte, die sie am meisten reizten. Jetzt konnte sie nach Herzenslust Zitronenschalen abreiben, Schokolade im Wasserbad zergehen lassen und Zwiebeln fein hacken. Sie hatte sogar eine kleine Küchenwaage gekauft, so daß sie einige ihrer europäischen Rezepte ausprobieren konnte, ohne daß sie die Gewichtsangaben auf die amerikanischen Maße umrechnen mußte.

Am späten Nachmittag stand eine gefährlich kalorienreiche Sachertorte auf dem Tisch, und Ellen hackte das Gemüse für den Schmorbraten, der das Hauptgericht bilden würde. Das Schälen und Schneiden der frischen Tomaten nahm viel Zeit in Anspruch. Das Rezept sah auch gehackte Karotten, Speck und schwarze Oliven vor, und das Lendenstück mußte über Nacht in Wein mariniert und mit geräuchertem Speck gespickt werden. Als Ellen endlich alles beisammen hatte, verschloß sie den tönernen Schmortopf mit einem Teigstreifen und atmete befriedigt auf. Das Ganze mußte noch sechs Stunden bei sanfter Hitze schmoren, und dann sollte Martha ihr das erst einmal nachmachen.

Sie hatte vorgehabt, noch spazierenzugehen, und hatte im Eifer des Kochens nicht bemerkt, daß die Sonne nicht mehr schien. Als sie jetzt zum Fenster hinaussah, stellte sie fest, daß sie ein besserer Wetterprophet war, als sie geahnt hatte. Am Himmel standen schwere Regenwolken.

Deshalb ging sie nicht spazieren, sondern putzte die Küche, und sogar das machte ihr Spaß. Die Küche war jetzt ein entzückender Raum mit Schränken aus naturbelassenem Fichtenholz und blaßgelben Arbeitsplatten. Als Ellen fertig war, blitzten Chrom und Kupfer. Sie las bis zum Schlafengehen; diesmal erblickte sie keine Schatten, als sie zu Bett ging.

Der Regen ließ auf sich warten, aber der nächste Tag war umwölkt und düster. Während Ellen die Torte glasierte, den Salat anrichtete und Brötchen buk, sah sie immer wieder besorgt zum Fenster hinaus. Das drohende

Schlechtwetter schreckte ihre Gäste jedoch nicht ab; sie trafen pünktlich ein und ergingen sich in witzigen Bemerkungen über den Zustand der Zufahrt und über ihre mangelhafte Wegbeschreibung. Als Norman vorfuhr, fiel Ellen ein, daß sie Ishtar vergessen hatte. Sie holte die Katze von den Knien eines Gastes herunter, der einen schwarzen Anzug trug – Ishtar bevorzugte Stoffe, von denen sich weiße Haare besonders vorteilhaft abheben –, erklärte den Besuchern hastig, worum es ging, und lief in den Holzschuppen.

Die Party war ein voller Erfolg und Norman eine gesellschaftliche Sensation. Sogar die beiden Männer schienen ihn zu mögen, und die beiden Frauen warfen Ellen immer wieder vielsagende Blicke zu. Als Dot Gold in die Küche kam, um Ellen beim Auftragen zu helfen, benützte sie die Gelegenheit, um Informationen einzuholen.

Ellen stoppte entschlossen die Flut von Fragen. »Er ist ein netter Kerl und ein guter Nachbar, mehr ist nicht dahinter. Hör endlich auf, mich unter die Haube bringen zu wollen. Ich bin mit meinem Leben vollkommen zufrieden.«

»Ich höre schon auf, du machst es ohnehin richtig. Er ist viel netter als die Männer, die ich dir im Lauf der Jahre vorgeführt habe, und dazu auch noch reich.«

Ellen wechselte das Thema.

Als sie beim Kaffee angelangt waren, wies Dots Mann Peter auf das Wetter hin. Es war schlechter geworden; die Wolken hingen wie graue Säcke voller Regen über den Bergen.

»Wie die Euter großer, grauer Kühe«, meinte Dot poetisch. »Wie schön.«

»Von wegen schön – ich muß bei diesem Wetter fahren«, brummte ihr Mann. »Ich löse die Party ungern auf, Ellen, aber wenn wir uns sofort auf den Weg machen, kommen wir vielleicht durch, bevor es wirklich losgeht. Im Osten ist der Himmel heller.«

»Ich hätte Sie warnen sollen«, lächelte Norman. »Unsere lokale Wetterprophetin hat ein schweres Gewitter vorhergesagt.«

Er zeigte auf Ellen, die ihn verblüfft anstarrte. Sie hatte ihre Bemerkung vollkommen vergessen.

Dot lachte.

»Arbeitet Ellen schon wieder mit ihren alten Tricks? Sie sagt immer Regen voraus und behält in diesem Klima meist recht.«

»Aber ich habe doch nicht...« Ellen verstummte. Sie konnte kaum vor ihren Gästen erklären, was sie mit ihrer Bemerkung wirklich gemeint hatte. »Was ist das nur für eine Stadt?« fragte sie. »Wird tatsächlich schon darüber getratscht?«

»Es gibt ja nicht viel, worüber sie tratschen können«, meinte Peter nachsichtig.

»Hast du eine Ahnung«, murmelte Ellen.

Sie begleitete ihre Gäste nur widerstrebend zur Tür, aber sie mußte zugeben, daß sie an ihrer Stelle ebenfalls flüchten würde. Als sich der Wagen in Bewegung setzte, fielen die ersten Tropfen.

»Schließen Sie lieber die Fenster, Ellen«, sagte Norman. »Ich werde noch eine Runde durch den Hof machen, um mich zu vergewissern, daß Sie nichts im Freien vergessen haben. Danke für die köstliche Mahlzeit. Ich habe mir schon eine hinterlistige Kampagne zurechtgelegt, damit ich Martha entlassen und Sie engagieren kann.«

»Wollen Sie nicht noch eine Tasse Kaffee trinken?«

»Ich muß den Wagen nach Hause bringen. Will würde es mir nie verzeihen, wenn er naß wird. Bleiben Sie im Haus, Liebste, ich sehe mich nur schnell um und mache mich dann auf den Heimweg.«

Ellen lief hinein. Die Vorhänge an den Vorderfenstern

flatterten im immer stärker werdenden Wind. Während sie von einem Raum in den nächsten rannte und die Fenster schloß, dachte sie dankbar an Normans Hilfe und an das ›Liebste‹, das ihm bestimmt ungewollt herausgerutscht war. Koseworte waren heutzutage gebräuchlich, und die Menschen verwendeten sie genauso gedankenlos wie Vornamen.

Sie hörte den Wagen wegfahren, sah ihn aber nicht, weil ihr das Laub der Bäume die Sicht versperrte. Während sie mit einem Schlafzimmerfenster kämpfte, fiel ihr plötzlich die Katze ein. Ishtar haßte Gewitter; sie würde im Holzschuppen vor Angst außer sich sein.

Ellen schnappte sich ein Kopftuch, lief die Treppe hinunter und zur Küchentür hinaus.

Ein Laubengang, der jetzt mit voll aufgeblühten Rosen übersät war, verbarg den Schuppen vor dem Haus. Seine Tür wurde nie versperrt, sondern nur mit einem hölzernen Riegel geschlossen. Ellen schob den Riegel auf, öffnete die Tür und war erstaunt, weil sie nichts hörte. Erst als sie Ishtars Namen rief und die Katze nicht reagierte, wurde sie unruhig. Sie durchsuchte den Schuppen, aber Ishtar hatte sich nirgends verkrochen. Ellen wurde komisch zumute. Es war kaum möglich, daß der Riegel von selbst aufgegangen war. Er saß fest und konnte nur mit einem gewissen Kraftaufwand bewegt werden. Jemand hatte Ishtar hinausgelassen.

Ellen kümmerte sich nicht um den Regen, der ihre Frisur in einen Haufen nasser Locken verwandelte, sondern lief im Hof herum und rief nach Ishtar. Die Katze meldete sich nicht. Wenn sie in der Nähe gewesen wäre, hätte sie reagiert, aber wenn sie irgendwo im Wald ein geschütztes, trockenes Plätzchen gefunden hatte, würde sie sich bestimmt nicht in den Regen hinauswagen.

Es fiel Ellen schwer, die einzig mögliche Erklärung ins Auge zu fassen. Tim hatte sich nach der Katze erkundigt.

Soviel sie wußte, war er bereits einmal um das Haus geschlichen und wäre unentdeckt geblieben, wenn die Hunde nicht gewesen wären.

Ellen lief ins Haus zurück und zum Telefon. Es war kurz vor acht Uhr; der Himmel war von dunklen Wolken bedeckt. Während sie wählte, summte der Apparat bedenklich, und Ellen konnte die Stimme, die sich meldete, kaum hören. Sie begann zu schreien, als könne sie die Entfernung durch Lautstärke überbrücken.

Ihre Aufregung erschwerte die Verständigung zusätzlich, aber endlich begriff Norman. Trotz der schlechten Verbindung hörte sie die Besorgnis und Erschütterung in seiner Stimme.

»Ich habe die Schuppentür zugemacht«, erklärte er. »Als ich hinkam, stand sie offen, und der Wind schlug sie immer wieder zu, deshalb schob ich den Riegel vor. Es tut mir so leid, Ellen, ich hätte mich umsehen sollen, aber Sie wissen, wie ich zu Katzen stehe...«

»Es ist nicht Ihre Schuld. Ich habe es eilig gehabt, als ich Ishtar einsperrte, und habe den Riegel vielleicht nicht ordentlich vorgeschoben. Und dann hat der Wind die Tür aufgerissen.«

»Ich hoffe, daß das die Erklärung ist.« Er schwieg eine Weile. »Ich werde mich auf die Suche nach Ishtar machen, Ellen.«

»Nicht bei diesem Wetter, sie wird schon nach Hause kommen... Wo ist Tim jetzt, Norman?«

»Ich weiß es nicht.«

Er begann wieder, sich zu entschuldigen, aber Ellen unterbrach ihn und legte auf. Sie ging von einer Tür zur anderen und hoffte, daß irgendwo ein triefnasses, verärgertes Tier kauern würde, aber es wurde Abend, und von Ishtar war noch immer nichts zu sehen. Ellen war nicht imstande stillzusitzen; sie zog den Regenmantel an, nahm ihre Taschenlampe, ging in den Hof hinaus, leuchtete in die Bäume hinauf und rief. Es regnete so heftig, daß sie kaum atmen konnte. Wenn Ishtar bei diesem Wetter im Freien war...

Sie hatte alles getan, was sie tun konnte. Sie ging ins Haus zurück und zwang sich, das Geschirr zu spülen. In der Küche herrschte ein heilloses Durcheinander; Peter hatte es so eilig gehabt heimzukommen, daß Ellen auf Hilfe beim Abwaschen verzichtet hatte. Sie hatte gehofft, daß die Arbeit sie ablenken würde, aber die Besorgnis ließ sich nicht verdrängen. Es war schlimm genug, wenn Ishtar bei diesem Wetter im Freien war, aber die zweite Möglichkeit war noch schlimmer.

Das Gewitter tobte noch immer. Es verhinderte nicht nur eine Suche, sondern der Sturm heulte und rüttelte am Haus, als wolle er in das Gebäude eindringen. Plötzlich vernahm Ellen durch den Lärm ein Geräusch, bei dem sie eine Gänsehaut überlief. Hatte Norman die Hunde auf die Suche nach der Katze geschickt? So dumm konnte er nicht sein!

Sie drückte das Gesicht ans Fenster und versuchte hinauszusehen. Es war sinnlos, denn die Nacht war so schwarz, wie sie es noch nie erlebt hatte. Die Hunde hatten aufgehört zu bellen, aber das bedeutete nicht, daß sie nach Hause zurückgekehrt waren; normalerweise jagten sie lautlos. Dann setzte das Bellen wieder ein, diesmal näher; Ellen fuhr herum, als die Fliegengittertür auf der Veranda zugeschlagen wurde.

Sie lief zur Tür; sie hatte die Lampe auf der Veranda eingeschaltet gelassen und gehofft, daß sie die Katze damit anlocken konnte. Sie öffnete die Tür nicht, sondern blickte durch die Glasscheibe in der oberen Hälfte hinaus.

Vor dem Hintergrund der Gewitternacht wirkte die Veranda wie ein Bühnenbild. Der einzige Schauspieler befand sich in der Mitte der Bühne, hockte vor der Gittertür und wandte Ellen den Rücken zu. Seine Haltung war die eines Mannes, der eine schmerzhafte Wunde erlitten hat. Haar und Kleidung waren triefend naß; sie klebten am Körper und betonten seine schöne Kopfform und die kräftigen Muskeln. Obwohl er sich zusammenkauerte, wirkte er keineswegs armselig; ein Leopard würde sich vor dem Sprung genauso ducken.

Ellen griff nach dem Türknauf, drehte ihn aber nicht. Sie hatte Tim schon einmal geholfen und keinen Dank geerntet; es wäre dumm von ihr gewesen, ihn ins Haus zu lassen, wenn sie allein war und das Telefon wahrscheinlich nicht mehr funktionierte. Wenn er Schutz vor dem Regen suchte, konnte er auf der Veranda bleiben.

Doch dann setzte das Bellen der Hunde wieder ein, und Ellens Finger krampften sich um den Knauf. Sie mußte die Tiere nicht sehen, um zu wissen, wo sie sich befanden oder worauf sie Jagd machten. In dem Augenblick, in dem ihr das klar wurde, warf sich ein dunkler Körper gegen die äußere Tür. Das Fliegengitter bauschte sich und riß. Ellen erblickte wie in einem Alptraum im Lichtschein leuchtende Augen und weiße Reißzähne.

Tim sprang auf und zur Haustür. Noch bevor Ellen erkannte, was er in den Armen trug, hatte sie den Knauf gedreht. Die Gittertür würde dem Ansturm zweier wütender Hunde niemals standhalten, und sie konnte nicht sehen, wie der Junge vor ihren Augen in Stücke gerissen wurde. Tims Arme umklammerten etwas; sein Hemd war zerrissen und seine gebräunte Haut blutüberströmt. Einen Augenblick lang glaubte Ellen, daß die Hunde ihn erwischt hatten, aber dann tauchten über dem blutigen, zerrissenen Ärmel seines Hemdes zwei spitze, braune Ohren auf; in dem Augenblick, in dem Ellen die Haustür aufriß, prallte der Körper des Hundes nochmals gegen das Fliegengitter und riß es von oben bis unten auf.

Der Junge war mit einem Satz durch die Tür. Er stolperte, fiel mit dem Gesicht voran auf den Boden: Ellen schlug die Tür zu und schob die Riegel vor. Der Hund heulte wütend und enttäuscht auf, und seine Krallen zerkratzten die brandneue Lackierung. Ellen drehte sich zitternd um. Tim lag noch immer auf dem Boden; sein Kopf ruhte auf dem abgebogenen Arm. Neben ihm saß Ishtar wie eine ägyptische Göttin, die das ihr dargebrachte Opfer begutachtet. Sie war so naß, als käme sie direkt aus der Badewanne. Sie schnaubte angewidert und begann, sich zu putzen. Der Hund kratzte noch immer an der Tür, aber gegen das Eichenholz der Türfüllung konnte er nichts ausrichten. Ellen war nicht fähig, sich zu rühren, doch Ishtar hatte offenbar den Schock bereits überwunden, denn sie streckte den Hals und begann, über Tims nasses Haar zu lecken. Die langen Strähnen blieben an ihrer Zunge kleben, worauf sie spuckte und sich wieder ihrer persönlichen Toilette zuwandte.

Tims Rücken hob und senkte sich wie ein Blasebalg; er war sichtlich um sein Leben gerannt. Das Blut auf Brust und Armen war vermutlich Ishtars Beitrag zur Hetzjagd, denn sie hatte natürlich nicht zwischen Freund und Feind unterscheiden können, wenn die Hunde hinter ihr her waren. Die Hunde waren Tim gefährlich nahe gekommen; das linke Hosenbein war zerrissen, und auf seiner Wade prangte eine Bißwunde.

Tims Atemrhythmus änderte sich, und Ellen zwang ihre Gummibeine, sich zu bewegen. Sie mußte sich anstrengen, um ihn auf den Rücken zu drehen, denn er war schwer, und seine Gliedmaßen schienen kein Ende zu nehmen. Mit geschlossenen Augen wirkte er sehr jung und hilflos.

Doch Mitleid war nicht das einzige Gefühl, das Ellen beherrschte. Ihr nächster Gedanke war: ›Gott sei Dank kann Penny ihn jetzt nicht sehen.‹

Ohne seine kaltschnäuzige Maske wirkte Tims Gesicht unschuldig wie das eines neugeborenen Kindes – und gefährlich attraktiv. Als Ellen Norman gegenüber erwähnt hatte, wie gut sein Neffe aussah, war es eine Untertreibung gewesen; sie sah sein Gesicht zum erstenmal ohne das mißmutige, höhnische Grinsen.

Ellen strich sanft das verfilzte Haar zurück. Die harte junge Wange hätte einem ihrer Neffen gehören können. Sie hatte sich oft in ihr Zimmer gestohlen, wenn sie schliefen, denn sie hätten sich im wachen Zustand gegen jede Liebkosung gewehrt.

Tim schlug die Augen auf, und bevor er voll bei Bewußtsein war, sagte Ellen rasch mit gespielter Strenge: »Das wird bei dir allmählich zur Gewohnheit. Fällt dir nichts weniger Schmerzhaftes ein, um meine Aufmerksamkeit zu erregen?«

Einen Augenblick lang erwiderte Tim ihren amüsierten Blick. »Es ist gar nicht so schmerzhaft«, murmelte er und versuchte, sich aufzusetzen.

»Tim!« Sie legte beide Hände auf seine Brust und drückte ihn zu Boden. »Du willst es bestimmt nicht hören, aber ich muß es dir sagen. Ich bin eine dumme alte Frau, und ich liebe meine Katze. Danke.«

»Keine Ursache.«

Tims Augen schlossen sich wieder. Er war blaß, und die blutunterlaufene Stelle an seiner Schläfe trat deutlich hervor.

Ellen musterte angewidert ihre blutigen Hände und funkelte Ishtar an, die mit ihrer Körperpflege fertig war und unbeteiligt das Bild betrachtete, das sich ihr bot.

»Du bist mir vielleicht eine«, sagte Ellen streng. »Du kratzt den armen Jungen blutig, weil er versucht, dich zu retten. Du bist eine –«

»Undankbare Katze?« fragte Tim beinahe lachend. Er hatte die Augen geöffnet, als sie begonnen hatte zu sprechen, und amüsiert zugehört. »Sprechen Sie immer mit den Tieren?«

»Für gewöhnlich habe ich sonst niemanden, mit dem ich sprechen kann.« Ellen merkte, daß diese Erklärung nach Selbstmitleid klang, und fügte rasch hinzu: »Katzen sind ideale Gesprächspartner – sie widersprechen nicht.«

»Ich könnte wetten, daß Ishtar es tut.« Tim streckte den Arm aus, und zu Ellens Verblüffung gestattete Ishtar nicht nur, daß er sie streichelte, sondern rollte sich auf die Seite und begann, seine nassen Haare zu putzen. Ihr Gesichtsausdruck deutete an, daß es Schwerarbeit war, aber nasse Haare mußten getrocknet werden, und die Menschen waren offenbar nicht dazu fähig.

»Das stimmt.« Als Ellen aufstand, achtete sie darauf, mit der Hand nicht an ihren Rock zu kommen. »Rühre dich nicht. Ishtar hat dir die Pfoten auf den Kopf gelegt und wird dich wahrscheinlich beißen, wenn du dich bewegst. Ich werde ein Desinfektionsmittel auf die Kratzer tun und versuchen, einen Arzt zu erreichen.«

»Einen Arzt!« Tim mißachtete Ellens Befehl und versuchte sich aufzusetzen, worauf Ishtars Krallen herauskamen; er jaulte auf und ließ sich zurücksinken.

»Wegen deines Beins. Ehrlich, Tim, ich fürchte mich davor, es anzurühren. Wenn es nicht versorgt wird, hinkst du vielleicht dein Leben lang.«

»Vergessen Sie es.«

»Aber...«

»Ich habe gesagt, daß Sie es vergessen sollen. Die Telefonleitungen sind wahrscheinlich unterbrochen; sie geben schon bei einer leichten Brise den Geist auf. Außerdem wird er ohnehin jeden Augenblilck hier sein.«

Ellen wußte, daß er damit nicht den Arzt meinte.

Sie hatte Norman absichtlich nicht erwähnt; wenn sie eine Beziehung zu Tim herstellen konnte, dann durfte Norman nicht einbezogen werden – zumindest zu Beginn. Die Bitterkeit in Tims Stimme überraschte sie nicht, aber sie wußte nicht genau, was darunter verborgen lag, und Tim ging nicht näher darauf ein. Sein Gesicht war wieder verschlossen und seine Lippen ein schmaler Strich.

Die Hunde waren eine Zeitlang still gewesen, aber jetzt bellte einer von ihnen. Eine scharfe Stimme erteilte einen Befehl, und dann dröhnten Schritte auf der Veranda.

Ellen ging zur Tür.

Norman stand in vor Nässe glitzerndem Ölzeug in dem Türrahmen, den er beinahe ausfüllte. Die Hunde lagen neben dem zerrissenen Fliegengitter und ließen ihn nicht aus den Augen.

»Seien Sie unbesorgt«, sagte Norman schnell, »jetzt würden sie sich nicht einmal rühren, wenn das Dach einstürzt. Sind Sie verletzt, Ellen? Ihre Hände sind voll... Mein Gott, Tim!« Er drängte sich an ihr vorbei und sank neben dem Jungen auf die Knie. »Haben sie dich erwischt, Sohn? Wie schlimm ist es?«

Tim wartete, bis Normans Hände ihn berührten, dann stand er so provozierend langsam auf, daß es wie eine Beleidigung wirkte. Als er den verletzten Fuß belastete, schwankte er, und Norman stützte ihn. Nur Ellen sah Tims Gesichtsausdruck.

»Nimm deine Hände von mir«, sagte er gepreßt.

»Dein Bein... du kannst nicht stehen...«

Tim stieß einen Schwall von Schimpfworten aus, was Ellen nicht weiter erschütterte, denn so etwas hatte sie schon gehört. Sie erschrak nur über die Bösartigkeit in Tims Stimme.

Doch jetzt griff Ishtar ein. Als die Tür aufging, hatte sie sich schnell, aber würdevoll zurückgezogen. Jetzt waren die Hunde ausgesperrt, und sie marschierte auf den Menschen zu, der sie schon beim erstenmal fasziniert hatte – und wie beim erstenmal wich Norman zurück. Er ließ Tim los, der nach einem Stuhl griff und sich darauf stützte. Das Lächeln, mit dem er Norman beobachtete, war das häßlichste, das Ellen jemals gesehen hatte.

Mit einem Ausdruck, den sie selten gebrauchte, griff Ellen nach der Katze. Ishtar entwischte ihr flink wie ein Aal, und Tim begann zu lachen wie der Dämon, mit dem er oft verglichen wurde.

Es gelang der Katze, Norman in eine Ecke zu drängen, bevor Ellen sie zu fassen bekam. Den Höhepunkt des Abends steuerte jedoch Tim bei, indem er in Ohnmacht fiel. Ellen war zu weit von ihm entfernt, um ihn aufzufangen, und Norman kämpfte mit seiner Phobie; der schlaffe Körper des Jungen schlug so heftig auf dem Boden auf, daß die Gläser im Geschirrschrank klirrten.

Ellen setzte die Katze im Keller ab und lief zurück. Norman hatte sich nicht gerührt; die beiden Erwachsenen sahen einander einen Augenblick lang an. Dann ließ sich Ellen in den nächsten Stuhl fallen, und Norman fuhr sich mit der Hand über das nasse Gesicht.

»Wieviel verlangen Sie für das Haus?« fragte er.

Es dauerte einen Augenblick, bis Ellen begriff, dann lachte sie schwach.

»Ich verkaufe mein hübsches Haus nicht.«

»Ich hätte angenommen, daß Sie nach dem heutigen Abend schon bei unserem Anblick die Flucht ergreifen würden. Ein verrückter Junge, ein neurotischer Onkel...«

»Tim hat meine Katze gerettet. Er hat Ishtar nach Hause gebracht. Er ist es wert, daß man um ihn kämpft.«

»Wenn ich es nur glauben könnte. Wir wissen noch immer nicht, wie die Katze aus dem Schuppen gekommen ist. Soll ich Ihnen ein Glas Brandy einschenken, Ellen? Sie sind weiß wie ein Laken.«

»Tim braucht einen Arzt dringender als ich einen Brandy.« Ellen kniete neben Tim nieder. »Er steht unter Schock, und die Bißwunde schaut scheußlich aus. Wahrscheinlich muß sie genäht werden. Hören Sie auf, sich meinetwegen den Kopf zu zerbrechen, Norman, und rufen Sie einen Arzt an.«

»Die Telefonleitungen sind unterbrochen, und außerdem befindet sich der nächste Arzt in dreißig Kilometern Entfernung. Ich werde Tim mit meinem Wagen hinbringen, das geht schneller.«

»Sie können ihn nicht allein tragen, er ist zu schwer.«

»Ich hole Will.«

Er rannte aus dem Raum.

Ellen holte die Wolldecke von der Couch im Wohnzimmer und wickelte sie um den noch immer bewußtlosen Jungen. Sie dankte dem Himmel noch einmal dafür, daß sich ihre Tochter in Europa befand. Der Abend war in mehr als einer Hinsicht unangenehm gewesen, und Tim...

Er sah wie der verwundete Held in einem alten Errol-Flynn-Film aus. Ausgestreckter Arm, die muskulöse Brust blutbefleckt, romantisch zerrissene Kleidung – und das zartknochige, schöne Gesicht.

Ellen seufzte und umschloß das Gesicht mit den Händen. Es war so kalt.

Sie hielt ihn immer noch so, als Norman mit Will zurückkam. Tims Größe und Gewicht stellten für letzteren kein Problem dar. Er hob ihn hoch und trug ihn hinaus.

»Ich will keine lange Dankesrede halten«, sagte Norman. »Tim sieht gar nicht gut aus. Hoffentlich...«

»Er wird in Ordnung kommen. Junge Menschen erholen sich erstaunlich schnell.«

»Sie müssen das besser wissen als ich. Jedenfalls... auf bald...«

Die Hunde standen auf, als Norman zwischen ihnen durchging. Er blickte zurück.

»Ich lasse das Fliegengitter morgen instandsetzen.« Damit verschwand er im Regen, und die Hunde folgten ihm auf den Fersen.

Ellen blieb noch lange in der offenen Tür stehen. Das Fliegengitter wies einen langen, breiten Riß auf. Es war ein erschreckender Hinweis darauf, was geschehen wäre, wenn sie nicht so schnell reagiert hätte – und wenn Tim kein so guter Sprinter gewesen wäre.

7. Kapitel

Am nächsten Morgen kam Will und setzte das Fliegengitter instand. Das Gewitter war weitergezogen, hatte aber beträchtliche Schäden angerichtet. Die Auffahrt zum Haus war ein Sumpf, und der Hof war mit abgebrochenen Ästen übersät.

Als Ellen den Kombiwagen erblickte, den Norman für Transporte und bei schlechtem Wetter verwendete, trat sie auf die Veranda hinaus. Die Telefonleitungen waren noch immer unterbrochen, und sie hatte Dutzende Fragen. Will antwortete einsilbig: Ja, Tim ging es gut. Nein, er lag nicht im Krankenhaus. Ja, der Straßenzustand war sehr schlecht.

Ellen gab schließlich auf und ließ ihn in Ruhe. Er war ihr unsympathisch; entweder war er geistig etwas zurückgeblieben, oder er hatte Angst vor Frauen. Sie vermutete letzteres. Der Mann hatte sie kein einziges Mal direkt angesehen.

Am Nachmittag war sie damit beschäftigt, in ihrem überschwemmten Hof herumzuwaten und die Trümmer einzusammeln. Am Abend funktionierten die Telefonleitungen wieder; Ellens Washingtoner Freunde riefen an und erkundigten sich, wie es ihr ging. Dann schilderten sie ihre abenteuerliche Heimfahrt; es war ihnen nicht gelungen, dem Gewitter zu entgehen.

Ellen hatte kaum aufgelegt, als das Telefon wieder klingelte. Diesmal war es Norman.

»Ich möchte nicht, daß Sie sich Sorgen machen«, erklärte er. »Tim geht es gut, ein Dutzend Nähte, aber nichts Ernstes. Er hat Glück gehabt. Ich habe ihn nicht ein-, sondern hundertmal gewarnt...«

»Ich weiß, daß Sie mit ihm schon bei mehreren Psychiatern gewesen sind, Norman, aber Sie müssen es noch einmal versuchen. In Washington gibt es einen Arzt, der mit Jungen in Tims Alter sehr gute Erfolge hat. Er heißt Worth, und ich könnte...«

Norman seufzte.

»Ich muß es Ihnen also doch erzählen. Gestern abend hat jemand auf Bob Muller geschossen.«

»Nein!«

»Ja. Er wurde nicht getroffen, war aber zu Tode erschrocken. Sein Vater hat heute vormittag in der Stadt getobt und geschworen, daß er Tim umbringen wird. Es hat mich fünfzig Dollar gekostet, seine väterliche Sorge zu beschwichtigen.«

»Besitzt Tim ein Gewehr?«

»Halten Sie mich wirklich für einen solchen Idioten, Ellen? Im Haus gibt es überhaupt keine Waffe. Die Flinte wurde im Gebüsch gefunden – es war eine 22er, die Josh Carter gehört. Er ist Junggeselle, und sein Haus ist nie versperrt.«

»Das beweist nicht, daß Tim es getan hat. Er ist hier um...«

Sie unterbrach sich. Wenn Tims Alibi halbwegs brauchbar gewesen wäre, hätte Norman den Zwischenfall niemals erwähnt. Sie sah im Geist ein Bild vor sich, das sich nicht verdrängen ließ: Tims Ausdruck, als er mit blutigem Gesicht im staubigen Gras saß und »später« sagte.

»Aber er hat meine Katze gerettet«, wandte sie ein.

»Ach Ellen, es fällt mir so schwer, Sie zu enttäuschen, aber ich muß Sie warnen. Tim ist nicht ständig... krank. Es gibt Stunden, sogar Tage, an denen er aus sich herausgeht und ich überzeugt bin, daß ich ihm endlich näherkommen kann. Zumindest habe ich das geglaubt, bis mir klar wurde, daß die Krankheit in Schüben verläuft. Während der guten Perioden ist er vollkommen normal. Aber die schlechten Perioden treten ohne Vorwarnung auf und folgen immer dichter aufeinander. Trauen Sie ihm in bezug auf Ihre Katze ja nicht.«

Ellen erinnerte sich daran, was Joyce über Tim erzählt hatte. Sie hatte etwas Ähnliches angedeutet.

»Das ist mir gleich«, meinte sie eigensinnig. »Wenn der Fall so liegt, ist es wichtiger denn je, daß Tim behandelt wird.«

Norman schwieg einen Augenblick, dann sagte er: »Allmählich glaube ich, daß Sie das Beste sind, was mir in den letzten zwanzig Jahren widerfahren ist. Danke, Ellen. Natürlich haben Sie recht. Ich werde mit Tim sprechen. Wollen Sie es ebenfalls versuchen?«

»Gern.«

»Wunderbar. Sie könnten irgendwann auf einen Cocktail zu mir kommen und das Thema beiläufig anschneiden.«

»Wie dringend Tim einen Psychiater braucht? Ich werde mein Bestes tun, aber so etwas kann man nur schwer beiläufig anschneiden.«

»Sie schaffen es bestimmt. Sie sind eine gute Fee... Da fällt mir ein: Waren Sie heute schon in der Stadt?«

»Nein, ich habe Angst vor den Straßen gehabt.«

»Die sind jetzt in Ordnung. Sie wissen also nichts von Ihrem neuen Status? Mrs. Grapow erzählt jedem, der es hören will, daß Sie ein Wetterprophet sind. Oder heißt es Prophetin?«

»Ach du meine Güte.« Ellen erklärte ärgerlich, was sie gemeint hatte.

Norman lachte.

»Ich verstehe. Seien Sie Mrs. Grapow gegenüber vorsichtig, Ellen. Sie wissen es wahrscheinlich nicht, aber sie verfügt in dieser Stadt über beachtliche Macht. Sie besitzt Hypotheken auf die Hälfte der Farmen in der Gegend.«

»Sie machen Witze. Diese fette, dümmliche...«

»Ed drückte es folgendermaßen aus: ›Sie hat drei Ehemänner ins Grab gebracht und jeden der drei beerbt.‹«

»Auf dieses Haus besitzt sie jedenfalls keine Hypothek... Hat das Gewitter in der Stadt großen Schaden angerichtet?«

Sie unterhielten sich kurz über das Wetter, dann legte Norman auf. Ellen blieb noch eine Weile im Wohnzimmer sitzen und las, ging jedoch zeitig zu Bett. Sie hatte sich angewöhnt, unten zu bleiben, bis sie schläfrig wurde, und sich im Dunkeln auszuziehen.

In den nächsten Tagen hatte sie mehr als genug zu tun. Nach dem Regen sproß Unkraut, wo nie welches gewuchert war, und das Geißblatt schien vor ihren Augen zu wachsen. Einmal traf sie eine Freundin in einer sechzig Kilometer entfernten Stadt, in der es ein berühmtes Landgasthaus gab. Am Nachmittag klapperten sie die Antiquitätenläden ab. Ellen kam gegen Abend erschöpft, schmutzig und als stolze Besitzerin eines alten Spülsteins nach Hause. Das Abkratzen und die abschließende Oberflächenbehandlung des guten Stücks nahmen den Rest der Woche in Anspruch, und so wurde es Samstag, ehe Ellen in die Stadt fuhr. Sie gestand sich ein, daß sie gewartet hatte, bis die jungen Leute frei hatten; außer Norman waren sie die einzigen Bewohner von Chew's Corners, mit denen sie Kontakt haben wollte.

Als sie vor dem Laden vorfuhr, waren alle da, auch Bob Muller. Ellen hatte beschlossen, ihn nicht zur Kenntnis zu nehmen; der auf ihn abgefeuerte Schuß änderte zwar nicht die Meinung, die sie von ihm hatte, schwächte aber pragmatisch gesehen ihre Position.

Die anderen begrüßten sie wie eine alte Freundin; sie ließ sich von Joyce zu einem Stuhl führen und auf eine Coke einladen. Als sie sich setzte, erschien Mrs. Grapow in der Tür, nickte ihr zu und verschränkte die massiven Arme über der Brust.

»Ich habe Sie am Sonntag nicht in der Kirche gesehen«, stellte sie fest.

Aha, dachte Ellen, das erklärt zum Teil ihre Feindseligkeit. Sie hält mich für eine Art Heidin. »Ich war nicht sicher, ob ich willkommen bin«, antwortete sie.

»Warum sollten Sie es nicht sein?« fragte Joyce.

»Schließlich bin ich eine Fremde.«

»Sie müssen mit Zittern und Zagen selbst an Ihrer Errettung arbeiten«, erklärte Mrs. Grapow.

Diese ermutigende Feststellung wurde mit Schweigen aufgenommen. Steve hörte auf zu summen, und Joyce's Lächeln verschwand.

»Ich hatte letzten Sonntag Gäste«, sagte Ellen kühl, »und hatte zuviel zu tun, um zu kommen.«

»O Eitelkeit«, rief Mrs. Grapow. »Alles ist eitel.«

Ellen versuchte, nicht zu lächeln. Man konnte Mrs. Grapow unmöglich ernst nehmen; ihre Zitate waren entweder falsch oder nicht zutreffend. Der Kobold in Ellen hatte das Kommando übernommen, und es fiel ihr nicht ein, sich zur Wehr zu setzen.

»Es hat doch die Hochzeit zu Kana gegeben«, murmelte sie und sah Mrs. Grapow seelenvoll an. »Und die Lilien auf dem Feld: ›Sie säen nicht, sie ernten nicht...‹ Nicht, daß ich vergangenen Sonntag nicht gesät hätte – ich kochte und putzte... Aber vielleicht komme ich morgen zur Kirche.«

Mrs. Grapow war krebsrot geworden. Womöglich ist sie gar nicht so dumm, dachte Ellen, und weiß, daß ich sie auf den Arm nehme. Oder sie ärgert sich, weil jemand die Unverschämtheit hat, ihr eine freche Antwort zu geben. Traut sich denn niemand, sich gegen dieses Weibsbild zur Wehr zu setzen?

»Ich weiß nicht, ob Ihnen unsere Kirche zusagen wird.« Mrs. Grapow vergaß die Heilige Schrift und ging zum Frontalangriff über. »Wir sind Protestanten.«

»Genau wie ich«, stellte Ellen erfreut fest. »Was für ein Zufall. Was für eine Art von Protestant sind Sie?«

Mrs. Grapow richtete sich zu ihrer vollen Größe auf. »Die Irdische Kirche vom Zorn Gottes.«

Ellen lachte. Sie erfaßte erst viel später ganz, wie verhängnisvoll dieses Lachen gewesen war, aber sie bedauerte es sofort. Wenn dieser Satz von jemand anderem gekommen wäre, hätte er ein Witz sein können, aber Mrs. Grapow hatte keinen Sinn für Humor. Und es war mehr als ungehörig, über den Glauben eines anderen zu lachen.

Sie beugte sich hinunter und strich über ihre Wade. »Ich habe vergessen, dich darauf aufmerksam zu machen, daß ich hier schrecklich kitzlig bin«, sagte sie zu Joyce, die neben ihr hockte. Die arme Joyce starrte sie mit offenem Mund an, und Ellen wandte sich wieder Mrs. Grapow zu.

»Ich habe noch nie von dieser Kirche gehört«, sagte sie vollkommen ernst. »Ist sie mit den... mit den...«

Sie brachte den Satz nicht zu Ende, denn es wäre für jede andere Sekte eine Beleidigung gewesen, mit Mrs. Grapows ›Kirche‹ verglichen zu werden.

»Sie ist mit nichts verwandt«, erklärte Mrs. Grapow heiser. »Es gibt sie seit der Gründung der Stadt. Sie ist der einzige Weg zu Gott. Der einzige Weg, der keine Falle und keine Illusion ist.«

»Ich komme morgen bestimmt«, versprach Ellen.

Mrs. Grapow murmelte etwas und verschwand in dem Laden. Ellen war davon überzeugt, daß sie sich auf die Lauer legte und lauschte.

Nach Mrs. Grapows Abgang entspannten sich die jungen Leute sichtlich. Steve begann zu pfeifen, und einer der Jungen machte ein paar Tanzschritte. Das lenkte Joyce ab, die noch immer verwirrt wirkte.

»Geht jemand nächste Woche zu dem Tanzabend?« fragte sie laut und sah Steve an.

»Klar«, antwortete Bob Muller sofort. »Du gehst mit mir, Joyce.«

»Wer sagt das?« fragte Joyce kühl. »Ich werde wahrscheinlich nicht gehen.«

»Du mußt keinen Begleiter haben«, meinte eines der Mädchen. »Wir gehen alle zusammen. Vater gibt mir den Wagen.«

»Wenn ich keinen Begleiter habe, gehe ich nicht«, wiederholte Joyce.

»Aber du hast...« begann Bob.

»Ich meine einen Begleiter, der ein menschliches Wesen ist«, unterbrach ihn Joyce rüde.

Sie stand auf und ging zum Coke-Automaten. Dabei kam sie an Steve vorbei, der durch sie hindurchsah und weiterpfiff.

Auch wenn die übrigen nicht einander gestoßen und gegrinst hätten, hätte Ellen sofort gemerkt, was los war. Steve und Joyce hatten gestritten. Ellen mußte zwar darüber lächeln, doch sie fühlte mit den beiden. Sie hatte zu viele Fälle von jugendlicher Schwärmerei getröstet, um die Schwere der Krankheit zu unterschätzen.

Joyce hatte Schwierigkeiten mit dem Coke-Automaten. Sie fummelte herum, ließ die Münzen fallen und murmelte erboste Bemerkungen. Sie stand höchstens einen Meter von Steve entfernt, aber sie hätte genausogut im nächsten County sein können, denn er übersah ihre Darbietung ostentativ und wandte sich statt dessen an Ellen.

»Sie haben neulich ein ordentliches Gewitter aufziehen lassen.«

»Es freut mich, daß es dir gefallen hat«, antwortete Ellen ernsthaft.

Joyce lachte, und die meisten lächelten; einige verzogen allerdings keine Miene.

»Geben Sie Unterricht in diesem Fach?« fragte Joyce, die mit der schwer verdienten Coke zurückkam. »Vielleicht könnten Sie es mir beibringen; ich möchte es gern auf gewisse Leute regnen lassen.«

»Damit muß man sehr früh anfangen«, bedauerte Ellen. »Ich habe es schon als Kleinkind von meiner Mutter gelernt.«

Diesmal lachte nur Joyce.

»Ich wette, daß Sie auch wahrsagen können.«

»Ich habe meine Kristallkugel nicht bei mir.«

»Können Sie mir denn nicht aus der Hand lesen? Ich schmiere dafür Ihre Hand mit Silber.«

Joyce ließ einen Quarter in Ellens Schoß fallen und hielt ihr ihre schlanke, schwielige Hand hin.

»Da ist aber nicht mehr viel Silber drin«, beschwerte sich Ellen.

»Ach, tun Sie's doch. Bitte.«

Ellen lächelte das ihr zugewandte fröhliche Gesicht an. Über Joyce's Stupsnase waren Sommersprossen verstreut, ihre grünen Augen sprühten vor Übermut, und ihre Locken glänzten wie poliertes Kupfer. Sie war verspielt und harmlos wie ein Kätzchen, aber als Ellen die ausgestreckte Hand ergriff, hatte sie das Gefühl, daß die Sonne hinter einer Wolke verschwand.

Joyce wußte, daß das Ganze nur ein Spaß war, aber die übrigen Jugendlichen sahen plötzlich gespannt und interessiert zu, und das hätte Ellen warnen müssen. Sie war dagegen, daß man mit dem Okkulten spielte, denn das konnte emotionell unausgeglichenen Menschen gefährlich werden. Doch während sie noch zögerte, nahm sie eine Bewegung hinter der dunklen Türöffnung wahr, wo Mrs. Grapow wie ein Luchs auf der Lauer lag.

Ellen beugte sich über die Hand des Mädchens.

»Ich sehe – ja, ich sehe, daß du Obst gepflückt hast. Waren es Heidelbeeren? Nein, warte, es kommt schon ... Es – ja, es waren rote Himbeeren.«

Die Spannung löste sich in Gelächter auf.

»Ach bitte, kommen Sie schon«, bettelte Joyce.

»Ein langes, fröhliches Leben«, verkündete Ellen, die tat, als würde sie Joyce' Handlinien studieren. »Zwei Ehemänner – nein, drei –, und Kinder – vier, fünf, sechs, sieben ...«

»Hören Sie sofort auf«, lachte Joyce. »Das liegt in weiter Ferne. Können Sie nichts aus der nahen Zukunft sehen?«

Sie lächelte zwar noch, aber Ellen konnte dem Ausdruck in den grünen Augen nicht widerstehen.

»Ich sehe dich herausgeputzt; du siehst sehr hübsch aus ... Rosen in den Haaren – weiße Rosen ... Du gehst zu einer Party. Ein Junge ist bei dir. Ich kann sein Gesicht nicht sehen, aber er ist groß und blond. Er trägt Jeans ...«

Die Jeans waren ein sicherer Tip, genau wie die Rosen; wenn Joyce noch nicht daran gedacht hatte, würde sie es jetzt tun. Im Hintergrund beugte sich Steve vor, als versuche er, die Vision zu sehen, die Ellen beschrieb. Joyce wurde rot.

»Danke«, sagte sie.

Die kühneren unter den Jugendlichen drängten sich vor.

»Jetzt ich.«

»Nein, ich.«

Ellen prophezeite unbekümmert Auslandsreisen, gut aussehende, dunkelhaarige Fremde und Briefe mit erfreulichen Nachrichten. Einige ihrer Feststellungen lösten Heiterkeit aus, und als sie Alan Bates prophezeite, daß er ein berühmter Chirurg werden würde, brachen die Zuhörer in brüllendes Gelächter aus. Alan trug eine dicke Brille und sah intellektuell aus, aber seine Gefährten hielten offenbar nicht viel von seinen geistigen Fähigkeiten.

Dann drängte sich eine Hand so nahe an Ellens Gesicht, daß sie zurückwich.

»Jetzt ich, ich bin an der Reihe, erzählen Sie mir etwas. Etwas Gutes.«

Wieder überlief Ellen ein warnender Schauer. Prues Stimme war kaum wiederzuerkennen; sie war rauh und drängend, und die Augen des Mädchens glänzten fiebrig. Ellen ergriff die dickliche Hand.

»Es ist nur ein Spaß, Kleines«, sagte sie sanft. »Du weißt, daß ich nicht...«

»Sagen Sie mir die Zukunft voraus! Bitte!«

»Ich sehe dich in einem weißen Kleid«, begann Ellen widerstrebend. »Und mit einem Schleier. Du heiratest.«

»Wie sieht er aus?«

Jemand kicherte, und das bestärkte Ellen in ihrem Mitgefühl. Weil sich die anderen über Prues Probleme lustig machten, waren sie für das Mädchen noch schwerer zu ertragen.

»Er ist groß«, fuhr sie fort, »und breitschultrig... Seine Haare...«

»Blond«, unterbrach sie Prue flehend. »Blond?«

»Ja, das stimmt.«

Sie konnte Prue dieses Versprechen genausowenig versagen wie einem kleinen Kind eine Eistüte, nach der es die Hand aussstreckt. Prudence seufzte. Ihre Augen waren feucht.

Ellen erhob sich. »Ich muß gehen.« Das Spiel hatte seinen Reiz verloren; angesichts von Prues kleiner Tragödie machte es nicht einmal mehr Spaß, Mrs. Grapow zu ärgern. Prue war bis über beide Ohren in Steve verliebt und hatte gegen die bezaubernde Joyce nicht die geringste Chance. Ellen wußte genau, mit wem Steve zu dem Tanzabend gehen würde.

Sie fuhr im Rückwärtsgang aus der Parklücke hinaus und zögerte dann. Die Jugendlichen bildeten auf der Veranda eine Gruppe, und ihre Haare glänzten im Sonnenlicht – hell- und dunkelbraun, schwarz, Joyce' flammendrote Locken und Steves gelbe Mähne. Sie waren in eine angeregte Debatte vertieft – vermutlich über Ellens Vorhersagen. Sehnsucht erfaßte Ellen – nicht nach ihrer Jugend, sondern nach den anderen Jugendlichen, deren Leben sie so intensiv geteilt hatte. Mein Gott, dachte sie, wie mir meine Kinder fehlen!

Bei einem letzten Blick in den Rückspiegel entdeckte sie eine Krähe in dem bunten Gewimmel auf der Veranda. Mrs. Grapows Anblick verdarb Ellen die gute Laune.

Ellens Vorsatz, am nächsten Tag zur Kirche zu gehen, war kein Versuch gewesen, die Ladenbesitzerin zu versöhnen. Nicht einmal ein Unwetter hätte sie davon abhalten können; sie verbrachte den Morgen damit, eine Theologie für einen Glauben zu erfinden, der die Irdische Kirche vom Zorn Gottes hieß.

Die Grundlage dieses Glaubens war ziemlich sicher puritanisch, und Ellen kleidete sich entsprechend. Sie bereute diesen Entschluß jedoch bereits, als sie in ihrem grauen, strengen, langärmligen Hemdblusenkleid in den Wagen stieg. Der Tag würde glühendheiß werden. Am Himmel stand keine einzige Wolke, und in der reglosen Luft rührte sich kein Blatt. Als Ellen in der Stadt eintraf, klebte ihr das Kleid am Körper, und ihre Nylonstrümpfe fühlten sich an, als wären sie aus Wolle. Die Kirche besaß garantiert keine Klimaanlage. Menschen, die sich über Gottes Zorn Gedanken machen, stehen auf dem Standpunkt, daß körperliches Unbehagen gut für die Seele ist.

Die kleine weiße Kirche wirkte im Sonnenschein verschlafen und hübsch; das Smaragdgrün des Rasens und der Bäume milderte ihre strengen Linien. Zu ihrem Kummer stellte Ellen fest, daß sie zu spät kam. Offenbar begann der Gottesdienst nicht um elf Uhr, wie es sonst üblich war, sondern früher. Der Schweiß lief ihr über die Rippen, als sie den Weg entlangeilte, doch der Gesang, der aus der Kirche kam, tröstete sie.

Die Kirche war überfüllt, und Ellen gab die Hoffnung

auf, daß sie unbemerkt in eine der letzten Bänke schlüpfen konnte. Sie muße eine Weile suchen, bis sie einen freien Platz fand. Die Leute starrten sie zwar an, sangen aber weiter.

Ellen war so verlegen, daß sie nicht den Pastor ansah, sondern nach einem Gesangbuch Ausschau hielt. Sie fand zwar keines, entdeckte aber einen Gegenstand, der sie ihren Fehltritt vergessen ließ – einen altmodischen Palmette-Fächer. So etwas hatte sie zum letztenmal gesehen, als sie ihre Großmutter im Mittelwesten besuchte. Der Fächer war sehr nützlich; die Kirche war genauso heiß, wie Ellen erwartet hatte. Keines der Fenster war offen – sie sahen aus, als wären sie seit der Errichtung des Gebäudes niemals geöffnet worden –, und die weißgetünchten Wände strahlten Hitze aus, als wären sie ein Hochofen. Ellen fächelte sich entschlossen Luft zu und stellte dabei fest, daß sie noch nie einen so öden Raum gesehen hatte. Es gab keine Bilder, keine Wandbehänge, keine Schnitzereien an den Bänken und keine Steinmetzarbeiten an den Pfeilern. Der Raum war zwar strahlend hell, aber das Fehlen jeglicher Farbe wirkte deprimierend; außerdem war er kleiner, als sie ihn in Erinnerung hatte – es konnten nicht mehr als sechzig oder siebzig Gläubige anwesend sein.

Das Lied war zu Ende, und es trat Stille ein. Von der Kanzel verkündete eine Stimme: »Nummer sechzehn, Brüder und Schwestern.« Ellen blickte auf.

Das erste Wort, das ihr einfiel, war ›mager‹. Er war ein knochiger, kleiner Mann, der aussah, als wäre er hastig aus Überbleibseln zusammengesetzt worden, die für eine ganze Person nicht ausreichten. Sein Haar war schütter, sein Gesicht schmal und verkniffen. Anscheinend konzentrierte sich seine gesamte Kraft in seiner Stimme. Es war keine angenehme Stimme. Sie war durchdringend und trotzdem dröhnend und erinnerte Ellen an etwas, das ihr im Augenblick nicht einfiel.

Ein winziges Klavier stimmte eine Melodie an, die Ellen kannte, und sie freute sich darauf, inbrünstig mitzusingen. Sie liebte die alten Kirchenlieder mit dem munteren Rhythmus, der oft einen angenehmen Gegensatz zum pessimistischen Text bildet. Doch nach den ersten Worten wurde ihr klar, daß es zwar eine bekannte Melodie, jedoch ein unbekannter Text war. Die Frau links von ihr verfügte über einen durchdringenden Sopran, und Ellen konnte die Worte verstehen – sie waren erschreckend. Sie wußte nicht, was schlimmer war – das hinkende Versmaß und die an den Haaren herbeigezogenen Reime oder die damit ausgedrückten Gefühle. Eine Strophe behielt sie im Gedächtnis, weil sie der Inbegriff von Scheußlichkeit war.

Die unzüchtige Frau schleudert er
In das Höllenfeuer hinein.
Schwer seine Hand auf den Sündern liegt
  Das präge dir wohl ein.

Danach konnte Ellen die Predigt kaum noch erwarten.

Sie hörte nur während der ersten zehn Minuten zu, und das mit zunehmendem Widerwillen, denn die heisere Schimpfkanonade des schrecklichen kleinen Mannes auf der Kanzel wirkte keinen Augenblick lang komisch. Sie war von Haß erfüllt: Haß auf die Juden, die Jesus getötet hatten; auf die Schwarzen, die Söhne Hams, die Gott zu ewiger Knechtschaft verurteilt hatte; auf die papistischen Anbeter falscher Götter; auf die Barbaren, die Gott ablehnten; und auf die Heiden, denen es nie gestattet worden war zu wählen, denn wenn Gott sie für würdig befunden hätte, so hätte Er sich ihnen gezeigt!

Endlich fiel Ellen ein, woran sie der Prediger erinnerte. Sie war zu jung, um den schreienden Redner von Nürnberg und Berlin erlebt zu haben, aber sie hatte Schallplatten gehört. Wenn man den Pastor mit Hitler verglich, gestand man ihm mehr Macht zu, als er besaß, obwohl er diese Macht bestimmt genossen hätte – um Andersdenkende auszulöschen, wie sein erbarmungsloser Gott die Städte Deutschlands ausgelöscht hatte. »Er schlug sie mit der Schneide des Schwertes, und alle Seelen in ihnen...«

Ellen wollte niemanden beleidigen, aber sie konnte diesen Quatsch nicht gutheißen, indem sie sitzenblieb und ihn sich anhörte. Sie erhob sich und verließ die Kirche, obwohl sie wußte, daß jedes einzelne Mitglied der Gemeinde sie beobachtete und daß die brennenden Augen des Pastors jedem ihrer Schritte folgten.

Sie war merkwürdig erschüttert und blieb einige Minuten regungslos im Wagen sitzen, um die Fassung wiederzugewinnen. Sie war beunruhigt, und daran war nicht so sehr das Zusammentreffen mit einem gewalttätigen, irrationalen Geist schuld, sondern die Erkenntnis, daß ihre sichere, vernünftige Welt nur eine von vielen war. Sie hatte in der absurden, aber weit verbreiteten Illusion gelebt, daß die Einstellung ihrer Gesellschaftsschicht von der Mehrheit der Menschheit geteilt wurde. Sie hatte jahrelang in einer Welt der oberflächlichen Toleranz und der guten Erziehung gelebt, die natürlich auch ihre Fehler hatte. Einer davon war Scheinheiligkeit, und ein weiterer war die zynische Gleichgültigkeit dem absolut Guten und dem absolut Bösen gegenüber. Doch dank ihrer Mittelmäßigkeit und des gekünstelten Anscheins wirkte diese Welt stabil und berechenbar. Es war natürlich von Ellen naiv gewesen, sie für die normale Welt zu halten. In dem fremden Universum, das sie heute flüchtig erblickt hatte, war alles möglich.

Auf der Heimfahrt sang sie einen Choral, der ihr zusagte, weil in ihm Gottes Liebe gepriesen wurde. Er war schwungvoll wie ein Marsch und gab dem elendsten Sünder Hoffnung. Liebe war ein Wort, das Mrs. Grapow wahrscheinlich nie verwendet hatte; sie empfand es zweifellos als genauso unflätig wie Sex.

Die riesigen Kiefern gaben Ellen das tröstliche Gefühl, daß die Zweige ein grüner Vorhang waren, der sie von der Stadt abschloß. Ihr hübsches Haus lag wie eine schläfrige Katze in der sonnendurchfluteten Lichtung. Ellen dachte voll Mitgefühl an die Frau, der es einmal gehört hatte. Wenn die Irdische Kirche vom Zorn Gottes Mary Baumgartner mißbilligt hatte, so sprach das sehr für Mary. Sie sollte heiliggesprochen werden, dachte Ellen, während sie aus dem durchweichten grauen Kleid schlüpfte und sich unter die Dusche stelle.

Den Rest des Tages verbrachte sie mit häuslichen Tätigkeiten, aber es war ihr nicht angenehm, als bei Sonnenuntergang ein Wagen vorfuhr. Der Besucher war, wie erwartet, Norman. Er lugte durch die instandgesetzte Gittertür und fragte scherzhaft:

»Kann ich gefahrlos hereinkommen?«

»Gefahrlos? Ach – einen Augenblick.«

Ellen wandte sich gerade rechtzeitig dem Korridor zu, um Ishtar aufzuheben, die auf sie zuschlenderte. Es war unheimlich, wie die Katze Normans Anwesenheit fühlte; sie hatte friedlich im Wohnzimmer geschlafen. Diesmal protestierte sie nicht, als sie im Keller landete, aber kein Mensch hätte so viel Verachtung in seinen Blick legen können wie Ishtar in den ihren.

Sie saßen auf der Veranda und tranken Sherry. Die Bäume warfen lange, lavendelfarbene Schatten auf das dichte Gras, und der Duft der Rosen wurde im Lauf des Abends immer stärker.

»Ich bin sehr froh, daß Sie gekommen sind«, sagte Ellen. »Das ist die einzige Zeit des Tages, in der ich mit der Einsamkeit kämpfe.«

»Ihre Familie fehlt Ihnen sicherlich sehr. Schreiben sie Ihnen wenigstens?«

»O ja, sogar die Jungen. Sam, der älteste, arbeitet diesen Sommer in Boston. Arthur ist Berater in einem Ferienlager für Jungen; er ist unser Sportler. Phil, der Jüngste, unternimmt eine Wanderung durch Kanada. Ich könnte nicht behaupten, daß mich seine Ansichtskarten immer freuen, denn er deutet in ihnen die schrecklichsten Katastrophen an. Er schreibt zum Beispiel: ›Ich habe meine Brieftasche mit einem Teil des Geldes wiederbekommen.‹ Oder: ›In dieser Stadt sind die Polizisten echte Blödmänner.‹ Wenn ich die Karte erhalte, ist die Krise natürlich längst vorbei, aber ich grüble stundenlang darüber nach, was es gewesen sein könnte.«

»Was ist mit Ihrer Tochter? Kommt sie bald?«

»Nein, nach der Europareise besucht sie Freunde. Sie wird im September auf eine Woche hierherkommen, bevor sie auf die Schule muß.«

»Sie durchtrennen die Nabelschnur wirklich gründlich.«

»Vielleicht bin ich ein bißchen brutal«, gab Ellen zu, »aber es ist für mich schwerer als für die Kinder. Mir fehlen alle; ihnen fehle nur ich – falls ich ihnen überhaupt fehle.«

»Das klingt, als wäre Ihre Erziehung sehr erfolgreich gewesen.«

»Ich hatte Hilfe.«

»Ja, Ihr Schwager.« Norman hob sein Glas, als bewundere er das Sonnenlicht, das durch die bernsteinfarbene Flüssigkeit drang. »Ich kenne ihn indirekt – er hat vor einigen Jahren einen Artikel für *Foreign Affairs* geschrieben.«

»Das stimmt. Sie haben ein großartiges Gedächtnis.«

»Es war ein großartiger Artikel, einer der wenigen, der die Lage im Nahen Osten klar und deutlich analysierte, ohne wichtigtuerisch oder lehrhaft zu klingen.«

»Er bekommt immer wieder Schwierigkeiten, weil er sagt, was er denkt. Seine Briefe sind sehr lustig. Er ist natürlich verschwiegen und nennt nie Namen, aber er behauptet, daß er an ein verständnisvolles Publikum gewöhnt ist und jetzt niemanden hat, bei dem er seine Frustration abladen kann. Manchmal denke ich, daß ich einige dieser Briefe verbrennen sollte.«

»Tun Sie es nicht, sie könnten wertvolle historische Dokumente sein.«

»Jack findet ebenfalls, daß ich sie aufheben soll, aber nicht, weil er sie für historisch wertvoll hält. Sobald er in Pension geht, will er eine der beliebten pikanten Autobiographien voller Skandalgeschichten schreiben. Er freut sich schon darauf, daß ihn schöne, verschleierte Frauen besuchen und ihm alles mögliche bieten werden, damit er seine Erinnerungen für sich behält.«

Norman lachte.

»Er muß ein ganz besonderer Typ sein.«

»Das ist er auch. Er hat einen eigenen, ausgefallenen Sinn für Humor, und er ist der verläßlichste, solideste Mensch...« Sie errötete und unterbrach sich. »Sie dürfen sich nicht von mir in Grund und Boden reden lassen und sich dabei zu Tode langweilen.«

»Das tue ich absolut nicht; Sie liefern mir ein ausgezeichnetes Bild von Ihnen und Ihrem bisherigen Leben. Ich habe ein schlechtes Gewissen, denn ich hätte erkennen müssen, wie schwer es nach diesem behüteten Leben für Sie sein wird, ganz allein und auf sich gestellt zu sein.«

Ellen sah ihn nachdenklich an.

»Ich verstehe. Es ist also schon bis zu Ihnen gedrungen. Sie haben mich vor der Kirche gewarnt, aber ich konnte einfach nicht sitzenbleiben und mir diesen... diesen...«

»Ich weiß, welches Wort Sie suchen, Ellen, und ich mache Ihnen ganz bestimmt keinen Vorwurf daraus. Ich war das letztemal als Kind in dieser sogenannten Kirche.«

»Der Pastor...«

»Hank Winckler. Er stammt aus der Stadt. Ich kenne ihn

seit der ersten Klasse, und er war schon damals eine Nervensäge. Er ist schlimm, aber er hat die Kirche nicht erfunden, sondern es war genau umgekehrt.«

»Wie entstand sie? Ich habe von seltsamen Sekten gehört, aber die hier ist mir neu.«

»Sie wissen wahrscheinlich, daß der Westen Virginias vor allem von zwei Gruppen besiedelt wurde: von den Deutschen einerseits und den Schotten und Iren andererseits. Die deutschen Siedler waren hauptsächlich Lutheraner, aber es gab auch andere Sekten – Mennoniten, Dunker, Sabbatarier, Herrnhuter Brüdergemeinde, Separatisten. Anfang des achtzehnten Jahrhunderts waren die Blue Ridge und das Tal wirklich das Ende der Welt. Es gab hier keine Pastoren, und die Wanderprediger besuchten die Siedlungen vielleicht einmal jährlich – oder noch seltener. Die meisten örtlichen Glaubensgemeinschaften wurden von Laien geführt, und in den isolierten Bergdörfern gediehen die seltsamsten Ideen.«

»Ja«, bestätigte Ellen. »Ich habe von den Scharlatanen gehört, die sich zunächst hier niederließen. Empiricus Schmidt, der Dentist und selbsternannter Prediger war...«

»Die meisten Scharlatane wurden allerdings bald aus den Städten verjagt, zum Beispiel Carl Rudolph, der sich ›Fürst von Württemberg‹ nannte und zwischen seinen Predigten die Töchter der Farmer verführte. Ich denke, daß hier etwas Ähnliches geschehen ist, nur ist es dem Gauner geglückt, sich durchzusetzen. Irgendwo wird ein Mann namens Jakob Schnell erwähnt. Mehr weiß man nicht über ihn; er war sicherlich kein rechtmäßiger Pastor einer deutschen Sekte. Vielleicht war er kein Scharlatan, sondern ein echter religiöser Fanatiker mit einer Menge krankhafter Ideen. Sogar die anerkannten Theologien dieser Zeit kommen uns heute fanatisch vor. Intoleranz, Selbstgerechtigkeit und Verfolgung waren an der Tagesordnung.«

»Wie können Menschen unserer Zeit an so etwas glauben?«

»Es sind ohnehin nicht viele. Die Gläubigen bröckeln ab, vor allem die jungen. Aber in dieser Stadt gibt es einen Klüngel, der an den alten Ideen festhält und großen Einfluß besitzt. Der arme alte Hank ist ein Idiot und würde nicht lange im Amt bleiben, wenn ihn nicht Leute wie Mrs. Grapow stützten.«

»Ich bin Ihnen sehr dankbar, daß Sie mir helfen wollen, aber es ist nicht notwendig; ich komme bestimmt zurecht. Wenn Jack hier gewesen wäre, hätte er die Kirche viel früher verlassen als ich. Wie geht es Tim?«

Norman akzeptierte den Themenwechsel widerspruchslos.

»Er schlägt einen Mordskrach. Ich habe unter anderem deshalb vorbeigeschaut, weil ich Sie fragen wollte, ob Sie am Mittwoch hinüberkommen könnten. Ich kann ihn nicht mehr lange zu Hause halten und möchte, daß Sie mit ihm sprechen.«

»Gern. Um welche Zeit?«

Sie einigten sich über die Einzelheiten, und dann ging Norman wieder.

Ellen ließ Ishtar heraus und bereitete ein leichtes Abendessen für sich zu, aber der Besuch hatte sie beunruhigt. Sie war eitel genug anzunehmen, daß Norman gern mit ihr zusammen war, und sie standen auf so vertrautem Fuß, daß er ohne weiteres unangemeldet erscheinen konnte, aber sie hatte den Eindruck, daß ihm ihre neueste Eskapade ernstliche Sorgen bereitete. Was war überhaupt mit dieser Stadt los, und wieso war eine Mrs. Grapow imstande, einen Mann wie Norman zu verunsichern? Die Frau nahm kosmische Dimensionen an; Ellen sah sie im Geist dräuend wie einen riesigen schwarzen Koloß über der Stadt emporragen.

Aus einer Trotzreaktion heraus beschloß sie, an diesem

Abend nicht im Wohnzimmer, sondern im Bett zu lesen. Sie hatte eine Kiste mit Jugendbüchern entdeckt, die Penny gehört hatten, und las sie jetzt mit Genuß. Sie war gerade in eines von ihnen vertieft, als der Schatten wieder erschien.

Weil sie diesmal beinahe darauf gefaßt war, geriet sie nicht in Panik. Sie wandte den Kopf nicht in die Richtung der Erscheinung, sondern starrte gerade vor sich hin und ›erblickte‹ sie am äußersten Rand ihres Gesichtsfeldes.

Es war der Schatten einer Frau. Ihr Haar hing offen herab, und ihr weiter Rock gehörte in eine frühere Zeit. Ihre Haltung wirkte nicht drohend, sondern müde und resigniert. Die Arme verschwanden im Schatten des Körpers, als hingen sie schlaff herab. Der gesichtslose Kopf war vorgebeugt.

Keiner von Ellens anderen Sinnen war von der Erscheinung betroffen. Sie spürte die warme Luft auf ihrer Haut und vernahm die normalen Geräusche der Nacht. Sie sah, wie Ishtars seidige Flanken sich im Rhythmus ihres Atems hoben und senkten. Der Raum roch nach Ellens Parfum, in das sich der Duft der Blumen im Garten, der Geruch nach altem Holz, frischer Farbe und Zitronen-Möbelwachs mischte. Das Zimmer war normal. Alles war normal – bis auf die unmögliche Gestalt am Rand ihres Gesichtsfeldes.

Ellen wartete. Nichts geschah. Der Schatten bewegte sich weder noch veränderte er sich, aber schließlich lehnten sich Ellens Augen gegen die Regungslosigkeit auf. Sie blinzelte, und in diesem Sekundenbruchteil verschwand die Erscheinung. Sie kam nicht wieder, obwohl Ellen noch eine halbe Stunde las und bewußt versuchte, den vorherigen Zustand wiederherzustellen.

Irgendwann schaltete sie das Licht aus und wunderte sich darüber, daß sie in der Dunkelheit keine Angst hatte. Das Verblüffendste der Erscheinung war, daß sie kein

Entsetzen und kein Gefühl der Kälte auslöste. Sie erinnerte sich an die nächtlichen Ängste ihrer Kindheit, bei denen sie sich nicht entscheiden konnte, ob sie den ungeschützten Rücken dem Fenster oder der Tür zuwenden sollte, die beide offenstanden. Sie hatte oft steif auf dem Rücken gelegen, hatte versucht, beide Öffnungen im Auge zu behalten, und in jedem sich bewegenden Schatten einen Dämon gesehen. Diese Wirkung blieb hier aus. Ihre ursprüngliche Panik war eine Folge des Schrecks und der Überraschung gewesen und hing nicht mit dem Anblick zusammen, der sich ihr bot.

Wenn das eine optische Illusion ist, dachte Ellen im Halbschlaf, dann ist sie die merkwürdigste Illusion, die ich je erlebt habe.

8. Kapitel

Ellen kam erst nach einigen Tagen wieder in die Stadt. Sie zwang sich dazu, als ihr klar wurde, daß sie die unmöglichsten Gründe vorschob, um im Supermarkt in Smithville statt im Dorfladen einzukaufen. Sie würde sich von Mrs. Grapow nicht einschüchtern lassen.

An diesem Morgen nickte ihr keiner der Nichtstuer auf der Veranda zu, aber Ellen bemerkte es kaum, denn sie mußte sich für das Zusammentreffen mit Mrs. Grapow zusammenreißen. Daß sie sich in diesem Augenblick nach moralischer Unterstützung sehnte, brachte sie noch mehr gegen die Ladenbesitzerin auf.

Mrs. Grapow stand an ihrem gewohnten Platz hinter dem Ladentisch. Ellen hätte gern gewußt, ob sie immer dort stand und vor sich hinstarrte, auch wenn sie keine Kunden bedienen mußte. Las oder häkelte sie nie, löste sie keine Kreuzworträtsel? Woran dachte sie? Dachte sie überhaupt, im eigentlichen Sinn des Wortes, oder funktionierte sie wie ein von den barbarischen Helden des Alten Testaments programmierter Roboter?

Ellen bestellte, und Mrs. Grapow trug die Waren effizient wie immer zusammen. Dann beugte sie sich über die aufgestapelten Lebensmittel und sagte langsam:

»Ich habe Sie am Sonntag in der Kirche gesehen.«

»Tatsächlich? Ich habe Sie nicht gesehen.«

»Ich bin die Klavierspielerin.«

Ellen versuchte, sich Mrs. Grapow als kleines Mädchen mit Zöpfchen vorzustellen, das Klavierunterricht bekam, aber ihre Fantasie lehnte sich dagegen auf; sie brachte nur eine kleinere Version der heutigen Frau zustande, die auf einem Klavierschemel hockte. Das Bild war erschreckend.

»Das ist schön«, sagte Ellen schwach.

Sie holte ihre Geldbörse heraus. Mrs. Grapow sprach weder, noch griff sie nach dem Geld, das Ellen ihr hinhielt.

Ellen wußte, was ihre Gegnerin wollte. Die Technik war raffinierter, als sie Mrs. Grapow zugetraut hätte, und sie wirkte. Ellen mußte sich zwingen, den Mund zu halten und keine Erklärung für ihre Handlungsweise abzugeben. Sie schaffte es tatsächlich, und Mrs. Grapow entschloß sich schließlich zu sprechen.

»Sie sind zu früh gegangen.«

»Mir war übel«, antwortete Ellen wahrheitsgemäß.

»Es war unhöflich von Ihnen.«

»Es wäre noch unhöflicher gewesen, in der Kirche zu erbrechen.«

Ellen war mit ihren Antworten zufrieden; bis jetzt hatte sie nur die Wahrheit gesagt und abschätzige Bemerkungen vermieden. Doch Mrs. Grapow ließ sich nicht täuschen; sie lief rot an.

»Haben Sie gehört, was Klaus Roth zugestoßen ist?«

»Nein.« Der Themenwechsel überraschte Ellen.

»Ein Auto hat ihn angefahren.«

»Wie schrecklich!« Klaus gehörte nicht zu Ellens Lieblingen. Er war schmächtiger, hatte dunkle Haare und sprach nur von seinem geliebten Wagen und der Geschwindigkeit, die er aus ihm herausholen konnte. Aber er tat ihr natürlich leid, und sie fügte hinzu: »Hoffentlich ist er nicht schwer verletzt.«

»Der Wagen hat ihn nur gestreift«, gab Mrs. Grapow zu. »Er hat vor allem blaue Flecken. Aber – Sie haben es ihm vorhergesagt.«

»Ich habe ...«

Einen Augenblick lang war Ellen so verblüfft, daß sie nicht klar denken konnte. Dann erinnerte sie sich an die Wahrsagerei und lachte laut.

»Ich habe ihm gesagt, daß er sich vor Gefahr auf vier Rädern hüten soll, und habe dabei an seine Klapperkiste, Dragsterrennen und so weiter gedacht.«

Auf Mrs. Grapows Gesicht zeichnete sich keine Belustigung ab, nicht einmal das affektierte Grinsen, das bei ihr das Lächeln ersetzte.

»Joyce geht mit Steve auf den Tanzabend«, sagte sie.

»Natürlich. Ich habe gewußt...«

»Ja, Sie haben es gewußt. Sie haben auch das vorhergesagt.«

»Es war nur ein Spiel. Die jungen Leute haben es genausowenig ernst genommen wie ich. Kein vernünftiger Mensch würde es tun.«

»Und was ist mit Klaus?«

»Ein Zufall.«

»Die Leute in dieser Stadt legen keinen Wert auf weitere Zufälle.«

»Dann ist es ihr Pech, wenn es zu weiteren Zufällen kommt, nicht wahr?«s

Ellen klatschte eine Zwanzig-Dollar-Note auf das Pult. Sie wollte dem Laden und seiner schrecklichen Besitzerin entkommen, denn sie geriet allmählich in Wut. Es hatte keinen Sinn, wenn sie versuchte, Mrs. Grapow etwas zu erklären. Der Frau war nicht zu helfen.

Mrs. Grapow tippte den Betrag ein und tat aufreizend lang mit dem Wechselgeld herum.

»Das Haus ist für Leute wie Sie nicht gesund«, erklärte sie. »Entweder Sie ziehen aus, bevor es zu spät ist, oder Sie ändern sich.«

»Wovon reden Sie überhaupt?«

»Von der Hexe. Sie ist noch dort. Wenn Sie sie einlassen, wird sie von Ihnen Besitz ergreifen.«

Die normalerweise schlagfertige Ellen war wieder einmal vor Zorn und Fassungslosigkeit wie gelähmt. Mrs. Grapow zählte ihr das Wechselgeld auf die Hand.

»... neunzehn, zwanzig. Es wäre besser, wenn es zu keinen Zufällen mehr kommt, Miz March. Wir mögen es nicht, wenn der Teufel in unserer Stadt spazierengeht.«

Ellens Zornausbrüche waren für gewöhnlich kurz und sanft, doch gelegentlich konnte sie in überwältigende Wut geraten, meist angesichts von Ungerechtigkeit oder Grausamkeit einem anderen gegenüber. Einen solchen Anfall bekam sie jetzt, und sogar Mrs. Grapow wich vor ihrem weißen Gesicht und ihren funkelnden Augen zurück.

»Wie können Sie es wagen, so zu mir zu sprechen! Besessen! Wenn ich es nur wäre! Wenn ich nur ein paar gute, herzhafte Flüche lernen könnte, denn dann würde ich Sie und Ihre gräßliche Kirche verhexen. Lieber habe ich Mary Baumgartner – lebend oder tot – um mich, als noch ein einziges Wort mit Ihnen zu sprechen. Sie sind ein unwissendes, unhöfliches, selbstgerechtes, abergläubisches Weib!«

Sie ergriff ihre Einkaufstüte und stürmte zur Tür. Dann fiel ihr eine weitere wirkungsvolle Bemerkung ein, und sie drehte sich um; aber bei dem Anblick, der sich ihr bot, blieben ihr die Worte im Hals stecken.

Mrs. Grapow lehnte an den Regalen; ihr Gesicht war vor Entsetzen und Bosheit verzerrt. Sie hatte beide Arme ausgestreckt, als wolle sie eine drohende Gefahr abwehren, und die Finger der rechten Hand waren zu einem Zeichen gekrümmt, das Ellen kannte.

Mittwoch war der Tag, an dem Ellen an Jack schrieb. Er rechnete damit, daß er von ihr hörte; als sie es einmal versäumte, hatte er ihr telegrafiert.

Als sie sich nach dem Mittagessen an ihren Schreibtisch setzte, belastete sie die morgendliche Auseinandersetzung kaum noch. Ihre Hand bewegte sich beinahe von selbst, während sie ihr Gespräch mit Mrs. Grapow in allen Einzelheiten schilderte.

Schließlich lagen vier eng beschriebene Seiten vor ihr,

und sie las sie noch einmal durch. Die Katharsis des Schreibens hatte sie entspannt, und sie war über ihren hysterischen Tonfall erstaunt. Sie zerriß die Seiten und warf sie in den Papierkorb.

Der zweite Brief klang viel besser. Er enthielt einen humorvollen, unbeschwerten Bericht über ihren wachsenden Ruf als lokale Hexe und eine Beschreibung von Mrs. Grapow, die Jack gefallen würde, weil er eine Schwäche für seltsame Menschen hatte. Sie hatte ihm bereits von Tim erzählt, und Jack hatte sie in seiner Antwort bezeichnenderweise vor zuviel Optimismus gewarnt. Ellen, die seinen Brief noch einmal las, verzog das Gesicht. Es war natürlich schmeichelhaft, daß alle Männer, die sie kannte, sie beschützen wollten, aber eigentlich war es beleidigend. Sie stürzte sich in eine ergreifende Schilderung von Ishtars Rettung durch Tim. Damit würde sie Jack beweisen, daß ihr Optimismus nicht übertrieben war.

Am späten Nachmittag machte sie sich für das Zusammentreffen mit Tim zurecht. Norman wollte, daß ihr Besuch zufällig wirkte, deshalb hatte sie vor, den Weg durch den Wald zu nehmen und zur festgesetzten Zeit ›vorbeizuschauen‹. Ishtar sah ihr vom Bett aus zu, als sie eine leichte Hose und eine hellblaue Baumwollbluse anzog und einen Teil des Schlamms von ihren Schuhen kratzte. Sie polierte sie nicht, denn sie würden unterwegs wieder schmutzig werden. Es hatte zwar seit einer Woche nicht geregnet, aber im Wald gab es feuchte Stellen, die nie ganz austrockneten.

Obwohl die Sonne bereits tief stand, war es noch immer atemberaubend heiß. Die Blätter der Bäume leuchteten im sanften Sonnenlicht smaragdgrün. Die Laute der Tiere, vor allem der Gesang der Vögel, erfüllten den Wald mit Leben. Ein Häher kreischte, und ein Eichhörnchen antwortete mit gereiztem Geckern.

Ellen überquerte den Bach auf den Trittsteinen, die sie

gelegt hatte, als sie zum erstenmal hier gewesen war. Sie hatte damals versucht, über den Wasserlauf zu springen, und dabei festgestellt, daß er für sie um ein weniges zu breit war. Die auf dem Boden liegenden Blätter waren feucht, und als sie weiterging, verursachte sie so gut wie kein Geräusch.

Sie war in einem angenehmen Tagtraum versunken, in dem Tim Geistlicher oder Missionar wurde, als ein Geräusch sie allmählich aus ihrer Versunkenheit weckte. Zuerst war es im Chor der Vögel und Insekten untergegangen, aber es war zu schmerzerfüllt, als daß sie es beim Näherkommen überhören konnte. Ihr Herz schlug plötzlich schneller. Etwas schrie hoch und durchdringend wie eine Fabrikpfeife, aber der Laut kam von einem Lebewesen. Keine Maschine konnte solche Qual ausdrücken.

Ellen begann zu laufen.

Das Schreien wurde allmählich lauter. Gelegentlich verstummte es, als würde das Geschöpf schwächer, aber dann setzte es mit unverminderter Intensität wieder ein.

Nach einer Wegbiegung war sie plötzlich am Ziel. Sie blieb, von Übelkeit ergriffen, stehen und starrte das Bild vor ihr an.

An dieser Stelle wurde der Weg breiter. Eine alte, morsche Eiche war umgestürzt und hatte dabei das Unterholz zermalmt. In die kleine Lichtung drang Sonnenschein.

Tim kniete in der Mitte des Pfades, und vor ihm lag etwas – Ellens entsetzte Augen weigerten sich, es genau zu betrachten – etwas Pelziges, Blutiges, das schrie. Ellen war in dem Augenblick auf die Lichtung getreten, in dem Tims hocherhobener Arm zuschlug, und gleichzeitig erblickte er sie. Er zuckte heftig zusammen, aber der schwere Stein in seiner Hand verfehlte sein Ziel nicht. Der Schrei brach ab.

Ellen neigte nicht dazu, in Ohnmacht zu fallen, aber sie war einmal nahe daran gewesen, als sie sah, wie Phil von einem vorüberrauschenden Auto vom Fahrrad gestoßen wurde. Sie empfand jetzt die gleichen Symptome wie damals – die merkwürdige Leichtigkeit im Kopf, das Dunkelwerden des äußeren Gesichtsfeldes und die abnorme Klarheit des Objekts, auf das sie starrte. Sie sah die gespannten Muskeln auf Tims nackten Armen, die roten Flecke der Moskitostiche und den Giftsumach-Ausschlag. Er hatte den Kopf erhoben, und seine blauen Augen erwiderten ihren Blick. An seinem gebräunten Hals traten die Sehnen hervor. Er sah wie eine Waldgottheit aus, wie ein Faun oder ein Satyr – wie ein nicht ganz menschliches Geschöpf.

Ellen wandte den Kopf ab und kämpfte gegen die Übelkeit und den Schwindel. Als der Anfall abklang, war Tim verschwunden.

Sie wurde von dem überwältigenden Bedürfnis erfaßt, sich umzudrehen und nach Hause zu laufen. Doch sie war Normans Haus bereits näher als dem ihren, und es hatte keinen Sinn, wenn sie sich wie ein Kind vor einer unangenehmen Wahrheit versteckte. Norman erwartete sie; wenn sie nicht kam, würde er anrufen, und dann würde die Wahrheit ohnehin ans Tageslicht kommen. Es war besser, wenn sie ihren Irrtum gleich zugab. Norman hatte recht, und sie hatte tragischerweise unrecht.

Als sie an dem Klumpen auf dem Weg vorbeiging, wandte sie die Augen ab.

Norman öffnete ihr die Tür, warf einen Blick auf ihr Gesicht und faßte sie an den Schultern. Sie hätte in diesem Augenblick am liebsten geweint, denn die starken Männerhände, die sie stützten, taten ihr gut. Aber sie hatte Zeit gehabt, sich zu beruhigen, und der Brandy, zu dem Norman sie zwang, tat ebenfalls seine Wirkung; sie war imstande, ihr Erlebnis relativ ruhig zu schildern.

»Ich verstehe«, sagte er, als sie fertig war. »Sie müssen mir verzeihen, wenn ich es sage, aber ich bin erleichtert.

Ich weiß, daß es ein entsetzlicher Schock für Sie war, aber es hätte noch viel schlimmer sein können. Als ich Sie sah, glaubte ich...«

Sie fragte nicht, was er geglaubt hatte, denn jetzt wußte sie, was ihm schlaflose Nächte bereitete.

»Wo ist er?« fragte sie.

»Das weiß Gott allein. Er hat Sie gesehen und wird erst zurückkommen, wenn Sie fort sind. Danke, Ellen, die Idee war gut, aber sie hat nicht funktioniert.«

»Sie glauben doch nicht, daß ich aufgebe?« Norman starrte Ellen ungläubig an, während sie ihren Brandy trank. »Sie müssen ihn zu einem Arzt bringen, Norman. Wir müssen uns etwas Neues einfallen lassen, das ist es.«

Norman lächelte wider Willen.

»Sie sind wirklich eine mutige Frau.«

»Nicht mutig, nur eigensinnig.« Der Brandy hatte zu gute Arbeit geleistet. Ellen war jetzt entspannt und leicht deprimiert. »In letzter Zeit ist beinahe alles schiefgegangen. Ich komme mit Mrs. Grapow genausowenig zurecht wie mit Tim, und dabei habe ich geglaubt, daß Taktgefühl meine starke Seite ist.«

»Ich habe von Ihren letzten Heldentaten gehört«, gab Norman zu. »Wie sind Sie auf die Wahnsinnsidee gekommen, aus der Hand zu lesen?«

»Es war ja nur Spaß. In Washington gehen eine Menge Leute zu Wahrsagerinnen.«

»Aber sie nehmen sie nicht ernst. Unsere einfache, kleine Gemeinde hat für solche Spiele nichts übrig.«

»Das begreife sogar ich allmählich. Von nun an werde ich den Mund halten. Aber in die Kirche gehe ich trotzdem nicht.«

Norman lachte, schüttelte jedoch den Kopf.

»Vielleicht sollten Sie die Stadt für einige Wochen verlassen. Der Sturm wird sich legen, wenn die Leute Sie nicht ständig sehen.«

»Sie sind der zweite Mensch, der mir rät, die Stadt zu verlassen. Plant jemand einen Mord oder eine Revolution oder etwas Ähnliches, daß alle mich loswerden wollen?«

Normans Gesichtsausdruck veränderte sich.

»Wer außer mir hat es noch vorgeschlagen? Mrs. Grapow... Sie könnten Ihre Tochter besuchen. Sie befindet sich doch jetzt in New York, nicht wahr?«

»In Cleveland. Sie ist bei den Emersons – dem mit Jack befreundeten Schriftsteller, von dem ich Ihnen erzählt habe. Sie haben mich eingeladen...«

»Warum fahren Sie dann nicht hin?«

»Weil Mrs. Grapow es möchte.«

»Sie sind ein Dickschädel. Wollen wir darauf trinken?«

Ellen lehnte einen weiteren Brandy ab, nahm aber Normans Angebot, sie nach Hause zu fahren, an. Sie wollte nicht mehr an dem toten Tier vorbeigehen.

In dieser Nacht kam der Schatten wieder. Ellen beobachtete ihn zwanzig Sekunden lang – sie zählte sie, dann mußte sie blinzeln, und der Schatten war fort.

Diesmal dauerte es länger als sonst, bis sie einschlief. Zwar galt ihre Hauptsorge Tim, aber der Schatten ging ihr allmählich ebenfalls auf die Nerven. Warum tut er nichts? dachte sie gereizt, während sie ihr heißes Kissen zurechtklopfte. Er bewegt sich nicht einmal, er hängt einfach da.

Erst als sie bereits im Einschlafen war, ging ihr der tiefere Sinn des Zeitworts auf, das sie verwendet hatte.

Die Hitzewelle hielt an. Es war die erste in diesem Sommer, und Ellen, die an Klimaanlagen gewöhnt war, nahm zur Kenntnis, daß sie hier ihre Lebensweise der Natur anpassen mußte. Ab Mittag war sie nur noch fähig, nach einer kalten Dusche im verdunkelten Zimmer zu schlummern.

Sie hatte vorgehabt, ihre Augen untersuchen zu lassen, aber die glühende Hitze in den Straßen von Washington schreckte sie ab. Also stickte sie, arbeitete früh am Morgen im Garten und las, bis ihre übermüdeten Augen schmerzten und nicht mehr imstande waren, einen Schatten zu erblicken. Doch sie träumte lebhaft, weil die leisen Schreie der Tiere sie verfolgten. In einer stillen Mondnacht weckte sie ein solcher Laut sogar, und es dauerte einige Zeit, bis sier erkannte, daß die Töne von Ishtar kamen.

Die Katze saß im Fenster; im silbernen Mondlicht war sie nur ein dunkler Umriß. Sie rührte sich nicht einmal dann, als Ellen zu ihr trat, um nachzusehen, was los war. Ellen legte Ishtar die Hand auf den Rücken und spürte, daß sie die Haare aufgestellt hatte, aber sie wirkte nicht beunruhigt, sondern nur vorsichtig und neugierig. Unten im Hof sprang eine kleine, weiße Gestalt von einem Zaunpfosten und lief in den Wald.

Ishtar gähnte.

»Du hast es also auch gesehen«, sagte Ellen leise. »Irgendwie fühle ich mich daraufhin besser... Hoffentlich hat das arme kleine Ding ein Zuhause.«

Nach einer Woche des Alleinseins langweilte sie sich, aber nicht so sehr, daß sie in der Stadt Gesellschaft gesucht hätte. Als sie Norman anrief, teilte ihr Martha mit, er sei verreist. Ellen hätte gern gewußt, ob er nach Washington oder Charlotteville gefahren war, um einen Arzt zu konsultieren. An seiner Stelle, dachte sie, würde ich nicht wagen, die Stadt zu verlassen, wenn sich Tim unbeaufsichtigt in der Gegend herumtreibt. Es mußte schrecklich sein, nie zu wissen, wann der nächste wütende Anruf erfolgen oder der Bericht über eine neue Katastrophe eintreffen würde. Er wartete immer auf einen Schlag und war auf das Schlimmste gefaßt – das dann auch regelmäßig eintrat.

Sie war in der Küche und bereitete ihr Mittagessen zu, als es klingelte. Sie lief schnell hinaus, weil sie sich auf eine Abwechslung freute, obwohl sie keine Ahnung hatte, wer es sein konnte.

Auf die Person, die draußen stand, wäre sie allerdings nicht einmal im Traum verfallen, denn hinter dem Fliegengitter wartete Prudence Muller. Ellen versuchte, ihre Überraschung zu verbergen, und forderte das Mädchen auf hereinzukommen.

»Ich habe geglaubt, daß du arbeitest«, sagte sie.

»Ich habe Mittagspause.«

»Ach ja, du arbeitest im Drugstore in der Stadt. Du bist bei dieser Hitze doch hoffentlich nicht zu Fuß herausgekommen?«

Prudence murmelte etwas von einem Fahrrad. Ihr Gesicht war vor Hitze und Anstrengung krebsrot; sie hielt den Blick gesenkt und zupfte nervös an einem losen Faden an ihrem Rock. Sie fühlte sich sichtlich nicht wohl in ihrer Haut, und auch Ellen war ein wenig befangen, obwohl ihr das Mädchen leid tat. Prue war entsetzlich unattraktiv. Ihr Anblick weckte Ellens mütterliche Instinkte; wenn Prudence ihre Tochter gewesen wäre, hätte sie sie zum Hautarzt geschickt, ihr eine Diät verordnet und ihr ein paar ordentliche Kleider gekauft. Penny hatte nicht einmal während des ärgsten Stadiums von Babyspeck und Akne so schlimm ausgesehen. Aber Prudence war ein hoffnungsloser Fall; ihre Persönlichkeit war genauso schlaff wie ihr strähniges Haar.

»Kann ich etwas für dich tun?« fragte Ellen freundlich.

»Ich möchte einen Trank.«

Prudence saß am Rand des Stuhls, beugte sich vor, und Ellen befürchtete einen Augenblick lang, daß sie auf die Knie fallen würde. Prue mißverstand Ellens Schweigen und fuhr eifrig fort:

»Ich habe beinahe zehn Dollar, genau 9,75. Wenn das nicht –«

»Moment mal, hör auf.«

Ellen stand auf. Sie mußte sich bewegen, sonst hätte sie entweder geschrien oder eine der zierlichen Glasfiguren, die neben ihr auf dem Tisch standen, gegen die Wand geworfen.

»Damit wir uns richtig verstehen – ich kann mir nicht vorstellen... Was für einen Trank möchtest du denn, Prudence? Ich bin kein Arzt.«

»Einen Liebestrank wie den, den Sie Joyce gegeben haben, damit Steve nicht mehr böse auf sie ist. Der Tanzabend ist morgen. Ich muß...«

»Mein Gott«, sagte Ellen.

Sie hatte jahrelang mit gestörten Kindern gearbeitet und geglaubt, daß sie nichts mehr überraschen konnte. Aber jetzt wußte sie nicht, wie sie sich verhalten sollte. Sie schickte ein stummes Stoßgebet zum Himmel, kniete neben dem Stuhl nieder und ergriff die zusammengepreßten Hände des Mädchens.

»Hat dir Joyce erzählt, daß ich ihr einen Liebestrank gegeben habe?«

»Sie hat mir überhaupt nichts erzählt, womit sie mir hätte helfen können. Sie hat mich nur ausgelacht. Alle lachen mich aus, immer. Aber ich weiß Bescheid.«

Prudence sah Ellen an, ohne den Kopf zu wenden, und wenn sie die Augen so verdrehte, wirkte sie häßlich und verschlagen. »Ich weiß auch über Sie Bescheid«, fuhr sie fort.

»Jetzt hör mir einmal zu, Prudence. Du begehst einen schrecklichen Fehler. Du gehst doch zur Kirche, und da dürftest du gar nicht glauben...«

»Samuel ist zur Hexe von Endor gegangen.«

»Das war Saul«, stellte Ellen scharf richtig. »Und du weißt, was ihm zugestoßen ist.«

»Es ist mir gleich, was mir zustoßen würde, der Trank wäre es mir wert.« Ihre Stimme wurde lauter. »Wenn zehn Dollar nicht reichen...«

»Ich habe Joyce keinen Liebestrank gegeben«, unterbrach sie Ellen. »Es war nicht zu übersehen, daß sie und Steve einander mögen. Ich nahm an, daß sie sich bald versöhnen würden, und ich habe richtig geraten. Das war alles.«

»Sie mögen Joyce, und mich mögen Sie nicht. Deshalb wollen Sie mir nicht helfen.«

»Ich würde dir sehr gern helfen, mein liebes Kind; und ich wüßte auch schon, wie. Es gibt ein bestimmtes Make-up, das meine Tochter in deinem Alter für ihre Haut verwendet hat. Wenn ich das nächstemal in die Stadt fahre, bringe ich dir welches mit.«

»Ich muß morgen auf den Tanzabend gehen«, erklärte Prudence. »Ich muß den Trank haben, das ist das einzige, was rechtzeitig wirken kann. Ich muß mit...«

Sie unterbrach sich, und ihre dicken Wangen wurden noch röter. Sie tat Ellen so leid, daß sie in Versuchung geriet, der fantastischen Bitte nachzugeben. Eine harmlose Mixtur aus Zucker und Speisesoda... Der psychologische Effekt würde vielleicht dem Mädchen das Selbstvertrauen geben, das es brauchte.

Aber Ellen hatte zu viel Erfahrung, um der Versuchung nachzugeben. Der Trick würde nicht funktionieren, weil Prudence mehr brauchte als eine psychologische Spritze. Sie brauchte ein ganzes Team von Fachleuten, die rund um die Uhr an ihr arbeiteten. Außerdem war Ellens Ruf in der Stadt ohnehin schlecht genug.

»Es gibt keine Hexerei«, erklärte sie entschieden. »Selbst wenn ich wollte, könnte ich dir keinen Zaubertrank geben.«

»Ich habe zehn Dollar auf der Bank liegen«, sagte Prudence. »Würden Sie es für zwanzig Dollar tun?«

»Weder für zwanzig, noch für fünfzig, noch für hundert. Warum verstehst du denn nicht, daß ich es nicht kann? Komm doch einmal am Abend heraus, und ich zeige dir, wie meine Tochter ihre Haare behandelt und...«

Prudence riß ihre Hände aus Ellens Griff und stand so plötzlich auf, daß Ellen beinahe auf den Rücken fiel.

»Hexe!« kreischte sie. »Dreckige, alte, gemeine, alte Hexe! Mit dir werde ich noch quitt! Dir besorg ich's! Warte nur! Ich werde allen erzählen, daß du mir etwas getan hast. Ich bringe dich...«

»Raus!« sagte Ellen in einem Ton, den sie nur selten verwendete. »Raus! Und komm erst wieder, wenn du bereit bist, dich zu entschuldigen.«

Der zweite Besucher kam am späten Nachmittag. Ellen hatte inzwischen die untere Tür und die unteren Fenster verriegelt, saß in der Küche und aß geistesabwesend Brot und Käse. Sie war mittags zu aufgeregt gewesen, um etwas zu essen.

Als es klingelte, sah sie zum Küchenfenster hinaus, statt zur Tür zu gehen. Wenn das so weitergeht, werde ich mich bald wie eine echte Hexe benehmen, dachte sie mürrisch. Sie konnte zwar nicht die Vordertür sehen, aber sie erkannte den alten Lastwagen, der in der Auffahrt stand.

Ed war pedantisch höflich wie immer einige Schritte zurückgetreten, nachdem er geklingelt hatte, und wartete jetzt auf der vorderen Treppe. Er lehnte ihre Einladung hereinzukommen ab.

»Hier ist es angenehm.« Er sah sich auf der Veranda mit den schmiedeeisernen Möbeln und den hellen, wetterfesten Kissen um. »Wenn ich darf, werde ich mich hierhersetzen.«

»Möchten Sie denn nicht sehen, was ich im Haus verändert habe?«

»Nein, Innenarchitektur interessiert mich nicht. Sie sollten keine fremden Männer in Ihr Haus einladen, Mrs. March. Wir leben in einer kritischen Gemeinde.«

»Das merke ich allmählich.« Ellen lächelte wider Willen.

›Kritisch‹ war ein mildes Wort für die Stadt, wenn ihre Bewohner auf die Idee kommen konnten, daß sich zwischen Ed und ihr etwas Ungehöriges abspielte. »Darf ich Ihnen etwas zu trinken bringen?«

»Danke, ich trinke nur Wasser, und mein Bedarf ist im Augenblick gedeckt. Aber halten Sie sich meinetwegen nicht zurück. Ich verurteile die Eigenheiten anderer nicht.«

»Ich könnte einen Drink vertragen«, gab Ellen zu, »aber ich werde mir keinen holen. Sie wissen wahrscheinlich, was heute geschehen ist. Sind Sie deshalb gekommen?«

»Das ist einer der Gründe. Ich bin säumig gewesen und habe meine Pflichten Ihnen gegenüber vernachlässigt. Ich habe zugelassen, daß mich Unlust von meiner Pflicht abhält. Ich bin ein selbstsüchtiger Mensch.«

»Sie sind ein sehr guter Mensch; hören Sie auf, sich schlecht zu machen.«

Ed schüttelte den Kopf. Mit seinem langen grauen Bart und der groben Kleidung sah er aus wie ein Prophet aus dem Alten Testament. Sie bildeten ein seltsames Paar, und trotzdem fühlte sich Ellen in seiner Gegenwart genauso wohl wie mit Norman. Sie konnte sogar seinen krausen Gedankengängen folgen und wußte, daß die Unlust, sie aufzusuchen, eher ein Kompliment als das Gegenteil war. Das unlogische Einfühlungsvermögen, das sie einander entgegenbrachten, bedrohte seine selbst auferlegte Isolation.

»Ich bin kein guter Mensch«, widersprach er gereizt. »Gut und Böse sind emotional befrachtete Begriffe, Mrs. March. Ich bin ein rationaler Mensch, und die Vernunft sagt mir, daß mein Verhalten mit der – zugegeben hohen – Meinung übereinstimmen muß, die ich von mir habe. Wenn ich einen ungenauen, aber passenden Ausdruck verwenden darf, es war mein Gewissen, das mich heute hierhergeführt hat. Mir gefällt nicht, was in der Stadt los ist.«

Der plötzliche Übergang von hochgestochener Prosa zur Umgangssprache brachte Ellen zum Lachen. Sie erlegte sich keinen Zwang auf, weil sie wußte, daß Ed sie verstand. Sein Bart zuckte, ein Hinweis darauf, daß er unter ihm lächelte. Aber er schüttelte wieder den Kopf.

»Das ist der Kern Ihres Problems, Mrs. March. Sie lachen zu leicht, und zwar über Dinge, die andere Menschen tödlich ernst nehmen. Begreifen Sie denn nicht, daß Ihr Sinn für Humor gefährlich ist?«

»Mit wem haben Sie gesprochen?« fragte Ellen resigniert.

»Ich habe von mehreren Leuten absurde Geschichten zu hören bekommen. Heute bin ich auf etwas Gefährlicheres gestoßen – einen hysterischen Angriff durch Mullers idiotische Tochter.«

»Es ist besser, wenn Sie meine Version hören.« Ellen erzählte ihm, was vorgefallen war, und fügte hinzu: »Wahrscheinlich hat sie mich der Hexerei beschuldigt.«

»Darauf lief es hinaus.«

»Was haben Sie unternommen?«

»Ich habe zu ihr und zu ihren Zuhörern gesprochen. Mein Vortrag war kurzfristig sehr wirkungsvoll.«

Ellen sah plötzlich Ed vor sich, der mit wehendem grauem Bart eine Rede hielt.

»Das glaube ich Ihnen.«

»Doch nur kurzfristig. Die Stimme der Vernunft ist im Vergleich zur menschlichen Dummheit schwach, und die Familie Muller stellt kollektiv und individuell die Quintessenz von Schwachsinn dar.« Ed beugte sich vor; sehr menschliche Neugierde ließ sein strenges Gesicht weicher erscheinen. »Was haben Sie diesen dummen Kindern überhaupt gesagt?«

»Ich kann mich nicht an Einzelheiten erinnern – es war

jedenfalls Unsinn, nichts als vage Versprechungen und Vermutungen. Darauf kommt es beim Wahrsagen überhaupt an. Der Kunde erinnert sich, wenn ein Ereignis eintritt, das er als Bestätigung einer Prophezeiung auslegen kann. Er vergißt entgegenkommenderweise die falschen Vorhersagen und merkt sich nur jene, die sich bewahrheiten. Und auch an die erinnert er sich nicht genau; seine Erinnerung wird durch spätere Ereignisse und durch Wunschdenken verfälscht.«

Ed nickte. »Ich kenne die Psychologie des Problems. Das Muller-Mädchen ist ein ausgezeichnetes Beispiel für etwas, das man als Aschenbrödel-Syndrom bezeichnen könnte. Nur Magie ist imstande, ihr das zu geben, wonach sie sich sehnt; deshalb empfindet sie sogar eine einfache Charakterstudie als Magie und beansprucht die Hilfe einer guten Fee. Ich muß allerdings zugeben, daß Ihre Trefferquote höher ist als der statistische Durchschnitt.«

»Sie ist gar nicht so hoch«, widersprach Ellen. »Joyce, Steve und der Tanzabend waren ein todsicherer Tip; ich mußte nicht einmal raten.«

»Trotzdem zählt es als Treffer. Nummer zwei war der Unfall mit einem Fahrzeug – nein. Sie müssen mir Ihre Überlegung nicht auseinandersetzen, ich kann ihr auch so folgen. Das ändert nichts an der Tatsache, daß Ihre Mitbürger sie anders auslegen. Nummer drei war das Geschenk für Sue Ann ...«

»Was für ein Geschenk?«

»Es ist erst gestern eingetroffen, vielleicht wissen Sie deshalb noch nichts davon. Sie haben dem Mädchen erzählt, daß es bald von einem unbekannten Bewunderer ein wertvolles Geschenk erhalten würde.«

»Auch du liebes bißchen.« Ellen vergrub die Finger in den Haaren und versuchte nachzudenken. »Ich habe etwas von Geschenken gesagt. Sie hat in wenigen Wochen Geburtstag; sie hat es irgendwann erwähnt.«

»Das Geschenk war ein Anhänger, offenbar mit einer großen Perle«, bemerkte Ed kühl. »Sie hat das Päckchen gestern im Briefkasten gefunden. Nummer vier...«

»O nein!«

»Ein Brief an Charles Yates, in dem ihm mitgeteilt wird, daß das Harvard College doch einen Platz für ihn hat. Er war von allen Institutionen abgelehnt worden, an die er sich voll Optimismus wandte, und hatte sich mit dem hiesigen Lehrercollege abgefunden.«

»So etwas habe ich ihm nie prophezeit«, wandte Ellen ein.

»Jetzt sind Sie diejenige, die den psychologischen Mechanismus nicht versteht. Es gibt nur zwei mögliche Erklärungen dafür, daß Charles von Harvard aufgenommen wurde: Entweder haben alle Mitglieder des Aufnahmekomitees gleichzeitig den Verstand verloren, oder sie wurden von einer starken übernatürlichen Kraft unter Druck gesetzt. Hexerei ist die wahrscheinlichere der beiden Möglichkeiten. Angesichts dieses Wunders und der übrigen eingetroffenen Vorhersagen kommt es nicht überraschend, daß Charles sich an eine ›Prophezeiung‹ erinnert, die gar nicht gemacht wurde.«

»Das ist lächerlich.«

»In jeder anderen Stadt als dieser wäre es lächerlich. Ich habe Sie davor gewarnt, Mrs. March, die Kirche zu besuchen. Sie haben sie trotzdem besucht; in diesem Fall hätten Sie bleiben müssen.«

»Ich bringe es nicht fertig, deshalb ein schlechtes Gewissen zu haben.«

»Das ist nicht notwendig, aber Sie sollten vorsichtig sein. Winckler hat mich einmal besucht – er kam als Pastor, um mir meinen sündhaften Lebenswandel vorzuhalten. Er kam kein zweites Mal.«

»Was haben Sie mit ihm getan?«

»Ich habe ihn in den Fliederstrauch geworfen. Es war

ein Opfer, denn er beschädigte den Busch – meinen weißen Lieblingsflieder. Aber ich wollte seine Knochen und Wirbel schonen.«

Ellen lachte, wurde jedoch plötzlich ernst.

»Glauben Sie, daß er mich besuchen wird? Ich kann ihn nicht körperlich hinausbefördern.«

»Lassen Sie ihn gar nicht erst herein.« Ed erhob sich. »Ich habe Ihre Zeit zu lange in Anspruch genommen. Wie Sie und ich wissen, Mrs. March, ist das alles Unsinn. Aber halten Sie sich von den unausgegorenen Jugendlichen fern – auch von Tim.«

»Für einen Eremiten von eigenen Gnaden kennen Sie eine Menge Tratsch«, stellte Ellen streng fest. »Tim ist krank und braucht Hilfe.«

»Wir können anderen nicht helfen«, entgegnete Ed. »Wir können nur uns selbst helfen.«

Als Ellen zum Briefkasten ging, klangen diese pessimistischen Worte noch in ihr nach. Zu ihrer Freude fand sie ein Bündel Briefe vor; sie setzte sich mit ihnen und dem Cocktail, den sie ihrer Meinung nach verdient hatte, auf die Veranda und begann zu lesen.

Pennys Brief war ein kurzes Gekritzel. Sie unterhielt sich großartig, hatte aber Heimweh. »Kannst du dir vorstellen, daß man vor der ›Mona Lisa‹ gähnt?« fragte sie. »Ich liebe Museen, aber ich habe mich an ihnen satt gesehen. Ich war schon in Europa müde, und jetzt bin ich dir so nahe, daß es unerträglich ist, nicht bei dir zu sein. Vielleicht breche ich meine sogenannten Ferien ab.«

Phil hatte eine Ansichtskarte geschrieben, deren Humor mehr ländlicher Art war. Auf der Karte prangten ein Außenabort und eine dicke Dame. Der Text lautete: »Unterhalte mich großartig. Gut, daß du nicht da bist, du könntest es nicht ausstehen. Gestern nacht bekam ich vierzig Moskitostiche. Küsse Phil. P. S. Du fehlst mir.«

Das P. S. war mit dem Kopf nach unten in eine Ecke gezwängt. Phil wollte nicht, daß die Post der Vereinigten Staaten von seinem Rückfall in die Sentimentalität erfuhr.

Ellen hatte sich das Beste zum Schluß aufgehoben und öffnete jetzt glücklich seufzend Jacks voluminösen Brief mit den ausländischen Marken.

»Die Küche ist hier entsetzlich«, schrieb er. »Kein Fondant-Kuchen, kein Zitronen-Baiser, nicht einmal ein Thunfisch-mit-Nudeln-Schmortopf. Ich lebe von Zeugs wie *Boeuf bourguignon* und *Coquilles Saint-Jacques*. Ich nörgle an allem herum, und sie denken darüber nach, ob sie mich nach Hause schicken sollen. Im Ernst – ich muß nächste Woche zu Konferenzen nach Washington und rechne mit mindestens einer Mahlzeit in ›unserem Restaurant‹.«

Ellen lächelte. ›Unser Restaurant‹ war ein Lokal der Howard-Johnson-Kette in Bethesda, das durch viele getrost zu vergessende Mahlzeiten mit den Kindern geheiligt war; für junge Leute war diese Kette der Gipfel der Kochkunst.

Während sie weiterlas – Schilderungen von Parties in der Botschaft und Mittagessen mit örtlichen Würdenträgern –, kam ihr Jacks Humor ein bißchen gezwungen vor. Sie kannte ihn zu gut, um den leicht depressiven Unterton zu überhören. Es war typisch für ihre Beziehung, daß er ihr am Ende des Briefs das gleiche vorwarf.

»Falls du dich einsam fühlst, wäre es verdammt an der Zeit, daß du dich überwindest und es zugibst. Ich habe den Eindruck, daß dich etwas beunruhigt. Deine kleine Stadt ist großartig – wenn man auf Besuch hinkommt, aber bist du sicher, daß du dort leben willst? Und je länger ich über deinen jungen Schützling nachdenke, desto mehr Sorgen bereitet er mir. Du magst es nicht, wenn ich den Beschützer spiele, aber ich kann nicht anders. Ein solcher Junge kann gefährlich sein, um so mehr, wenn er dich mag. Du weißt, wie leicht sich diese Zuneigung in das Gegenteil verwandelt. Tu mir einen Gefallen – einfach, weil ich dich darum bitte –, sprich mit Jim Bishop oder Doktor Frank oder einem anderen deiner psychiatrischen Freunde, bevor du dich weiter mit dem Jungen befaßt. Du weißt doch, wie sehr du mir am Herzen liegst.«

Ellen blickte auf. Es dämmerte bereits – die traurigste, schönste Zeit des Tages. Die Pinien hoben sich schwarz von dem blassen, durchscheinenden Blau des Abendhimmels ab. Auf dem Torpfosten saß eine kleine, weiße Gestalt, die im schwindenden Licht kaum sichtbar war.

Ellen griff nach dem Brief und dem leeren Glas und floh ins Haus. Sie schaltete alle Lichter ein und bereitete sich eine Mahlzeit zu. Jacks Brief hatte haargenau ins Schwarze getroffen. Sie konnte Einsamkeit nur ertragen, indem sie nie zugab, wie verzweifelt sie sich nach ihm sehnte; doch als sie sich jetzt in ihrer hübschen Küche umsah, dachte sie bedrückt daran, um wieviel mehr sie das Haus genießen würde, wenn noch jemand hier wohnte. Jack würde sich über die Verbohrtheit der Stadt kranklachen, und dann – mit der für ihn typischen Mischung aus Grobheit und Takt – damit aufräumen. Er würde sich auch über Schatten lustig machen...

Sie sollte sich sofort hinsetzen und den Brief beantworten, bevor er sich noch mehr Sorgen machte. Seine Bemerkungen über Tim bewiesen Scharfblick, und er würde bestimmt erleichtert sein, wenn er erfuhr, daß sie zu dem gleichen Schluß gelangt war und vorhatte, seinen Rat zu befolgen. Sie mußte auch an Penny schreiben, sonst würde ihre Tochter plötzlich vor der Tür stehen. Ellen wollte so etwas um jeden Preis vermeiden, solange dieser Unsinn im Gang war.

Sie schrieb beide Briefe an diesem Abend. Am nächsten Tag fuhr sie, obwohl es regnete, auf die Post, um sie aufzugeben. Sie fuhr noch langsamer in die Stadt ein, als es der nasse Asphalt erforderte, aber erst vor dem Laden wurde ihr klar, wie sehr es ihr widerstrebte, hier zu sein. Nur ihr angeborener Eigensinn brachte sie dazu auszusteigen.

Die Stühle auf der Veranda waren nicht besetzt, und der windgepeitschte Regen prasselte auf sie hinunter. Ellen wußte, daß die Straßen und die Veranda nur wegen des Wetters menschenleer waren, aber es wirkte, als hätte sich die Stadt zurückgezogen und einem unwillkommenen Eindringling den Rücken zugewandt.

Während sie auf der Veranda stand und ihren Regenschirm zuklappte, wurde das Rouleau hinter der Glastür hinuntergezogen und ein Schlüssel im Schloß gedreht. Er krachte wie ein Schuß.

Sie starrte die Tür ungläubig an und sah, daß sich das Rouleau bewegte. Im Laden war es finster, aber sie wußte, daß Mrs. Grapow da war und sie beobachtete.

Ellens Wangen brannten, und sie wäre am liebsten aggressiv geworden. Sie hatte Lust, die Glasscheibe mit dem Regenschirm einzuschlagen, an die Tür zu trommeln und Mrs. Grapow zu sagen, was sie von ihr hielt.

Natürlich siegten Vernunft und gutes Benehmen. Ellen spannte ihren Schirm wieder auf und ging zum Wagen zurück.

Sie war so zornig, daß sie ziellos weiterfuhr. Gegen Mittag bog sie auf den Außenring von Washington ab, hielt bei einer Tankstelle und telefonierte. Der Anruf brachte den erhofften Erfolg, was an ein Wunder grenzte. Jim Bishop wurde von Patienten überrannt und hatte meist nicht einmal Zeit für ein Mittagessen. Sie brauchte beinahe eine Stunde, um zu seinem Büro in der Connecticut Avenue zu gelangen, aber nach ihren letzten Abenteuern wirkte der Verkehr in Washington beinahe beruhigend, und Jims herzliche Begrüßung tat ihr gut.

»Wir haben nur eine halbe Stunde«, sagte er kleinlaut, zeigte auf seine Couch und grinste, als Ellen sich auf einen

Stuhl setzte. »Verdammt, ich werde dich wohl nie auf diese Couch bringen, was?«

»Vielleicht versuchst du es mit Likör«, schlug Ellen vor.

»Hast du vergessen, daß ich das schon getan habe? Du bist zu meiner Enttäuschung in der Senkrechten geblieben. Hoffentlich magst du Sandwiches mit Hühnersalat«, fügte er hinzu, als seine Sekretärin mit einer Tüte erschien. »Wir haben keine Zeit, essen zu gehen. Eine meiner Neurotikerinnen hat heute vormittag eine Krise gehabt, und ich muß sie einschieben.«

»Ich bin dir dankbar, daß du überhaupt Zeit für mich hast.«

»Es handelt sich also um einen beruflichen Besuch?«

»In gewisser Weise. Wie bezeichnest du jemanden, der Schatten sieht?«

»Als normal«, antwortete Jim prompt. »Wer sieht die Schatten – du? Das tue ich auch, ununterbrochen. Die Schwierigkeiten fangen erst an, wenn man sie nicht sieht.«

Er biß energisch von seinem Sandwich ab, und Ellen erzählte ihm von ihren optischen Sinnestäuschungen. Dann beschrieb sie Tim, und Jim, der bei ihren Symptomen gelächelt hatte, wurde ernst.

»Komm mir nicht mit deinen Sehproblemen, sondern geh zu einem Augenarzt. Der Junge ist etwas anderes. Du hast gesagt, daß er in Behandlung war? Nicht bei mir.«

»Woher willst du das wissen? Ich habe seinen Namen nicht erwähnt.«

»Natürlich nicht, du weißt ja, was sich gehört. Aber du hast mir genügend Hinweise gegeben. Wenn er mein Patient gewesen wäre, würde ich mich an ihn erinnern.«

»Ich weiß, daß du jetzt keine Zeit hast, ihn zu behandeln.«

»Leider. Ich kann dir natürlich einige Ärzte nennen, aber darin liegt ja nicht das Problem. Warum sitzt eigentlich nicht der Onkel statt deiner hier?«

»Er hat sein möglichstes getan, hat aber vor einigen Jahren aufgegeben, nachdem der Junge bei Abrahamson und noch ein paar Psychiatern gewesen war. Ich rede ihm zu, es noch einmal zu versuchen... Hör auf zu grinsen, Jim. Ich weiß, daß ich mich in Dinge einmische, die mich nichts angehen, aber das ist mir egal. Was hältst du wirklich von dem Fall?«

»Wenn jemand anderer damit zu mir gekommen wäre, würde ich von Berufsethos und unklaren Schilderungen sprechen. Bei dir jedoch... ja, der Junge braucht Hilfe. Professionelle Hilfe«, fügte er hinzu und sah Ellen streng an. »Ich gebe zu, daß du eine meiner Lieblingsdilettantinnen bist, aber laß die Finger von ihm, verdammt noch mal. Erinnerst du dich noch an Roger?«

»Es würde mir schwerfallen, ihn zu vergessen.«

Roger hatte eines Abends vor ihrer Tür gestanden, ein Messer geschwungen und behauptet, daß sie ihn mit einem anderen Mann betrog. Ellen blieb immer dabei, daß der arme Junge – er war sechzehn und wog über hundert Kilo – ihr nie etwas getan hätte, aber sie hatte keine Gelegenheit gehabt, es darauf ankommen zu lassen. Jack hatte Roger entwaffnet, der schluchzend wie ein Häufchen Unglück zusammensank und in die nächste psychiatrische Anstalt gebracht wurde.

»Ich will dir nicht mit Fachausdrücken kommen.« Jim unterstrich seine Bemerkungen, indem er mit seiner dikken, stinkenden Zigarre, die er sich nach jeder Mahlzeit gönnte, auf sie zeigte. »Du weißt genausogut wie ich, daß das Potential für Gewalttätigkeit vorhanden ist. Wenn du den Onkel dazu überreden kannst, mich anzurufen, werde ich ihm einen guten Arzt empfehlen. Oder – verdammt, du hast mich neugierig gemacht. Ich werde mir den Jungen ansehen, aber nur, um die Diagnose zu stellen. Okay?«

Der Summer auf dem Schreibtisch hatte sich schon zweimal bemerkbar gemacht. Ellen erhob sich.

»Du bist ein Schatz. Danke, Jim. Jetzt kannst du dich mit deiner Neurotikerin befassen.«

»Ich lasse sie warten, wenn du...« Jim zeigte auf die Couch, und Ellen flüchtete lachend.

Sie verbrachte den Nachmittag mit Einkäufen; als sie mitten in der Stoßzeit in ihren Wagen stieg, hatte sie bei Saks ein Hauskleid aus blaßblauem Chiffon erstanden, das überhaupt nicht in ihr frühamerikanisches Wohnzimmer paßte und viel mehr gekostet hatte, als sie sich leisten konnte. Sie fühlte sich daraufhin wesentlich besser.

Ihr Besuch bei Jim oder das frivole Kleidungsstück oder beides hatte therapeutisch gewirkt. Während sie zusah, wie der Nieselregen über ihre Windschutzscheibe lief, gestand sie sich ein, wie wenig Lust sie hatte, nach Chew's Corners zurückzukehren. Und deshalb darfst du jetzt durch den Abendverkehr nach Hause fahren, sagte sie sich.

Der Stau auf der Wisconsin Avenue störte sie nicht, im Gegenteil; es tat gut, sich inmitten von so vielen anonymen, desinteressierten Menschen zu befinden. Sie brauchte beinahe eine Stunde, um auf den Außenring und zu ihrer Ausfahrt zu gelangen, aber dann verzogen sich die Wolken allmählich, und als sie sich ihrem Haus näherte, ging die Sonne in einem wahren Farbenrausch unter. Der Regen hatte die Luft gereinigt, es war angenehm kühl, und Ellen sang, während sie über die ruhigen Landstraßen fuhr.

Ihre gute Laune erhielt einen leichten Dämpfer, als sie auf der Veranda schlammige Fußspuren entdeckte. Es waren Abdrücke von Männerschuhen – die einem dummen Mann gehörten, denn er hatte nicht bemerkt, daß er Spuren hinterließ. Vor einem der Fenster befand sich ein großer Schmutzfleck, der ein besonders unangenehmes Bild heraufbeschwor. Der Mann war eine Zeitlang hier gestanden, hatte versucht hineinzuschauen und war ruhelos von einem Fuß auf den anderen getreten.

9. Kapitel

Der nächste Tag war paradiesisch. Der frische Wind trug den Duft des Sommers ins Haus, und die Sonne leuchtete golden wie das Tor zum Himmelreich. Ellen hüpfte gerade noch rechtzeitig aus dem Bett, um sich Ishtar zu schnappen, die vor dem neuen Hauskleid kauerte und es grübelnd musterte, während der Wind die weiten Ärmel bewegte.

Ellen hatte Verständnis für die Katze: Es hatte einen Augenblick lang so ausgesehen, als stecke eine unsichtbare Frau in dem Kleid.

Sie hängte es in den Schrankraum, schloß die Tür und fragte sich, wie sie auf die Idee gekommen war, etwas so Zartes zu kaufen, wenn sie eine Siam-Katze besaß.

Nach dem Frühstück krempelte Ellen die Ärmel hoch und begann, das Haus zu putzen. Während der schwülen Hitzewelle hatte sie kaum etwas getan. Sie säuberte gerade den Kühlschrank, als die Türklingel ging. Als Ellen den Mann vor dem Fliegengitter erblickte, war sie davon überzeugt, daß die Fußspuren von ihm stammten. Es paßte sehr gut zu Pastor Hank Winckler, daß er in fremde Fenster schaute. Wahrscheinlich war er enttäuscht gewesen, weil keine Orgie im Gang war.

»Guten Morgen«, sagte sie und blieb im Türrahmen stehen. »Kann ich etwas für Sie tun?«

»Ein seelsorgerischer Besuch«, murmelte Winckler. »Längst fällig... wollte früher kommen...«

Wenn er nicht auf der Kanzel stand, wirkte er zwar wesentlich weniger arrogant, dafür jedoch verschlagen. Seine bösartigen kleinen Augen huschten von einer Seite zur anderen, als wolle er an ihr vorbeisehen.

»Es tut mir leid, daß ich Sie nicht hereinbitten kann«, sagte Ellen, »aber das würde sich sicherlich nicht gehören.«

Der Ausdruck auf seinem mageren Gesicht verstärkte ihre Abneigung. Was für eine dreckige Fantasie diese kleine Ratte hat, dachte sie. Doch bis jetzt hatte er nichts Beleidigendes gesagt, und wenn man Ellen nicht provozierte, fiel es ihr schwer, unhöflich zu sein. Sie trat seufzend einen Schritt vor und schloß die Tür hinter sich.

»Ich bin heute sehr beschäftigt«, sagte sie, »aber einige Minuten ... Ich sollte Ihnen wohl erklären, was letzte Woche in der Kirche geschehen ist. Mir wurde plötzlich übel.«

Es war keine sehr freundliche Entschuldigung, aber zu mehr konnte sie sich nicht durchringen. Winckler schien damit zufrieden zu sein, denn er grinste affektiert und nahm unaufgefordert Platz. Ellen setzte sich so weit wie möglich von ihm entfernt auf einen Stuhl und zog den Rock über die Knie hinunter. Wincklers Augen wanderten enttäuscht von ihren Beinen zu ihrem Gesicht.

»Ich hoffe, daß wir Sie diese Woche in der Kirche sehen werden«, sagte er.

»Leider nicht. Ich achte den Glauben anderer, übe aber den meinen aus.«

»Und der wäre?«

Ellen unterdrückte ihren Ärger. »Ich bin Presbyterianerin.«

»Die nächste presbyterianische Kirche befindet sich in Smithville.«

»Das weiß ich.«

Winckler holte tief Luft und schien anzuschwellen wie ein Ochsenfrosch.

»Sie ist ein Schlangennest und ein Sündenpfuhl.«

»Es tut mir leid, daß Sie dieser Ansicht sind.«

»Sie werden dort nicht bekommen, was Sie brauchen.«

»Und was brauche ich?«

Winckler war nicht klug genug, um ihren veränderten Tonfall zu bemerken, aber wahrscheinlich hätte er sich ohnehin nicht darum gekümmert. Er beugte sich vor, und seine Augen verschlangen ihr Gesicht.

»Gebet. Buße. Reue. Die Abtötung des Fleisches...«

Die Art, wie er das letzte Wort aussprach, verwandelte Ellens gemischte Gefühle in eine harte Mauer der Ablehnung, und sie erhob sich. Sie beherrschte sich zwar noch, spürte aber, daß sie nicht mehr lange dazu imstande sein würde.

»Ich bin Ihnen für Ihr Interesse dankbar, Herr Winckler, aber das, was Sie mir anbieten, brauche ich nicht. Wenn Sie mich jetzt entschuldigen...«

Winckler stand ebenfalls auf und kam auf sie zu. Er ging beinahe hüpfend, wie ein vielbeiniges Insekt, und Ellen wich instinktiv zurück, als er sein Gesicht nahe an das ihre heranbrachte.

»Seien Sie nicht verzweifelt, meine Liebe. Ich weiß, was die Leute reden, und Sie können mir glauben, daß ich es nicht beachte. Mrs. Grapow ist eine gute, gläubige Frau, aber sie versteht gewisse Dinge, gewisse Versuchungen nicht... nicht wahr? Es ist nicht zu spät für Sie, dem Teufel zu entsagen und den Herrn zu suchen. Ich werde Ihnen helfen. Ich bin bereit, zu jeder Stunde des Tages – oder der Nacht – zu kommen... das Fleisch abzutöten...«

Er hatte Ellen die Hand auf den Arm gelegt. Seine Handfläche war heiß und feucht. Ellen zog den Arm weg.

»Sie sollten jetzt lieber gehen«, meinte sie.

»Seien Sie nicht so vorschnell.« Die kleinen Augen schielten lüstern. »Sie stecken bereits in Schwierigkeiten, meine Liebe. Natürlich gebe ich nicht Ihnen die Schuld«, fügte er zu spät hinzu, als er Ellens zunehmenden Zorn spürte. »Der Bösewicht ist dieses sündige Haus. Es muß exorziert – muß niedergebrannt und mit Salz bestreut werden … Es ist nicht Ihre Schuld, keineswegs, aber Sie brauchen meine Hilfe. Vor allem das Gebet. Und ein paar Worte in die richtigen Ohren, nicht wahr? Ich kann Ihnen sehr viel Hilfe geben.«

Er streckte wieder die Hand aus. Ellen drehte sich um, ging zur Tür und stieß sie auf.

»Verschwinden Sie«, sagte sie eisig, »oder ich rufe die Polizei.«

Aus Wincklers Gesichtsausdruck schloß sie, daß solche Drohungen für ihn nichts Neues waren. Er gehorchte, doch sobald sich die Gittertür zwischen ihnen befand, drehte er sich auf der Treppe um und brachte seinen letzten Trumpf an.

»Das werden Sie bereuen! Wir haben nichts für Frauen wie Sie übrig. Wir leben in einer gottesfürchtigen Stadt und –«

Ellen war mit ihrer Selbstbeherrschung am Ende.

»Verschwinden Sie!« schrie sie. »Und wagen Sie nicht wiederzukommen. Wenn ich Ihr scheinheiliges Gesicht noch einmal hier sehe …«

Sie bückte sich und hob einen schweren Blumentopf hoch.

Winckler wurde blaß, lief hastig den Weg hinunter und verschwand.

Ellen zitterte vor Zorn, als sie ins Haus zurückstürmte und die Tür hinter sich zuschlug. Sie ging noch immer fluchend auf und ab, als es schon wieder klingelte. Ellen marschierte zur Tür und riß sie auf. Sie hoffte fast, daß es der Pastor war, denn ihr war noch sehr viel eingefallen, das sie ihm sagen wollte. Aber der Besucher war nicht Mr. Winckler, sondern ihre Tochter.

Die nächsten Minuten waren chaotisch. Als Ellen soweit zu sich gekommen war, daß sie sich aus den jungen Armen löste, fielen ihr so viele Fragen ein, daß sie nicht wußte, wo sie beginnen sollte. Statt dessen sagte sie:

»Du siehst schrecklich aus, Liebling«, und umarmte Penny wieder.

»Herzlichen Dank. Das sind meine Europa-Tour-Jeans – begreifst du nicht die Bedeutung der Flicken? Ein Andenken an Paris auf dem linken Knie, ein Schal aus Florenz auf meiner Kehrseite...«

Ellen hielt ihre Tochter mit ausgestreckten Armen von sich. »Bist du braun! Du siehst aus wie eine Zigeunerin. Wann hast du dir zum letztenmal die Haare gewaschen? Wo hast du das schreckliche T-Shirt her? Soll es grau sein? Deine Zehen schauen aus deinen Turnschuhen heraus. Du hast abgenommen. Du siehst großartig aus.«

»Das klingt schon besser.« Penny grinste, aber ihre Augen glänzten verdächtig. »Unterbrich dein mütterliches Entzücken einen Augenblick und bedanke dich bei Ted dafür, daß er mich hergebracht hat.«

Die verwirrte Ellen schüttelte Ted, einem großen Rotschopf mit Sommersprossen, die Hand. Sie war daran gewöhnt, daß mehr oder weniger anonyme Jungen ihre Tochter an die unterschiedlichsten Orte beförderten und verabschiedet wurden, wenn Penny sie nicht mehr brauchte. Sie war auch nicht überrascht, als Ted sich weigerte hereinzukommen. Den jungen Leuten machte es nichts aus, einige hundert Kilometer zu fahren, um einen Freund abzuholen oder abzuliefern, und die meisten von ihnen waren Eltern gegenüber mißtrauisch. In diesem Fall war es jedoch möglich, daß Ted sich aus Taktgefühl zurückzog. Sobald er fort war, fielen Mutter und Tochter einander wieder in die Arme.

Es gelang Ellen erst nach einiger Zeit, das Gespräch in geordnete Bahnen zu lenken. Pennys abgenützte Koffer waren hinaufgetragen worden, sie saßen in der Küche, und Penny verschlang alles, was ihr vor die Finger kam. Ishtar schnurrte auf ihrem Schoß wie ein Motor und grapschte nach unbewachten Essensresten.

»Hast du denn keine Plätzchen?« fragte Penny vorwurfsvoll. »Während der gesamten Europatour habe ich von deinen siebenstöckigen Plätzchen geträumt.«

»Wenn ich gewußt hätte, daß du kommst...« sagte Ellen. »Das bringt mich auf ein Thema, dem du bis jetzt ausgewichen bist. Wieso hast du alle deine Pläne über den Haufen geworfen und platzt plötzlich hier herein?«

»Es ist schrecklich, wie du mich haßt«, beschwerte sich Penny.

Ellen ging bereits in der Küche umher und trug Zutaten zusammen. Sie stellte Butter zum Schmelzen auf den Herd und lächelte Penny an.

»Zu Mittag gibt es Plätzchen.«

»Ich esse gerade zu Mittag«, widersprach Penny, griff nach der letzten Käsescheibe und gab Ishtar ein Stückchen davon ab. »Es ist großartig, wieder zu Hause zu sein! Europa war wunderbar, Mami, wirklich wunderbar. Aber hier fühle ich mich wohler. Du und Ishtar und das große Haus...«

»Und der Käse und die Plätzchen...«

»Ich habe mich so einsam gefühlt«, erklärte Penny ernst. »Die Emersons waren prima, aber... Ich habe vergangene Woche in Rom Jack getroffen.«

Ellen ließ eine Packung Karamelscheibchen fallen und bückte sich nach ihr. Zum Glück hatte sie sie noch nicht geöffnet. Sie setzte die Plätzchen zusammen, bevor sie weitersprach.

»Was hat Jack in Rom getan?«

»Irgendeine Konferenz«, antwortete Penny vage. »Das Zusammentreffen mit ihm hat mir noch mehr Heimweh gemacht. Sag mal, Mami, fehlen dir die Männer denn nicht? Aber vielleicht genießt du den Frieden und die Ruhe, wie Jack sagt.«

Ellen schob die Plätzchen ins Rohr und stellte die Zeit ein. »Was hat Jack noch gesagt?«

»Er hat mit mir geschimpft; du kennst ja seine Strafpredigten. Er hat behauptet, daß ich egoistisch bin und daß ich dich genauso sanft loslassen soll, wie du mich losgelassen hast. Er behauptet, daß es dir noch schwerer gefallen ist und daß du trotzdem nicht gejammert hast. Ist es dir schwergefallen, Mami?«

Ellen schloß sie in die Arme.

»Habe ich damit deine Frage beantwortet?« Sie richtete sich auf. »Schluß mit dieser Gefühlsduselei. Ich werde meine Emotionen unter Kontrolle bekommen, indem ich deine Koffer auspacke.«

»Damit wirst du es schaffen«, bemerkte Penny unbeeindruckt.

»Soll das heißen, daß du seit deiner Rückkehr keine Wäsche mehr gewaschen hast?«

»Mrs. Emerson wollte mich dazu überreden, aber ich blieb hart.« Penny griff nach der Katze, erhob sich und setzte sie auf einen freien Stuhl. »Warte noch einen Augenblick, ich werde selbst auspacken; einiges würde dir graue Haare wachsen lassen.«

Sie rannten lachend um die Wette hinauf.

Die Koffer sahen beinahe so schlimm aus, wie Penny prophezeit hatte. Ellen ergriff mit spitzen Fingern einige schmuddelige Kleidungsstücke, streckte die Nase ostentativ in die Luft und trug die anstößigen Objekte in den Wäschekorb. Inzwischen fischte Penny ihre in Seidenpapier gewickelten Geschenke heraus. Sie hatte jedem etwas mitgebracht. Das Prunkstück war eine besonders scheußliche Krawatte für Jack, auf der eine farbige Abbildung der Peterskirche prangte.

»Für die Kuppel haben sie Leuchtfarbe verwendet«, erklärte Penny, die diesen Greuel stolz betrachtete. »Sie leuchtet im Dunkeln.«

»Jack wird begeistert sein.«

»Und er wird sie tragen.«

»Ich weiß... Warum hast du sie ihm nicht in Rom überreicht?«

»Ich habe sie erst kurz vor der Abreise gekauft. Außerdem kommt er ohnehin nächste Woche zurück. Hat er dir nicht geschrieben?«

»O doch.«

»Sobald er zu Hause ist, wird er sofort anrufen. Er möchte, daß wir nach Washington kommen und mit ihm zu Abend essen.«

»Wir? Du hast diesen Überfall also schon damals geplant?«

»Ich habe tatsächlich mit der Idee gespielt... Jetzt gehe ich Haare waschen, okay?«

Weil diese Prozedur für gewöhnlich eine Stunde oder länger dauerte, hatte Ellen Zeit, eines der Lieblingsgerichte ihrer Tochter zuzubereiten. Sie zweifelte nicht daran, daß Penny bis zum Lunch wieder imstande sein würde zu essen. Als das Telefon läutete, schnitt sie gerade die Plätzchen in Quadrate.

»Norman! Ich freue mich so, daß Sie wieder da sind.«

»Sie klingen tatsächlich froh – wie schmeichelhaft für mich.«

»An meiner Stimmung ist allerdings noch etwas schuld. Meine Tochter ist gerade angekommen.«

Norman lachte.

»Ich weiß.«

»Woher?«

»Die ganze Stadt weiß es. Glauben Sie denn, daß die Nichtstuer auf der Veranda ein hübsches junges Mädchen in einem roten Sportwagen übersehen würden? Einer von ihnen hat sie erkannt; sie war ja schon einmal hier. Ich bin froh, daß sie gekommen ist.«

»Ich auch«, gab Ellen zu. »Ich möchte, daß Sie sie kennenlernen, Norman.«

»Genau das hatte ich vor. Wie wäre es, wenn Sie morgen zum Abendessen zu mir kommen? Ich hätte den heutigen Abend vorgeschlagen, aber ich weiß, daß Sie den Gesprächsstoff von zwei Monaten aufzuarbeiten haben.«

Ellen nahm die Einladung gern an, und erst nachdem sie aufgelegt hatte, fiel ihr Tim ein. Sie hatte vorgehabt, Norman von ihrem Besuch bei Jim Bishop zu erzählen; sie wollte nicht, daß er den Eindruck bekam, sie mische sich ungebeten in seine Angelegenheiten. Doch ein zweites Problem war genauso dringend – was sollte sie Penny von Tim erzählen? Sie versuchte, sich zu erinnern, was sie in ihren Briefen geschrieben hatte, aber bei so vielen Briefpartnern war das schwierig. Sie hatte Tim bestimmt erwähnt, aber sie war ziemlich sicher, daß sie nicht auf Einzelheiten eingegangen war.

Als Penny mit tropfnassem Haar in die Küche platzte und hingerissen ihre Lieblingsspeise begutachtete, vergaß Ellen Tim. Den Rest des Tages bis spät in die Nacht hinein sprach Penny, aß, sprach wieder und erzählte von ihren europäischen Abenteuern. Selbst wenn Ellen es vorgehabt hätte, bekam sie keine Gelegenheit, von ihren Abenteuern zu berichten.

Als Ellen am nächsten Morgen aufstand, war Penny bereits auf und aus dem Haus. Ellen kochte gerade Kaffee, als sie hereinkam. Sie hatte wieder Jeans und Turnschuhe und dazu ein langärmeliges griechisches Hemd aus ungebleichter Baumwolle an. Ellen musterte die zierliche, kleine Gestalt und das strahlende Gesicht zärtlich und fand, daß Penny immer gut aussah, sogar in diesen Jeans.

»Wem gehört die weiße Katze?« erkundigte sich Penny.

»Wann hast du sie gesehen?«

»Vor ein paar Minuten. Sie saß auf dem Zaun, lief aber davon, als ich in Sichtweite kam. Fütterst du sie? Leugne nicht, ich kenne dich.«

»Ich habe fertiges Katzenfutter in einer Schüssel zum Zaun gestellt«, gab Ellen zu. »Ich weiß nicht, wem das Tier gehört, aber es scheint herumzustreunen; es muß hungrig sein.«

»Ich finde, daß es dick und zufrieden aussieht.«

»Das Futter wird jedenfalls angenommen, und ich glaube nicht, daß Eichhörnchen oder Kaninchen darauf scharf sind.«

»Schade. Ich hatte gehofft, daß ich dein Gespenst gesehen habe.«

»Gespenster treiben sich nicht bei Tag herum.«

»Seit wann bist du Fachfrau für das Verhalten von Gespenstern? Ich hatte gehofft, daß du inzwischen alles über Mary herausgefunden hast, und dabei hast du überhaupt nichts getan. Ich werde einen Sprung in die Bücherei machen und mich damit beschäftigen.«

»Vergiß die Bücherei. Der Bücherbus kommt einmal in der Woche nach Chew's Corners. Hier, iß das Ei. Ich weiß, daß du keine Lust hast, aber iß es trotzdem. Du bist zu mager.«

»Wo befindet sich die nächste Bücherei?«

»Wahrscheinlich in Front Royal oder Warrenton. Mindestens dreißig Kilometer von hier.«

»Mit dem Wagen höchstens fünfzehn Minuten.« Pennys Augen funkelten.

»Jetzt kommt die Wahrheit ans Tageslicht – du willst nur das Auto haben.«

»Ich bin einen Monat lang nicht gefahren, und ich kann es nicht erwarten, die Gegend zu erforschen.« Penny hatte ihr Ei hinuntergeschlungen und schob jetzt den Stuhl zurück.

»Okay, aber sei um ein Uhr wieder da, sonst mache ich mir Sorgen.«

»Ich weiß, ich weiß. Fahr vorsichtig, versperre die Wagentüren, nimm keine Anhalter mit.«

Ellen sah ihr nach und wandte sich mit einem unguten Gefühl vom Fenster ab. Penny war eine bessere Fahrerin als ihre Mutter. Dank der Ausbildung durch die Jungen verlor sie nie die Kontrolle über den Wagen und konnte schneller Reifen wechseln als ein Mechaniker. Ellen machte nicht das Auto Sorgen, sondern die Stadt.

Während sie in der Küche Ordnung machte, fiel ihr ein, daß sie vergessen hatte, Penny darauf aufmerksam zu machen, was sie unter Umständen in Chew's Corners erwartete. Sie hatten zwar sehr viel zu erzählen gehabt, aber dafür hätte sie sich Zeit nehmen müssen.

Obwohl sie sich im Haus zu schaffen machte, wurde sie immer nervöser. Natürlich war es dumm von ihr, sich Sorgen zu machen. Penny würde nichts geschehen, aber es würde für das Kind ein Schlag sein, wenn es gegen eine Mauer der Mißbilligung prallte. Penny war ein so freundliches, offenes Geschöpf...

Sie hatte ihre Tochter wieder einmal unterschätzt. Als Penny lang vor ein Uhr zurückkam, sah sie zwar ernst, aber ruhig aus. Ellen nahm an, daß sie in der Stadt nicht haltgemacht hatte, aber Pennys erste Worte belehrten sie eines Besseren.

»Was hast du eigentlich angestellt?« fragte Penny und ließ sich in einen Stuhl fallen. »Hast du vielleicht einen Ehemann verführt?«

»Was war los?«

»Die alte Hexe im Laden hat sich geweigert, mich zu bedienen.«

Ellen zuckte zusammen, und Penny lachte.

»Ich habe wohl das falsche Wort gewählt.«

»Was hat Mrs. Grapow zu dir gesagt?«

»Nichts, weswegen ich errötet wäre.«

»Penny! Was hat sie gesagt?«

»Sie hat mich unter anderem als ›der Balg der Hexe‹ bezeichnet. Warum siehst du mich so an? Ich habe es komisch gefunden. Ich konnte nicht anders, ich mußte lachen.«

»Mrs. Grapow mag es gar nicht, wenn man sie auslacht.«

»Das habe ich bemerkt. Ihr Gesicht war sehenswert. Dann hat sie mir erklärt, daß sie Leute wie uns nicht in der Stadt haben will.«

»Ach, Penny –«

»Einen Augenblick lang hat es mich schon aus der Fassung gebracht«, gab Penny zu. »Aber es war erzieherisch. Jetzt weiß ich, wie sich Angehörige einer Minderheit fühlen, wenn die Menschen sie grundlos anspucken. Erzählst du mir, was los war, oder willst du deine Tochter noch immer vor den Tatsachen des Lebens beschützen?«

»Es tut mir leid«, antwortete Ellen ernst. »Ich hatte gehofft, daß du nicht damit konfrontiert wirst, aber du hast recht, ich bin überfürsorglich. Man gewöhnt es sich nur sehr schwer ab. Setz dich, iß deinen Hamburger, und ich erzähle dir die ganze Geschichte.«

Ihre Schilderung der Wahrsagerei fesselte Penny so sehr, daß sie beinahe vergaß zu essen.

»Das ist ja fantastisch. Warum hast du deine Talente vor mir versteckt?«

Ellen stellte energisch eine Platte mit Plätzchen auf den Tisch.

»Hör auf damit. Bei diesem Thema vergeht mir mein Sinn für Humor.«

»Das kann ich mir vorstellen. Trotzdem ist es eine beeindruckende Liste von Zufällen. Es ist eine komische Geschichte.«

»Ich kann nichts Komisches daran finden.«

»Mit komisch meine ich merkwürdig. Vielleicht werde ich mich mit einigen der jungen Leute unterhalten.«

»Du mußt sie ohnehin irgendwann kennenlernen.«

»Wir können uns nicht unser Leben lang im Haus verstecken, so wie du es bis jetzt getan hast, nicht wahr, Mami?«

»Du hast recht, und ich gebe zu, daß es so nicht weitergeht. Ich bin davon überzeugt, daß die Leute sich im Lauf der Zeit beruhigen werden.«

»Nicht, wenn du dich weiterhin als Hexe betätigst. Werde jetzt nicht wütend, Mami, aber hast du im Haus etwas gesehen?«

»Nein, natürlich nicht.«

»Schade. Ich habe in der Bücherei nichts über Mary herausgefunden.«

»Du warst also auch in der Bücherei?«

»Klar. Es war ein Reinfall. Trotzdem habe ich einiges über Chew's Corners erfahren. In der Bücherei war ein Junge...«

»Du lernst sehr oft Jungen kennen.«

»Mutter! Du brauchst dir dabei nichts zu denken. Er arbeitet dort, und dadurch sind wir ins Gespräch gekommen. Als er hörte, wo ich wohne, hat er sehr interessiert gewirkt. Er machte Mittagspause, und wir saßen eine halbe Stunde auf den Stufen und unterhielten uns.«

»Worüber?«

»Hauptsächlich über die Kirche.« Penny griff nach einem Plätzchen. »Sie ist berühmt, jeder kennt sie. Sie klingt wirklich wild. Ich kann es nicht erwarten, sie zu sehen.«

»Darauf wirst du verzichten müssen. Keine von uns betritt diese Kirche.«

Sie erzählte Penny von ihrem mißglückten Kirchenbesuch und versuchte, eine lustige Geschichte daraus zu machen, aber Penny ließ sich nicht täuschen.

»Das klingt schrecklich. Es tut mir leid, daß ich nicht dabei gewesen bin.«

»Ich bin froh, daß du nicht dabei warst, denn du wärst nicht wortlos hinausgegangen.«

»Ganz bestimmt nicht. Aber wenn du mir dieses Vergnügen nicht gönnst, dann muß ich mich nach anderen

Unterhaltungen umsehen. In der Stadt hat ein blonder Junge vor der Garage Kisten abgeladen...« Sie grinste ihre Mutter an.

Ellen stockte einen Augenblick der Atem, doch dann beruhigte sie sich. Tim arbeitet bestimmt nicht in der Garage.

»Das muß Steve sein. Er ist schon in festen Händen.«

»Soll das eine Herausforderung sein? Bleib sitzen, ich räume den Tisch ab. Ich habe vor, die mir zustehende Stellung als erwachsene Tochter des Hauses einzunehmen.«

»Klingt großartig. Was hast du für heute nachmittag vor? Der Küchenfußboden muß...«

»Ich werde Plätzchen backen«, erklärte Penny, die sich gerade das letzte Exemplar von der Platte nahm. »Was gibt es zum Abendessen?«

»Wir sind eingeladen. Ich habe dir ja von meinem Nachbarn Mr. McKay erzählt.«

»Großartig. Damit muß ich mir nicht mehr den Kopf darüber zerbrechen, wie ich ihn ›zufällig‹ kennenlernen kann. Ich habe Jack versprochen, ihm so bald wie möglich einen Bericht über diesen Norman zu schicken.«

»Du bist schrecklich«, stellte Ellen hilflos fest.

»Ich bin noch schrecklicher, als du ahnst. Hat dieser Mr. McKay einen Neffen?«

»Ja, den Stadtdelinquenten.«

»Du hast ihn erwähnt. Es klang faszinierend.«

»Daran bin ich schuld«, gab Ellen zu. »Und weil wir gerade die Stunde der Wahrheit veranstalten, kann ich dir gleich alles gestehen.«

Sie erzählte von dem gequälten Tier. Sie verschwieg nichts, und die brutalen Einzelheiten riefen die gewünschte Wirkung hervor, aber es tat ihr doch leid, als das Lächeln aus dem jungen Gesicht verschwand.

»Das ist ja schrecklich.«

»Das stimmt.«

»Für dich muß es besonders schrecklich gewesen sein... Wenn ich daran denke, daß Jack und ich in Rom sentimentale Anwandlungen bekommen haben, als wir an dein friedliches, stilles Leben auf dem Land dachten... Was ist das nur für ein Ort?«

Ellen antwortete nicht. Um Penny nicht zum Widerspruch zu reizen, hatte sie ihr nicht den Umgang mit Tim verboten, sondern ihr Ziel auf andere Weise erreicht. Als Penny statt der sonst üblichen Stunden nur zehn Minuten brauchte, um sich zum Abendessen zurechtzumachen, war Ellen ihrer Sache sicher. Ihre Tochter sah trotzdem sehr hübsch und süß aus; ihrer Mutter zuliebe trug sie statt der ewigen Jeans ein Kleid. Der ahnungslose Jack hatte dieses Kleidungsstück allerdings für einen Badeanzug gehalten: Es hatte Spaghetti-Träger, ein gezogenes Oberteil und einen Rock, der das farblich abgestimmte Höschen gerade noch bedeckte, also war der Irrtum verständlich.

»Nehmen wir Ishtar mit«, schlug Penny vor, als sich die Katze schmeichlerisch um ihre Knöchel wickelte, heiser schnurrte und versuchte, kläglich auszusehen. »Sie mag es nicht, wenn man sie allein läßt.«

Ellen sah die Katze verärgert an; Ishtar hatte sich vertrauensvoll auf den Rücken gelegt und bot ihren hellen Bauch ungeschützt dar.

»Es sieht beinahe aus, als wüßte sie, wohin wir gehen. Habe ich dir nicht von Normans Katzenphobie erzählt?«

»Kein Wort.«

Während sie sich auf den Weg machten, erzählte Ellen. Penny fand das Ganze eher belustigend, doch ihre Stimmung schlug um, als sie in den Wald kamen.

»Jetzt kann ich verstehen, warum du so begeistert bist«, sagte sie leise und zeigte auf einen Kardinalvogel, der auf einem Ast saß.

Die Bemerkung entbehrte nicht einer gewissen Ironie,

denn sie näherten sich der Stelle, an der Tim das Tier gequält hatte. Ellen erwähnte es nicht, aber sie beschleunigte das Tempo. Auf dem Weg war nichts mehr zu sehen, nicht einmal ein Blutfleck. Natürlich hatte sich ein Aasfresser längst den Kadaver geholt.

Als Penny Normans Haus erblickte, faßte sie ihr Urteil in einem einzigen Wort zusammen:

»Protzig.«

Sie hatten die Hälfte der Auffahrt hinter sich, als plötzlich wütendes Gebell ertönte. Ellen zuckte zusammen. Die Laute klangen tatsächlich teuflisch.

»Die Hunde von Baskerville«, meinte Penny. »Natürlich; ich hätte wissen müssen, daß in dieser Stadt nichts normal ist. Hat Mr. McKay vielleicht lange, scharfe, weiße Zähne und Haare auf den Handflächen...«

Ellen schrie auf. Die Hunde kamen wütend um die Hausecke gestürmt und liefen direkt auf die beiden Frauen zu.

Ellen versuchte instinktiv, Penny hinter sich zu schieben. Die Hunde wollten sie nicht begrüßen, sondern griffen an. Penny rührte sich nicht vom Fleck, nur ihre Arme bewegten sich. Den rechten streckte sie mit geballter Faust vor, mit dem anderen umschlang sie ihre Mutter.

Ein scharfer Pfiff brachte die Hunde wenige Meter vor den beiden zum Stehen. Sie bremsten so plötzlich, daß es beinahe lächerlich wirkte, weil sie auf ihren Hinterteilen weiterrutschten. Das heißt, es hätte lächerlich gewirkt, wenn nicht die offenen Mäuler und die scharfen Zähne gewesen wären. Sie blieben keuchend sitzen, und Norman kam den Weg heruntergerannt.

»Ist alles in Ordnung, Ellen? Mein Gott, bin ich erschrocken! Ich weiß nicht, wieso sie frei herumlaufen, ich habe sie selbst vor einer halben Stunde an die Kette gelegt.« Er wandte sich Penny zu. »Das war eine schöne Begrüßung, Kind. Verzeih mir.«

»Ich habe keine Angst vor Hunden«, antwortete Penny. »Die beiden sind Prachtexemplare.«

»Sie hätten dir nichts getan. Ich habe ihnen deine Mutter vorgestellt, und sobald sie sie erkannt hätten...«

Diese Behauptung überzeugte nicht einmal ihn; nur ein sehr kurzsichtiger Hund mit verkümmertem Geruchssinn hätte Ellen auf diese Entfernung nicht erkannt.

Norman schickte die Hunde mit einem scharfen Befehl in den Zwinger zurück und ging dann mit seinen Besucherinnen ins Haus. Er bot Penny ein Glas Sherry an, das sie höflich ablehnte. Die Horsd'oeuvres, die Martha servierte, lehnte sie jedoch nicht ab, aber ihre Komplimente entlockten der Köchin nicht einmal ein Lächeln. Martha hatte ein Blick auf Pennys Rocklänge genügt; Ellen konnte beinahe ihre Gedanken lesen.

Ellen nahm bewußt in einiger Entfernung von Norman und Penny Platz, um zu sehen, wie sie aufeinander reagierten, doch die beiden waren so wohlerzogen, daß man nicht erraten konnte, was sich hinter ihrer Höflichkeit verbarg. Penny bewegte sich in Gesellschaft sicher und war von Natur aus gesprächig; sie hätte sich sogar mit einem Eskimo oder einem kleinen, grünen Männchen vom Mars verständigt – notfalls in Zeichensprache. Norman gab sich ungezwungen, doch er war etwas zu fröhlich und onkelhaft und ein wenig herablassend. Ellen hoffte, daß ihre Tochter Norman gegenüber nachsichtig sein würde; wie sollte er wissen, wie man sich mit jungen Leuten unterhält, wenn sein Neffe keine Freunde hatte und selbst nicht sehr gesprächig war?

Dann unterbrach sich Penny mitten in einem Satz und bekam ganz große Augen. Ellen folgte ihrem Blick, und ihr Magen krampfte sich zusammen.

Diesmal hinterließen Tims nackte Füße Staubspuren. Sein Hemd war dasselbe, das er schon den ganzen Monat getragen hatte. Für die – allerdings voreingenommene –

Ellen sah er wie ein beinahe erwachsener, schmutziger, gestörter Jugendlicher aus. Aber seine großen, blauen Augen blickten genauso ungläubig wie die von Penny, als sähe jeder von ihnen ein Phänomen, von dem er tausendmal gelesen, an das er aber nicht geglaubt hatte.

›Wer ist das Fräulein, welches dort den Ritter mit ihrer Hand beehrt?... O, sie nur lehrt die Kerzen, hell zu glüh'n!‹

Ellen hätte sich nicht gewundert, wenn Tim Romeos Worte wiederholt hätte. Doch er reagierte prosaischer – er murmelte »Hi«. Aber Ellen ließ sich nicht täuschen – die einsame Silbe klang wie Glockengeläut.

»Hi«, antwortete Penny.

Ihr Gesicht strahlte, und daran war nicht die Sonne schuld.

»Das ist die junge Dame, auf die wir uns beide gefreut haben«, sagte Norman herzlich. »Das ist Tim, Penny. Ihr seid ungefähr gleich alt, glaube ich.«

Ellen starrte ihn verblüfft an. Hatte er das Wunder nicht bemerkt und plapperte deshalb so idiotisches Zeug? Aber vielleicht war sie übergeschnappt. Wenn sie die jungen Leute jetzt beobachtete, konnte sie in ihrem Benehmen nichts Ungewöhnliches bemerken. Tim schlurfte zu einem Stuhl und ließ sich hineinfallen, und Penny griff nach einer geräucherten Auster.

Ellen fiel es schwer, den Abend durchzustehen, vor allem, weil sie sich über Norman ärgerte. Sie konnte verstehen, daß er gut aufgelegt war, denn Tim benahm sich für seine Verhältnisse geradezu charmant. Er brillierte zwar nicht gerade, brachte aber keine Seitenhiebe und Beleidigungen an wie bei Ellens erstem Besuch. Normans Freude hätte Ellen bestimmt gerührt, wenn er nicht so bestrebt gewesen wäre, die Beziehung zwischen den beiden Jugendlichen zu fördern. Nach dem Essen schlug er Tim vor, Penny in seinem Zimmer seine Schallplattensammlung zu zeigen, worauf sich Ellen, ganz die empörte Mutter, erhob.

»Wir müssen gehen. Penny muß noch immer Schlaf nachholen, und wir haben morgen früh eine Verabredung.«

Ihr Ton war eiskalt, und Norman gab klein bei.

»Entschuldigen Sie, ich habe nicht...«

»Nur einen Augenblick, Mami«, schmeichelte Penny. »Tim will mir ein altes Beatles-Album leihen, das ich noch nicht habe.«

Ellen war nicht klar, wie die beiden auf dieses Thema gekommen waren, denn sie hatte sich angestrengt bemüht, jedes Wort zu verstehen, das sie wechselten.

»Also gut«, meinte sie ungnädig, »aber beeilt euch.«

Tim hatte sich nicht eingemischt; er schien nicht zu bemerken, daß sich außer ihm und Penny noch jemand im Zimmer befand. Sobald die beiden verschwunden waren, wandte sich Ellen ihrem Gastgeber zu.

»Ich möchte etwas klarstellen, Norman: Ich werde alles tun, um eine Freundschaft zwischen den beiden zu verhindern.«

»Da hört also die Nächstenliebe auf«, murmelte Norman.

»Wenn es um Penny geht – ja. Ich nehme noch immer an Tim Anteil. Ich habe sogar...«

Sie war in Versuchung, ihren Besuch bei Jim Bishop zu verschweigen, weil sie damit ihre Position schwächte. Aber die Ehrlichkeit siegte, und ihr Ton war sanft und entschuldigend, als sie darüber berichtete.

»Wenn es jemand anderer getan hätte, würde ich es ihm übelnehmen«, sagte Norman. »Doch ich habe ebenfalls etwas unternommen. Ich habe einen Arzt in New York dazu überredet, sich Tim anzusehen, und ich werde ihn hinbringen, auch wenn ich ihn mit Gewalt hinschleppen muß. Ich verstehe Ihre Reaktion in bezug auf Penny, aber können Sie mir vorwerfen, daß ich nach einem Strohhalm greife? Vielleicht ist sie genau das, was Tim braucht.«

»Ein Leitstern?« fragte Ellen sarkastisch. »Auch ich verstehe Ihre Gefühle – wir sind überhaupt beide sehr verständnisvoll, finden Sie nicht? Aber Sie glauben immer noch an Märchen. Nur in Romanen – viktorianischen Romanen – rettet eine gute Frau einen bösen Mann. Wenn Sie meinen...«

Sie unterbrach sich, weil Penny die Treppe herunterkam; diese hatte ihrer Mutter gehorcht und sich beeilt.

Norman bestand darauf, sie nach Hause zu fahren, so daß Ellen und Penny sich unterwegs nur über Nebensächliches unterhalten konnten. Ellen bedankte sich kühl bei Norman und sah dem Wagen eine Weile nach, bevor sie Penny ins Haus folgte.

Als sie in die Küche kam, stöberte ihre Tochter im Kühlschrank.

»Möchtest du Eiscreme?« fragte sie.

»Nach diesem Dinner? Nein, danke, ich trinke nur eine Tasse Tee.«

»Du und dein Tee.«

Penny stellte den Teekessel auf. Ellen sah ihr zu und wurde allmählich ruhiger. Das Strahlen war verschwunden – falls es überhaupt jemals dagewesen war.

»Was hältst du von ihm?« fragte sie.

»Von deinem Freund?« Penny grinste. »Eure Generation bezeichnet so etwas als guten Fang. Das Haus! Und der Wagen! Er muß stinkreich sein.«

»Findest du ihn nicht ein bißchen verknöchert?«

»Er ist nicht an Menschen unter dreißig gewöhnt. Wenn er wie Jack ein Haus voller junger Leute gehabt hätte, würde er wissen, wie man mit ihnen umgehen muß.«

»Das kann er wirklich nicht. Ich hätte Tims Zimmer immer schon gern gesehen. Es könnte Hinweise auf ihre Beziehung liefern.«

»Es liefert Hinweise auf Großzügigkeit. Der Junge hat doch tatsächlich alles! Platten, eine große Hi-Fi-Anlage, einen eigenen Fernsehapparat, eine teure Gitarre – einfach alles.«

»Tatsächlich?«

Penny wandte ihr immer noch den Rücken zu. »Es sieht aus, als würde Onkel Normie damit etwas anderes wettmachen wollen.«

»Also Penny...«

»Ich weiß – eine vorschnelle, oberflächliche Analyse. Er ist nie verheiratet gewesen, oder?«

»Wer, Norman?« Pennys plötzlicher Themenwechsel verwirrte Ellen ein bißchen. So hatte sie sich das Gespräch nicht vorgestellt.

»Ich glaube«, antwortete sie langsam, »daß er in Tims Mutter verliebt war. Er spricht noch immer auf eine Art von ihr, die – na ja, die mich sehr rührt.«

»Die Frau seines Bruders, was?«

Pennys Ton reizte Ellen.

»Du mußt nicht zynisch werden«, antwortete sie scharf. »Vielleicht irre ich mich. Außerdem bin ich davon überzeugt, daß nichts Ungehöriges geschehen ist, weil sie nicht darauf einging. Norman hat erwähnt, daß sie ihn ausgelacht hat. Auch das hat mich gerührt. Es erklärt zum Teil seine Großzügigkeit Tim gegenüber. Er versucht verzweifelt, die Liebe des Jungen zu gewinnen.«

»Wie edelmütig.« Pennys Kopf steckte immer noch im Kühlschrank. »Die meisten Männer hätten etwas dagegen, von der Frau ausgelacht zu werden, die sie lieben.«

Ellen verzichtete darauf, um den heißen Brei herumzureden.

»Was hältst du von Tim?«

»Er hat wirklich Probleme.«

»Heute abend hat er sich bemüht, sich gut zu benehmen. Er dürfte eine Schwäche für dich haben.«

Penny drehte sich mit einer Milchflasche in der Hand um und musterte ihre Mutter amüsiert.

»Wo nimmst du diese Ausdrücke her, Mami? ›Eine Schwäche haben‹ – das sagt kein Mensch mehr.«

»Ich an deiner Stelle würde vorsichtig sein.«

Sie hatte nicht vorgehabt, so offen zu sprechen, und Penny reagierte wie erwartet.

»Ich kann selbst auf mich achtgeben.«

»Die allgemeine Verblendung der Jugend.«

»Und was ist mit der allgemeinen Phobie der Mütter?«

Ellen schwieg. Es hatte keinen Sinn, wenn sie Penny verbot, mit Tim zusammenzukommen. Sie konnte es nicht verhindern, und sie kannte den Reiz der verbotenen Frucht. Sie sah so unglücklich aus, daß Penny sie plötzlich an sich drückte.

»Glaub mir, Mami, du hast nicht den geringsten Grund, besorgt zu sein.«

»Findest du ihn nicht attraktiv?«

»Klar. Aber ich habe ein bißchen zuviel Erfahrung, um mich von seinem Aussehen hinreißen zu lassen. Du hast mir doch erzählt, daß Norman mit ihm bei mehreren Psychiatern gewesen ist.«

»Ja, bei den Besten. Zum Beispiel Abrahamson.«

»Hm.« Penny verlor das Interesse an dem Thema. »Ich bin müde. Macht es dir etwas aus, wenn ich die Platte auflege, die ich mitgenommen habe?«

Das Gespräch beruhigte Ellen zwar, doch es war kein Wunder, daß sie in dieser Nacht sehr lebhaft träumte.

Sie lief verzweifelt durch eine Dunkelheit, in der große Hunde heulten. Sie lief stundenlang, ihre Füße waren bleischwer, und sie wußte, daß sie zu spät kommen würde. Als sie die Hunde endlich fand, hatten sie bereits ihre Beute gerissen. Ihre Körper verbargen das Ding, an dem sie zerrten; Ellen erblickte nur zwei ausgestreckte Arme und lange, schwarze Haare. Doch als die Hunde plötzlich verschwanden, wie es in Träumen üblich ist, sah Ellen, daß das Opfer nicht Penny, sondern eine ältere Frau war, die Ellen noch nie gesehen hatte. Ihr Unterbewußtsein kannte jedoch das Opfer, und das vergrößerte ihr Entsetzen und ihre Verzweiflung. In diesem Augenblick erreichte der Alptraum seinen Höhepunkt. Die Hexe schlug die Augen auf und begann zu lachen.

Ellen erwachte mit einem Ruck, aber das Lachen verstummte nicht. Noch halb schlafend stolperte sie aus dem Bett und lief in Pennys Zimmer.

Penny hatte ein Nachtlicht eingeschaltet – Donald Duck aus Plastik –, das sie seit ihrer Kindheit besaß. Das schwache Licht fiel auf ihr friedliches Gesicht und ihren schlanken, entspannten Körper. Ihre langsamen Atemzüge bewegten die Rüschen des kurzen Nachthemdchens.

Irgendwo im Haus lachte noch immer jemand.

10. Kapitel

Ellen gelang es immer besser, die exzentrischen Gewohnheiten ihres Hauses rational zu erklären. Das unheimliche Gelächter war einfach eine auditive Halluzination, die länger anhielt als der Alptraum, der sie hervorgerufen hatte. Doch sie empfand trotzdem das Lachen und den Traum als Warnungen – nicht aus dem Jenseits, sondern aus ihrem Unterbewußtsein.

Deshalb ergriff sie einige Maßnahmen. Sie füllte die nächsten Tage mit möglichst vielen Aktivitäten aus, so daß Penny kaum Zeit für einsame Spaziergänge hatte. Sie lud für das folgende Wochenende Freunde ein. Sie mochte das Paar nicht besonders, und Penny konnte den halbwüchsigen Sohn nicht leiden, aber alle anderen geeigneten Jungen machten Urlaub.

Ellen kämpfte gegen einen Feind, der so körperlos war, daß sie nicht einmal wußte, ob es ihn überhaupt gab. Ein scheinbar magischer Augenblick, ein strahlendes Mädchengesicht und der Ausdruck in den Augen eines Jungen... und ein außer Rand und Band geratener Instinkt, der jeden vernünftigen Einwand verwarf. Oder war es nicht Instinkt, sondern Angst – die allgemeine Phobie der Mütter, wie Penny es bezeichnete?

Der Feind war nicht körperlos, sondern ihr auch strategisch überlegen. Penny machte sich selbständig. An dem Morgen nach dem Traum hatte Ellen verschlafen und in der Küche einen Zettel vorgefunden, auf dem Penny ihr mitteilte, daß sie einen Spaziergang unternahm. Sie kam mit zerkratzten Beinen und Blaubeerflecken auf den Fingern nach Hause und gab ohne weiteres zu, daß sie im Wald Tim getroffen hatte. Das beruhigte Ellen; außerdem interessierte sich Penny anscheinend mehr für Tims Krankheitsbild als für seine Person. Und schließlich verlor sie überhaupt das Interesse an ihm und kam auf die Geschichte mit der Hexerei zu sprechen.

»Wir müssen uns mit deinen Prophezeiungen näher befassen«, verkündete sie eines Morgens beim Frühstück. »Ich möchte von dir eine Zusammenfassung der Vorhersagen, die du den Teenagern gemacht hast.«

»Worauf willst du hinaus?«

Penny zog unter komplizierten Verrenkungen ein kleines Notizbuch aus der Gesäßtasche ihrer engen Jeans.

»Ich unternehme selbständig Forschungen«, erklärte sie würdevoll. »Versuche, dich genau an deine Worte zu erinnern.«

Ellen gehorchte gern, weil dieses Thema relativ harmlos war. Penny kritzelte eifrig; ihre langen, schwarzen Haare fielen ihr ins Gesicht, während sie sich über das Notizbuch beugte.

»Ist das alles?« fragte sie schließlich. »Okay. Kann ich jetzt den Wagen haben?«

»Kirschkuchen zum Abendessen?« fragte Ellen unschuldig.

Penny lachte.

»Die Kirschenzeit ist vorbei. Wie wäre es mit schwarzen Johannisbeeren? Woher weißt du eigentlich immer, was ich vorhabe?«

»Weil ich selbst daran gedacht habe, die Mitglieder der Gruppe der Reihe nach unter vier Augen zu interviewen. Ich möchte herausbekommen, was wirklich geschehen ist. Aber bist du sicher...«

»Ich habe keine Angst vor ihnen«, unterbrach sie Penny verächtlich. »Den Schilderungen in deinen Briefen zufolge dürften sie nett sein. Ich wollte zuerst zur Obstplantage fahren und mit Joyce sprechen.«

»Das kann nicht schaden; im Gegenteil, es ist eine gute

Idee. Wenn sich jemand notiert, was sie sagen, denken die Leute zuerst nach und reden dann.«

»Genau.«

Ellen wartete neugierig darauf, was ihre Tochter herausfinden würde. Penny hatte sich auf der Plantage offenbar gut unterhalten, denn sie kam mit einem Berg Obst nach Hause, gegen den Ellen protestierte.

»Das können wir nie aufessen! Willst du Marmelade einkochen?«

»Kuchen für das Wochenende. Morrie der Schleimige hat eine Schwäche für Kuchen.«

Während sie die Schachteln mit Obst auspackte, summte sie vor sich hin.

Ellens Neugierde siegte.

»Hast du Glück gehabt?«

»Das hängt davon ab, was du unter Glück verstehst. Joyce ist nett, ich mag sie. Ich soll dir etwas von ihr ausrichten.«

»Und zwar?«

»Sie würde dich gern besuchen, aber sie befürchtet, daß du dadurch noch größere Schwierigkeiten bekommen würdest. Es tut ihr leid, daß sich die Geschichte so entwikkelt hat. Aber...« Penny wandte sich von der Spüle, in der sie die Beeren auslas, ab und ihrer Mutter zu. Ihre Augen waren ernst. »Sie hat Angst, Mami. Alle haben Angst. Ich kann es ihnen nicht übelnehmen. Weißt du, was das Erschreckendste daran ist?«

»Prudence.«

»Ach die.« Penny tat Prudence mit einer geringschätzigen Handbewegung ab. »Ich habe im Drugstore eine Tasse Kaffee getrunken und dabei einen Blick auf sie geworfen. Sie ist eine vollkommen durchschnittliche Hysterikerin. Erinnerst du dich an Beth Barnes?«

»Du hast mit ihr gespielt, als du vier warst, und sie bekam Schreikrämpfe, wenn du deine Puppe von ihr zurückhaben wolltest. Ich erinnere mich auch an die Hexen von Salem und an die hysterischen jungen Mädchen, die durch ihre Eide etliche Leute in den Tod geschickt haben.«

»Natürlich können sie gefährlich sein, aber man ist auf ihre Reaktionen gefaßt. Nein, was mir Angst macht, ist der Brief, den Chuck Yates von Harvard bekommen hat. Weißt du, daß er ihn immer bei sich trägt?«

»Das überrascht mich nicht.«

»Mich überrascht, daß er ihn überhaupt bekommen hat. Joyce hat mir erzählt, wie dumm er ist, und ich nahm an, daß ihm jemand einen Streich gespielt hat. Aber er hat mir den Brief gezeigt.«

»Und?«

»Das richtige Briefpapier mit dem richtigen Briefkopf.«

Penny traf diese Feststellung beinahe befriedigt. Sie fuhr fort: »Ich habe Sue Anns Halskette noch nicht gesehen, aber die anderen haben sie mir beschrieben. Die Perle ist echt, ihre Eltern haben sie einem Juwelier gezeigt. Keiner der Jungen könnte sich einen so teuren Spaß leisten.«

»Du hast eine Menge erreicht.«

»Deshalb habe ich das Obst gekauft – ich mußte den Kerl beruhigen, dem die Obstplantage gehört. Er kam heraus, während ich mit den Mädchen sprach, und schlug Krach, weil sie faulenzten. Da fällt mir ein – Jack müßte ja heute eintreffen.«

Ellen hatte nichts gegen den Themenwechsel einzuwenden.

»Ja. Ich nehme an, daß er morgen anrufen wird.«

In Wirklichkeit glaubte sie nicht, daß es so lange dauern würde, und sie wurde nicht enttäuscht. Das Telefon klingelte gegen zehn Uhr abends, und sobald Ellen die vertraute Stimme hörte, war ihr klar, daß die Wochen ohne ihn nichts an ihren Gefühlen geändert hatten.

»Ich bin auf dem Flugplatz«, erklärte er. »Ich konnte es nicht mehr erwarten. Was? Klar haben sie einen Wagen geschickt; der Fahrer geht vor der Telefonzelle auf und ab, deshalb kann ich nicht lange sprechen. Kannst du morgen zum Mittagessen in die Stadt kommen?«

»Liebend gern, aber du wirst vielleicht zu Mittag nicht wegkommen. Wäre es nicht besser, wenn wir einander zum Abendessen treffen?«

»Am besten wären Mittag- und Abendessen. Aber nur, wenn du über Nacht bleibst; ich möchte nicht, daß du so spät noch unterwegs bist.«

»Dann komme ich zu Mittag, und wir sehen nachher weiter. Weißt du übrigens, daß Penny hier ist?«

»Dieser Balg?« Jack wußte, daß Penny das Gespräch von der Nebenstelle im Schlafzimmer aus mithörte; sie atmete zu laut. »Wenn du es nicht schaffst, sie loszuwerden, dann wird dir nichts anderes übrigbleiben, als sie mitzubringen.«

Jack hatte sich geweigert, im Schnellimbiß der Howard-Johnson-Kette zu essen, deshalb hatten sie sich in ihrem französischen Lieblingslokal in Georgetown verabredet. Die Stadt empfing sie mit Hitze und Auspuffgasen, und Georgetown sah staubig und schlaff aus. Doch das Restaurant, das in einer Seitenstraße im Schatten hoher Bäume lag, war angenehm kühl. Jack erwartete sie bereits.

Er umarmte beide und machte sarkastische Bemerkungen über die Auswirkung des Landlebens auf ihr Gewicht.

»Mir wäre es lieber, wenn ich das gleiche von dir behaupten könnte«, meinte Ellen. »Du hast abgenommen.«

»Es macht mir nichts aus, daß ich eine Glatze habe, aber glatzköpfig und dick wäre zu viel. Ellen, Ellen – du bist das Schönste, das ich seit Wochen gesehen habe.«

Während der Mahlzeit wurden Familienneuigkeiten

ausgetauscht. Alle drei Jungen arbeiteten im Schweiß ihres Angesichts und fühlten sich wohl. Jack wollte auf dem Rückflug nach Europa in New York mit Arthur zusammenkommen.

Sein Lächeln schwand. »Und das ist morgen. Irgendwo ist ein verdammter Blödsinn passiert, und ich muß übermorgen in Paris sein. Das bedeutet, daß wir heute leider nicht miteinander zu Abend essen können. Einer von diesen Trotteln hat eine Konferenz einberufen.«

»Du weißt, daß alle Lokale in Georgetown verwanzt sind«, bemerkte Penny ernsthaft. »Sei lieber vorsichtig.«

»Ich habe den Namen des Trottels nicht genannt.«

»Ach verdammt«, sagte Ellen, »ich hatte gehofft, daß du über das Wochenende hinunterkommen kannst.«

»Das wäre sogar möglich. Ich bin Samstag wieder in Washington.«

»Das ist ja schrecklich, Jack. Du kannst nicht dauernd in der Welt herumhetzen.«

»Halb so wild«, meinte er fröhlich.

»Ist es etwas Ernstes?« wollte Ellen wissen.

»Nur eine kleine diplomatische Panne. Es ist bestimmt nicht der Dritte Weltkrieg, falls du das meinst. Und es ist ganz bestimmt nicht so interessant wie deine Erlebnisse. Was gibt es Neues? Hast du wieder einmal einen Sturm ausgelöst?«

Ellen lehnte sich zurück und ließ Penny erzählen. Es war ein genauer, wenn auch etwas sensationell gestalteter Bericht; Jack hörte ihr lächelnd zu, beobachtete Ellen aber aus den Augenwinkeln. Als Penny verstummte, meinte er:

»Es ist wirklich eine sonderbare Situation. Ist die ganze Stadt übergeschnappt?«

»Keineswegs«, widersprach Penny ernst. »Mamis neuer Freund ist ein sehr solider Bürger.«

»Moment mal«, begann Ellen.

»Ruhe«, sagte Jack streng. »Ich hatte ohnehin vor, mich damit zu befassen. Also los, Penny, heraus mit den Fakten – Name, Alter, Kreditwürdigkeit ...«

Trotz Ellens Einwänden ging Penny auf alle Einzelheiten, also auch auf Normans Aussehen ein.

»Er hat eine Menge Haare«, fügte sie boshaft hinzu. »Lang, dicht, gewellt – man bekommt Lust, ihm mit den Fingern durch die Pracht zu fahren.«

»Wahrscheinlich ist es eine Perücke. – Ich kenne den Namen von irgendwoher, aber ich habe nichts Nachteiliges über ihn gehört.« Jack strahle auf. »Aber vielleicht kann ich etwas ausgraben.«

Ellen erhob sich.

»Wenn ihr solchen Unsinn redet, gehe ich zur Toilette. Penny?«

»Ich muß nicht.«

Als Ellen zurückkam, hatten die beiden die Köpfe zusammengesteckt, und Ellen war davon überzeugt, daß sie über sie gesprochen hatten. Jack konnte nicht länger bleiben; Ellen hatte den Verdacht, daß er ihretwegen eine wichtige Besprechung verschoben hatte. Er ging auf die Suche nach einem Taxi, und Ellen sah ihm bedrückt nach. Ganz gleich, wie oft sie mit ihm zusammenkommen würde – für ihn war sie nicht mehr Teil seines Lebens.

Trotz Ellens Protest fuhr Penny am nächsten Morgen in die Stadt.

»Sie sollen sich an meinen Anblick gewöhnen«, erklärte sie. »Mrs. Grapow gegenüber habe ich übrigens eine neue Strategie entwickelt. Ich betrete den Laden, hole mir alles, was ich brauche, aus den Regalen, und lege das Geld auf den Ladentisch. Inzwischen murmelt sie vor sich hin und fuchtelt mit den Armen. Es ist faszinierend.«

Doch sie kam viel früher nach Hause als vorgesehen und war so aufgeregt, daß sie Ishtars Schwanz in der Tür einklemmte. Die empörte Katze mußte zuerst eingefangen und getröstet werden, bevor sich Penny ihrer Mutter zuwandte.

»Jemand ist letzte Nacht in den Laden eingedrungen.«

»Ein Einbruch?«

»Eigentlich nicht. Dieser Jemand hat mit einem roten Markierstift unanständige Worte, auf den Kopf gestellte Kreuze und ähnliches an die Wand gemalt.«

»Wahrscheinlich halten sie mich für die Täterin«, meinte Ellen müde.

»Das ist eine der Theorien. Tim ist ebenfalls ein hoher Favorit. Manche Leute glauben, daß ihr es gemeinsam getan habt.«

»Das ist doch vollkommener Unsinn...«

»Als er vom Stein getroffen wurde, hast du ihm geholfen«, rief ihr Penny ins Gedächtnis. »Diese Stadt ist für mich ein Seminar in Mob-Psychologie. Allmählich wird mir klar, warum Jesus gekreuzigt wurde. Er war gut zu den Parias, den Ausgestoßenen. Die selbstgerechten Steinewerfer bekamen ein schlechtes Gewissen und haßten ihn deshalb.«

»Der Vergleich ist schmeichelhaft.« Ellen meinte es nur halb scherzhaft. »Bitte fahre nicht wieder in die Stadt, Liebling.«

»Ich bin nicht in Gefahr.« Ellen sah sie scharf an; hatte sie das ›Ich‹ betont? Aber bevor sie fragen konnte, fuhr Penny fort: »Wer ist der magere, kleine Mann, der wie Hitler klingt und aussieht, als wäre er aus Resten zusammengesetzt worden?«

»Du kannst Gedanken lesen. Das ist der Pastor, Mr. Winckler.«

»Das habe ich mir gedacht. Er hielt vor einer ehrfürchtig lauschenden, zehnköpfigen Menge zahnloser Greise von der Veranda des Ladens aus eine Rede. Ich habe nur darauf gewartet, daß sie ›Sieg Heil‹ rufen.«

»Wem galt die Tirade? Mir?«

»Ja. Was war denn los? Hat er einen Annäherungsversuch unternommen, den du mit einem Karateschlag abgewehrt hast?«

Ellen schnappte nach Luft.

»Wenn es eine Hexe in der Familie gibt, dann bist du es.«

»Elementare Psychologie, Mami.«

»Du bist so klug, daß du mir Sorgen machst.«

Pennys junges Gesicht hatte einen wütenden Ausdruck.

»Das war erst der Anfang.«

Ellen war eigentlich auf eine empörte Delegation der Stadtbewohner unter Führung des mit der Bibel bewaffneten Pastors gefaßt, aber der Rest der Woche verlief ohne Zwischenfall, und Penny berichtete, daß in der Stadt Ruhe herrschte. Norman rührte sich nicht. Ellen hielt es für möglich, daß er verärgert war, aber auch das war ihr gleichgültig. Sie befand sich in einem seltsamen Zustand. Einmal hatte sie von einem aufziehenden Gewitter gesprochen, das ›in der Luft lag‹. Sie spürte es jetzt wieder, wie Elektrizität auf der Haut. Sie träumte jede Nacht – ermüdende Träume. Keiner war so scheußlich wie der erste, aber alle waren beunruhigend, und diejenigen, an die sie sich beim Erwachen nicht erinnern konnte, hinterließen das unangenehmste Gefühl. In den Träumen, an die sie sich erinnerte, ging es immer um dasselbe: Sie versuchte, einen Ort oder eine Person zu erreichen, um eine bevorstehende Tragödie zu verhindern.

Doch wenn sie sich dann bei Tag mit ihren echten Sorgen beschäftigte, kamen sie ihr trivial vor. Was beunruhigte sie? Die Feindseligkeit der Stadtbewohner war ärgerlich und auch unangenehm, aber mehr war nicht dahinter. Heutzutage verbrannte man keine Hexen mehr.

Und in bezug auf Tim und Penny waren ihre Sorgen noch lächerlicher. Es gab keinen Beweis dafür, daß die beiden eine Beziehung hatten. Und wenn es tatsächlich so war – na und? Sie hätte für ihre Tochter nie jemanden wie Tim ausgesucht, aber Penny war gesund. Sie war vermutlich mit Jungen ›gegangen‹, die genauso ernste Probleme hatten – es gab genug von der Sorte.

Ellen wartete also auf etwas, das sie nicht näher definieren konnte. Das Wochenende erschien ihr allmählich wie eine Zufluchtsinsel. Freunde aus der realen, normalen Welt – und vielleicht Jack.

Am Freitag wachte sie spät auf – das kam jetzt häufig vor, weil sie so schlecht schlief –, und stellte fest, daß Penny ausgegangen war. Es war kühler geworden, und der Himmel hatte sich bewölkt; nach der schwülen Hitze war dieses Wetter erfrischend, und sie beschloß spazierenzugehen. Sie hatte nicht vor, Penny zu suchen; sie war nur längere Zeit nicht mehr im Wald gewesen.

Während sie den Rasen überquerte, vernahm sie im Wald einen Schuß. Es war nicht das erstemal, daß auf ihrem Besitz geschossen wurden, und dabei hatte Ed ihr versichert, daß die gesetzliche Jagdzeit erst in einigen Monaten begann. Sie hatte Verbotstafeln aufgestellt und versucht, einen der Wilddiebe in flagranti zu erwischen, aber beides hatte nichts genützt, denn die Einheimischen kannten das Terrain viel besser als sie und konnten ihr leicht ausweichen.

Trotzdem gab sie nicht auf. Abgesehen von ihrer Sorge um die Tiere war es unangenehm, wenn Leute Gewehre abfeuerten, während sie, Penny und Ishtar sich in Schußweite befanden.

Im nächsten Augenblick fiel wieder ein Schuß, und Ellen begann zu laufen. Sie war zornig und auf einen Streit aus, nahm aber nicht an, daß ihr dieses Vergnügen vergönnt sein würde. Als der dritte Schuß fiel, duckte sie sich unwillkürlich, weil er aus nächster Nähe gekommen war. Sie lief weiter und versuchte dabei gar nicht, Geräusche zu vermeiden; im Gegenteil, sie begann sogar zu rufen. Sie wollte nicht für ein jagdbares Tier gehalten werden.

Sie erblickte den Mann, bevor er sie sah. Noch ehe er ihr das rote, schwitzende Gesicht zuwandte, verriet ihr seine Sorglosigkeit, in welchem Zustand er sich befand. Er war betrunken. Das überraschte sie nicht, denn sie hatte seinen großen, dicken Körper und den schmutzigen Jagdrock erkannt, den er für gewöhnlich trug. Er war Mr. Muller, der Vater von Prudence und Bob und der Ehemann der blassen Frau, die sie im Laden kennengelernt hatte. Sie hatte ihn in der Stadt gesehen und aus seiner Ähnlichkeit mit Bob und seiner Trunkenheit darauf geschlossen, wer er war; jetzt verstand sie den Ausdruck in Mrs. Mullers Augen.

Er starrte sie dümmlich an; die Flinte in seiner Hand schwankte. Gott sei Dank ist er so betrunken, daß er überhaupt nichts treffen kann, dachte sie angewidert. Sie schob Äste und Schlingpflanzen zur Seite, während sie auf ihn zuging. Muller wandte sich ihr zu; die Mündung seiner Flinte zeigte direkt auf sie.

Ellen kannte sich ein bißchen mit Gewehren aus. Jack weigerte sich, eine Waffe im Haus zu haben, aber im letzten Sommer hatte er die ganze Familie zu einem Schießstand mitgenommen, ihnen verschiedene Waffen in die Hand gedrückt und sie gelehrt, wie man sie lud und abfeuerte. Trotzdem war das nächste, was sie tat, tollkühn; wenn sie nicht so wütend gewesen wäre, hätte sie es nie versucht. Mullers Trunkenheit war der letzte Strohhalm gewesen. Nüchterne Wilddiebe waren schon schlimm genug, aber dieser besoffene Idiot stellte eine echte Gefahr dar.

Sie griff nach der Flinte und entriß sie ihm. Muller reagierte viel zu langsam; als er sich entschloß, etwas zu unternehmen, war Ellen bereits einige Meter entfernt und hatte das Gewehr auf ihn gerichtet.

»Bleiben Sie stehen«, befahl sie scharf. »Ich bin nicht an diese Waffe gewöhnt; sie könnte losgehen.«

Muller fuhr sich mit der Zunge über die Lippen. Mit dem schmierigen, unrasierten Gesicht und dem fetten Bauch, der über dem Gürtel wabbelte, bot er einen widerlichen Anblick.

»Wasislos?« fragte er. »Dasis meins. Gibs mir zurück.«

»Dieses Grundstück gehört mir, und Sie haben es unbefugt betreten. Ich könnte Sie verhaften lassen.«

»Jetzt hörnse mal...« begann Muller.

Ellen legte das Gewehr an die Schulter. Sie hatte nicht vor zu schießen, denn sie hatte noch nie ein Jagdgewehr in der Hand gehabt und befürchtete, daß der Rückstoß sie umwerfen würde. Aber Muller war zu betrunken und zu dumm, um an so etwas zu denken. Dem Stadtklatsch zufolge gab es außer Grausamkeit nur noch ein einziges Thema, das ihn interessierte, und sein Gesichtsausdruck veränderte sich tatsächlich.

»'ne hübsche, nette Dame wie Sie soll nich auf Leute schießen«, murmelte er. »Wir sind doch Freunde, was? Trinken wir was, ham ein bißchen Spaß...«

Er stolperte auf sie zu; sein Gesicht wirkte noch abstoßender, weil er versuchte, verführerisch zu grinsen. Gleichzeitig griff er in die Tasche. Ellen hatte gesehen, daß sie ausgebeult war, und ihr Verdacht bestätigte sich. Er hatte eine Flasche bei sich.

»Noch ein Schritt, und ich schieße«, sagte sie laut und deutlich. Diesem Trottel konnte man nur grob kommen, deshalb fügte sie hinzu: »Sie stinken so fürchterlich, daß mir schlecht wird. Wenn ich Sie jemals wieder auf meinem Grund und Boden erwische, lasse ich Sie einsperren. Im Gefängnis gibt es keinen Alkohol.«

Muller begann zu winseln, flehte um Gnade und wies

auf seine sechs hungrigen Kinder hin. Ellen kümmerte sich nicht darum; er war nur mit einer Waffe in der Hand gefährlich.

Sie betrachtete unschlüssig das Gewehr. Sie wollte es nicht mit nach Hause nehmen, denn Muller konnte auf die Idee kommen, es sich zu holen; er hing offensichtlich daran. Genausowenig wollte sie ihm das geladene Gewehr zurückgeben. Nach einigem Suchen fand sie den Verschluß und nahm die Patronen heraus. Sie steckte sie in die Tasche und warf das leere Gewehr ins Unterholz. Dabei bemerkte sie befriedigt, daß es mitten in einem Fleck Giftsumach landete. Muller brüllte, als hätte sie ihn geschlagen.

»Und jetzt verschwinden Sie«, befahl Ellen. »Wenn Sie meinen Besitz innerhalb von zehn Minuten verlassen, verständige ich die Polizei nicht; aber wenn ich noch einen Schuß höre, lasse ich Sie verhaften.«

Als sie ging, tappte Muller im Giftsumach herum.

Zu Hause beschloß Ellen, doch die Polizei anzurufen. Sie erwähnte Mullers Namen nicht, weil sie ihn sich nicht endgültig zum Feind machen wollte, aber der Polizist kannte Chew's Corners zu gut.

»Vermutlich Muller. Machen Sie sich keine Sorgen, Madam, er ist ungefährlich. Sie sind nicht die erste, die sich über ihn beschwert. Wenn er einmal von einem Besitz vertrieben wurde, geht er nicht mehr hin. Dazu ist er zu feig. Wenn ich ihn das nächstemal sehe, halte ich ihm eine Standpauke.«

»Ich möchte nicht...«

»Ich werde ihm selbstverständlich nicht erzählen, daß Sie angerufen haben. Aber Sie müssen sich wirklich keine Sorgen machen; er hat bestimmt nicht den Mut, jemandem etwas anzutun.«

Ellen hoffte sehr, daß der Polizist recht hatte.

An den meisten Tagen halten sich gute und schlechte

Erlebnisse die Waage, aber es gibt Tage, an denen ein kleines Ärgernis auf das andere folgt, bis der angesammelte Berg schwerer zu ertragen ist als eine richtige Katastrophe. Für Ellen war der Freitag so ein Tag. Penny kam erst am Nachmittag nach Hause, was ihr auf jeden Fall eine Strafpredigt eingetragen hätte, und infolge des Zusammentreffens mit Muller hatte sich Ellen solche Sorgen um sie gemacht, daß sie die Beherrschung verlor. Sie schrie Penny an; diese war zu gut erzogen, um zurückzuschreien, aber sie rannte in ihr Zimmer und blieb den Rest des Tages dort.

Am Abend rief Jack an und teilte Ellen mit, daß er am Wochenende nicht hinauskommen konnte. Er hoffte, daß er am Sonntag wenigstens ein paar Stunden Zeit haben würde, aber es klang nicht sehr zuversichtlich. Er schien deprimiert zu sein, und Ellen, die am liebsten in das Telefon geweint hätte, beherrschte sich, um ihm nicht noch mehr Sorgen aufzubürden. Infolge von Jacks Absage und angesichts ihrer derzeitigen Stimmung stellten die Besucher eine schwere Prüfung dar. Sie versuchte, sich damit zu trösten, daß sie nur für einen Tag und nicht für das ganze Wochenende kamen, aber es gelang ihr nicht. Dann kam sie auf die Idee, Norman anzurufen. Er war zu Hause und nahm ihre Einladung zum Abendessen mit augenscheinlichem Vergnügen an, obwohl Ellen ihn darauf aufmerksam machte, daß ihre Gäste keine glänzenden Gesprächspartner waren.

Der Tag endete mit demselben Traum, mit dem der Zyklus von Alpträumen angefangen hatte. Diesmal war die Atmosphäre noch quälender, der Wald finsterer, das Heulen lauter, die Angst intensiver. Und als sie schweißgebadet erwachte, hallte das spöttische Lachen im Haus wider. Das war zuviel für sie – sie zog sich das Laken über den Kopf und verkroch sich im Bett, bis das Lachen verstummte.

Am nächsten Morgen hatte sie Kopfschmerzen und einen sauren Geschmack im Mund. Penny war bußfertig und voll Eifer; sie half Ellen beim Saubermachen und Kochen, so daß diese ihre Gäste relativ freundlich empfangen konnte.

Am Abend war das Kopfweh wieder da. Die Randolphs waren nicht nur langweilig, sondern Nervensägen. Betty war die Tochter der ältesten Freundin von Ellens Mutter. Sie hatte sich nicht um Ellen gekümmert, als diese nach ihrer Scheidung mit Schwierigkeiten kämpfte, aber als Ellen zu Jack und den Jungen zog, war Betty plötzlich sehr freundlich geworden. Ihr Mann arbeitete im Außenministerium, was diesen Umschwung erklärte, aber Jack überhörte Bettys Andeutungen hartnäckig. Er hielt Bob für einen unfähigen Trottel, den er nicht einmal als Hundefänger empfohlen hätte. Ihr Sohn war ganz der Vater, und Ellen konnte Pennys Abscheu verstehen. Morrie war wie seine Eltern übergewichtig und kurzatmig, weil er sich zuwenig bewegte. Er hatte dicke, ungeschickte Hände und war so gesprächig wie ein Goldfisch.

Unter Bewegung an frischer Luft verstanden die Randolphs einen gemächlichen Spaziergang durch den Garten; sie weigerten sich, den Wald zu betreten. Sie wollten nur auf der Veranda sitzen, Gin und Tonic trinken und über die letzten Katastrophen in ihrem Bekanntenkreis sprechen – Alkoholismus, Scheidung, straffällige Nachkommen, finanzielle Schwierigkeiten.

Als Norman eintraf, begrüßte ihn Ellen herzlicher als sonst, und er reagierte entsprechend. Betty musterte Normans Kleidung, seinen Wagen und seine attraktive Erscheinung mit zusammengekniffenen Augen. Sie würde am nächsten Tag am Telefon sitzen und allen Bekannten von Ellens neuester Eroberung erzählen, aber das war Ellen gleichgültig. Es machte ihr nicht einmal etwas aus, daß Norman sich benahm, als wäre er der Hausherr. Er übernahm ganz selbstverständlich die Pflichten des Gastgebers, öffnete Weinflaschen und mixte Drinks. Dank seiner Ausgeglichenheit und seines angenehmen Plaudertons wurde der Abend zu einem Erfolg, was Ellen ganz besonders anerkannte, denn ihre Familie hatte sie im Stich gelassen. Jack war nicht gekommen, und Penny saß wie ein Klotz in einer Ecke und beobachtete die Erwachsenen wie Affen im Zoo. Sie weigerte sich, sich mit Morrie zu unterhalten, aber sie half wenigstens beim Auftragen des Essens, das von allen gelobt wurde.

Ellen wußte später nicht mehr, wieso sich das Gespräch dem Übernatürlichen zugewandt hatte. Betty hatte sich für Okkultismus interessiert, bevor sie sich mit Yoga und Akupunktur befaßte; sie konnte noch immer angelernte Weisheiten über Aura, astrologische Häuser, Manifestationen und Ektoplasma verkünden. Ihr Mann machte sich über ihre Hobbies lustig, aber Ellen hatte manchmal den Eindruck, daß er noch leichtgläubiger war als seine Frau. Sie hatte in Bethesda zufällig gesehen, wie Bob aus dem Institut eines Handlesers schlich.

Als Betty das Haus erblickte, hatte sie sofort erklärt, es sei ›genau der richtige Ort für ein Gespenst‹. Nach dem Essen kam sie wieder auf dieses Thema zurück. Das heißt – war sie es wirklich gewesen? Ellen beteiligte sich nicht an dem Gespräch, sondern zählte die Stunden bis zu dem Zeitpunkt, zu dem ihre Gäste vermutlich aufbrechen würden, und dachte müde an den Geschirrstapel in der Küche. Betty bot sich nie als Hilfe beim Aufräumen an.

Dann drang ein Name in ihre Versunkenheit. Norman erzählte den Randolphs von Mary Baumgartner.

Ellen beobachtete die Gesichter der Anwesenden: Normans täuschend jugendliche Gesichtszüge, deren Ausdruck im Lauf der Erzählung ständig wechselte, Bettys weit aufgerissene Augen, Bobs offenstehenden Mund. Letzterer hatte seine angebliche Skepsis vergessen und sah wie ein Bauer im Mittelalter aus, der den Wundertaten der Heiligen lauscht. Pennys Gesicht war ausdruckslos. Sie gab keine Kommentare ab, und als jemand eine Séance vorschlug, war Ellen die einzige, die dagegen war.

Die Randolphs überstimmten sie. Ellen zuckte die Achseln und gab nach, doch als die lachende Gruppe in das Eßzimmer übersiedelte, überlief sie ein warnender Schauer.

Das Eßzimmer war der Raum, den sie am wenigsten mochte. Er war niedrig, und die Fenster waren klein, so daß er sogar bei Tag düster war. Die Fenster standen jetzt weit offen; obwohl es schon finster war, hatte die Hitze noch nicht nachgelassen.

Sie setzten sich an den ovalen Tisch, und Norman dämpfte das Licht. Die Jungen hatten einen Dimmer eingebaut, aber Ellen benützte ihn nur selten, weil sie das matte Halblicht nicht mochte. »Wenn ich Atmosphäre haben will, verwende ich Kerzen«, pflegte sie zu sagen. Für diesen Zweck war das Licht allerdings das Richtige, denn je schwächer es wurde, desto mehr ergriff die Dunkelheit, die wie Nebel durch das offene Fenster einzudringen schien, von dem Raum Besitz.

»Moment mal«, sagte Betty, »wir haben uns noch nicht darauf geeinigt, wie wir vorgehen wollen. Wollen wir einfach im Kreis sitzen und Hände halten?«

»Ich habe nichts dagegen«, meinte Morrie grinsend.

»Also Morrie«, ermahnte ihn seine Mutter geistesabwesend.

»Ich verstehe nichts davon«, gestand Norman. »Ich habe geglaubt, daß man tatsächlich nichts anderes tut.«

»Nur dann, wenn ein starkes Medium anwesend ist«, erklärte Betty. »Sind Sie vielleicht...«

»Um Himmels willen – nein«, antwortete Norman.

»Dann brauchen wir etwas wie eine Alphabettafel.«

»Die gibt es in diesem Haus nicht«, mischte sich Ellen ein.

»So etwas darf in keinem Haushalt fehlen«, behauptete Bob.

»Also Bob. Du besitzt wahrscheinlich auch keine Alphabetkarten, Ellen?«

»Leider nein.«

»Wir könnten welche anfertigen.«

»Das würde zu lang dauern«, wandte Bob ein, der genauso gespannt war wie seine Frau.

»Ich habe einmal etwas gelesen.« Norman sprach wie ein Gastgeber, der einem Besucher einen unvernünftigen Wunsch erfüllen will. »Man befestigt zwei Schiefertafeln so aneinander, daß sie nicht getrennt werden können, und ruft die Geister. Manchmal schreiben sie auf die Innenseite eine Botschaft.«

»Ich glaube nicht, daß Ellen Schiefertafeln besitzt«, bemerkte Betty mißbilligend. »Zu schade, weil das Schreiben... natürlich, schreiben. Wie steht es mit automatischem Schreiben?«

»Was ist das?« fragte Norman.

»Man muß seinen Geist leeren und sich entspannen«, erklärte Betty. »In der rechten Hand hält man locker einen Bleistift. Wenn es zu einem Kontakt kommt, benützt der Geist die Hand, um eine Botschaft zu schreiben.«

»Das gefällt mir nicht«, wandte Norman ein. »Ich habe keine Lust, meinen Körper von jemand oder etwas Fremdem benützen zu lassen.«

»Amen«, sagte Ellen aus tiefstem Herzen.

Sie hätte wissen müssen, daß Widerspruch Betty nur noch hartnäckiger machte.

»Es ist eine großartige Idee, das müssen alle versuchen. Papier und Bleistifte, Ellen...«

Donnergrollen unterbrach sie. Ellens Haut kribbelte.

»Ich müßte die Fenster schließen«, murmelte sie.

»Noch nicht, es ist zu heiß. Hast du Papier?«

»Ich hole es«, sagte Penny.

»Im Schreibtisch im Korridor gibt es Schreibutensilien«, sagte Ellen resigniert.

Es dauerte eine Weile, bis die Bleistifte beisammen waren; es ist erstaunlich, wie wenige Haushalte ein halbes Dutzend funktionsfähiger Bleistifte besitzen. Betty bestand darauf, daß Kugelschreiber ungeeignet waren; die Hand mußte entspannt und der Druck leicht sein.

Endlich waren alle ausgerüstet, und Norman kehrte zum Lichtschalter zurück. Er schmunzelte, und Ellen war über seine Skepsis froh.

»Ist es so dunkel genug?« fragte er, während er den Schalter betätigte. »Soviel ich weiß, mögen die Geister nicht zuviel Licht.«

»Schalten Sie es ganz ab«, verlangte Betty. »Im Dunkeln kommt es leichter zu Kontakten. Außerdem kann niemand schwindeln, wenn er nicht sieht, was er tut.«

»Nein«, widersprach Ellen, als Norman den Schalter weiterdrehte. Aber ihre Stimme war zu leise und ging in dem allgemeinen Gemurmel unter, das auf die vollständige Dunkelheit folgte.

Das Nichtvorhandensein von Licht veränderte die Menschen und den Raum auf seltsame Weise. Das Zimmer wirkte kleiner, und Ellen fand, daß es auch anders roch. Unter den nicht so leicht zu vertreibenden Düften des guten Essens und der frischen Möbelpolitur nahm sie etwas Altes, Muffiges war, wie der Geruch von nassen Ziegeln. Als sich ihre Augen an die Dunkelheit gewöhnten, erblickte sie die anderen als gesichtslose Silhouetten, die nichts Vertrautes an sich hatten. Sie sog die Luft scharf ein, als ein kurzer Lichtschein die Gesichter für einen Augenblick erhellte; in dieser Beleuchtung wirkten sie fremd und teuflisch. Auf den Lichtschein folgte Donner.

»Genau die richtige Atmosphäre«, stellte Norman fest.

»Ich könnte wetten, Ellen, daß Sie das Gewitter heraufbeschworen haben.«

Ellen antwortete nicht. Jemand kicherte heiser – das konnte nur Morrie sein. Er hatte gemurrt, als er erfuhr, daß er keine Gelegenheit haben würde, Pennys Hand zu halten. Jetzt war er in besserer Stimmung – vielleicht hatte er sich einen Streich ausgedacht.

Seine Mutter kannte ihn genausogut wie Ellen.

»Ab jetzt wird nicht mehr gesprochen«, befahl sie scharf. »Und keine Späße, Morrie. Entspannt euch und leert euren Geist. Entspannt euch...«

Ellen war nie weniger entspannt gewesen. Am liebsten wäre sie aufgestanden, hätte mit der Faust auf den Tisch geschlagen und die Idioten beschimpft, die diesen Wahnsinn angezettelt hatten. Sie wollte sich nicht entspannen. Sie hatte Angst, Angst davor, was ihre Hand schreiben würde.

Als die Stille anhielt und jedes kleine Geräusch in der Dunkelheit doppelt so laut wirkte, wunderte sie sich über sich selbst. Hatte ihr schönes, geliebtes Haus ihr tatsächlich den angsterfüllten Glauben an etwas eingegeben, das im Widerspruch zu allen ethischen und religiösen Grundsätzen sowie dem gesunden Menschenverstand stand?

Jemand schrieb, denn sie hörte den Bleistift kratzen. Es blitzte wieder, und zwar so nahe, daß sie geblendet war. Ellen wollte die Sekunden zählen und schrak zusammen, als der Donner dröhnte, bevor sie begonnen hatte. Ihre Hand umklammerte den Bleistift. Wenn man entspannt sein mußte, um automatisch schreiben zu können, dann würde sie alle Muskeln anspannen. Der Bleistift fühlte sich dick wie ein Spazierstock an.

Überall im Raum raschelte, kratzte, scharrte es. Ein Windstoß blähte die Vorhänge. Es blitzte wieder – näher, heller –, und der Donner knisterte, statt zu dröhnen.

»Das reicht«, sagte Ellen plötzlich. »Schluß.«

»Nein«, widersprach Betty aufgeregt und schrill. »Ich bekomme etwas.«

»Bitte, Mami, nur noch eine Minute.« Das war Pennys Stimme, und ihr Ton gefiel Ellen nicht. Sie wollte gerade aufstehen, als Blitz und Donner gleichzeitig erfolgten.

Einen Augenblick lang glaubte die benommene Ellen, daß der Blitz in das Haus eingeschlagen hatte. Sie stand auf und begab sich tastend auf die Suche nach dem Lichtschalter. Sie hatte die Orientierung verloren, und der Raum war voller Leute, die sich genauso unsicher bewegten wie sie. Der Wind fuhr zu den offenen Fenstern herein, wirbelte Papiere durcheinander und brachte den ersten Regen. Irgendwo ertönte ein gespenstisches, unmenschliches Geheul. Ellen prallte gegen jemanden, der aufschrie und zurückwich. Dann traf ihre ausgestreckte Hand auf den Türrahmen. Eine Sekunde später fand sie den Schalter, und es wurde hell.

Ellen umklammerte den Schalter wie ein Amulett, während sie die Anwesenden überblickte. Ihre Gäste sahen wie die Opfer eines Schiffsuntergangs oder eines Erdbebens aus – benommen, blinzelnd, blaß.

Norman, der sich als erster erholte, fuhr sich mit der Hand über die Augen. »Ich habe von Panik gelesen, aber ich hätte nie geglaubt... Sie haben recht gehabt, Ellen, es war dumm von uns.«

»Dieses Heulen«, flüsterte Betty, die sich beide Hände auf das Herz drückte. »Etwas ist gekommen... etwas Entsetzliches... hört doch nur...«

»Ishtar mag Donner nicht«, bemerkte Penny, die noch immer am Tisch saß.

»Ach, die Katze«, sagte Betty.

»Wir können uns nicht um Ishtar kümmern«, mischte sich Ellen ein. »Der Regen wird immer stärker, und meine Vorhänge werden jeden Augenblick in die Nacht hinausfliegen.«

Alle halfen Ellen, die Fenster zu schließen und die Regenlachen aufzuwischen, und die Stimmung wurde rasch wieder normal. Bob beteiligte sich eifrig an der Arbeit, doch er konnte Ellen nicht täuschen; als sie das Licht eingeschaltet hatte, waren er und sein Sohn im Begriff gewesen, in die Küche zu verschwinden. Die Ratten verlassen das sinkende Schiff, dachte sie angewidert, und reichte dann lächelnd Brandy herum.

»Eine gute Idee«, lobte Bob begeistert und ging zur Bar.

»Das war faszinierend«, erklärte Betty. »Ich bin sicher, daß ich etwas gespürt habe.« Sie blickte herausfordernd zur Kellertür. Ishtar hatte aufgehört zu heulen, miaute aber von Zeit zu Zeit, um zu zeigen, daß sie sich nicht so leicht unterkriegen ließ. »Etwas außer der verdammten Katze.«

»Reine Autosuggestion«, behauptete Norman, doch er klang nicht so selbstsicher wie sonst.

»Ich habe etwas geschrieben«, kicherte Morrie. »Ich meine, daß meine Hand es getan hat.«

»Das glaube ich gern«, bestätigte Ellen.

»Wir haben die Papiere vergessen«, rief Betty plötzlich. »Du meine Güte, sie sind über den ganzen Fußboden verstreut. Der Wind war schrecklich. Sehen wir nach, was wir bekommen haben.«

Sie sammelte die Papiere ein. Bob, der sich lieber mit geistigen Getränken als mit Geistern befaßte, blieb in der Nähe der Bar. Die übrigen versammelten sich um den Tisch.

»Jemand hat gekritzelt«, verkündete Betty und hielt das erste Blatt in die Höhe. Ellen erkannte ungläubig die Muster und Bäume, die sie üblicherweise beim Telefonieren produzierte. Sie hatte keine Ahnung, wann sie die hier gezeichnet hatte.

Betty warf einen Blick auf das nächste Blatt, wurde rot vor Zorn und zerknüllte es.

»Das ist nicht komisch, Morrie!«

»Lassen Sie sehen«, sagte Norman.

»Nicht um alles in der Welt. Morrie, ich habe dir nicht ein–, sondern tausendmal gesagt...«

»Aber ich weiß doch nicht, was ich geschrieben habe, Mutter«, protestierte Morrie kichernd. »Es war das automatische Schreiben.«

Auf dem nächsten Blatt prangte eine Zeichnung. Der Umriß stimmte nur annähernd, was bei einer im Dunkeln angefertigten Skizze verständlich war, man erkannte jedoch eine nackte weibliche Gestalt.

»Hat das der Geist eines geilen alten Mannes gezeichnet?« erkundigte sich Ellen hinterhältig.

Alle Blicke wandten sich Bob zu, der mit dem Glas in der Hand an den Tisch trat. Er warf einen Blick auf die Zeichnung.

»Was ist das? Es sieht wie Pop-art aus«, sagte er verdutzt.

Er klang wirklich verblüfft.

»Hier ist etwas Komisches«, meinte Betty. »Seht es euch einmal an.«

Sie legte den Bogen für alle sichtbar auf den Tisch.

Das ganze Blatt war mit unregelmäßigen, verschlungenen Buchstaben bedeckt. Die Schrift war tiefschwarz; der Bleistift war so fest aufgedrückt worden, daß das Papier an zwei Stellen zerrissen war.

»Er wird es heute nacht tun«, lautete der Text. »Gebt acht, er wird es jetzt tun. Schnell, schnell. Er wird es heute nacht tun. Er wird...«

Ellen hatte immer schon vermutet, daß Bob nur lesen konnte, wenn er die Lippen bewegte. Er las die Botschaft laut vor.

»›Er wird es heute nacht tun.‹ Du hast recht, Ellie, es ist der Geist eines geilen alten Mannes.«

Morrie lachte schallend, aber niemand stimmte ein.

Plötzlich drehte sich Norman wortlos um und rannte aus dem Zimmer. Ellen erblickte kurz sein angespanntes, blasses Gesicht. Bevor sie sich von ihrer Überraschung erholt hatte, ging die Vordertür auf und wieder zu. Dann lief sie ihm nach.

»Norman...«

Er war fort. Die Rücklichter seines Wagens leuchteten auf und verschwanden, als er die Auffahrt rasch – zu rasch – hinunterfuhr.

»Er ist ohne Hut und Mantel in den Regen hinausgestürzt«, sagte Betty hinter ihr. »Was ist denn los, Ellen? Die Botschaft war für ihn bestimmt, aber was bedeutet sie?«

»Nichts. Sie bedeutet nichts. Falls du jemals wieder eine Séance vorschlägst, Betty...«

»Es war nicht meine Idee.« Mit einem boshaften Blick auf Ellen fügte Betty hinzu: »Vielleicht hat die Botschaft für dich keine Bedeutung, meine Liebe, aber wenn ein Mann deshalb ein Unwetter in Kauf nimmt...«

Die Randolphs hatten keine Lust, drei Stunden durch ein tobendes Gewitter zu fahren. Ellen hatte Verständnis dafür, aber sie bot ihnen ihre Gastfreundschaft trotzdem nur widerwillig an. Sie wollte nur eines: die Gäste los sein, damit sie in Frieden zusammenbrechen konnte.

Daß sie geschäftig hin und her laufen, Betten überziehen und im Arbeitszimmer das Feldbett für Morrie zurecht machen mußte, lenkte sie ein wenig ab. Penny bestand darauf, ihrer Mutter ihr Bett zu überlassen, aber Ellen lehnte ab; die Couch im Wohnzimmer genügte ihr. Sie bezweifelte ohnehin, daß sie schlafen würde.

Sie wußte nicht, was die bizarre Botschaft bedeutete, falls sie überhaupt etwas bedeutete, aber sie wußte, was Norman herausgelesen hatte, und der Blick in seine persönliche Hölle weckte ihr Mitgefühl. Sie hoffte nur, daß er sich nicht umbringen würde, wenn er wie ein Irrer über die nassen Straßen raste, um Tim zu finden. Natürlich war die Aufregung grundlos; Tim würde sich für seine bösen Streiche bestimmt keine solche Nacht aussuchen. Norman würde feststellen, daß Tim friedlich in seinem Bett schlief und daß seine Besorgnis grundlos gewesen war. Trotzdem mußte sich Ellen zusammenreißen, um nicht zu telefonieren.

Der Rest des Abends bestand aus geringfügigen, aber aufreizenden Ärgernissen. Betty wollte nicht zu Bett gehen, sondern die Séance bei einer Tasse Tee noch einmal analysieren.

Als Ellen Ishtar aus dem Keller holte, biß die Katze Betty. Irgendwann verschwand Penny. Zuerst merkte Ellen es nicht, sondern ärgerte sich nur, weil Penny ihr nicht half, saubere Handtücher und Laken zu verteilen.

Als ihr klar wurde, daß Penny nicht mit Morrie vor dem Fernsehapparat saß, geriet sie in Panik. Sie war im Begriff, einen hysterischen Anfall zu bekommen, als sie hörte, wie eine Tür geschlossen wurde. Sie lief in die Küche und fand dort Penny, die aus ihren nassen Sachen schlüpfte.

»Wo bist du gewesen? Du bist durch und durch naß.«

»Ich bin nur spazierengegangen.« Der Wind hatte Farbe in ihre Wangen gebracht, und ihre Augen funkelten. Ihr langes Haar klebte an ihrem Kopf, so daß sie wie eine ertrunkene Hexe aussah. »Ich bin gern in Gewittern unterwegs.«

»Hast du denn nicht daran gedacht, daß ich mir Sorgen machen würde? So etwas Gedankenloses, Rücksichtsloses... Vielleicht sind die Hunde los!«

»Sie sind los«, antwortete Penny mit ganz merkwürdiger Stimme. »Ich habe sie gehört. Reg dich nicht auf, Mami. Ich halte diesen schrecklichen Morrie nicht aus; ich mußte ihm entkommen. Weshalb machst du dir solche Sorgen?«

Bevor Ellen antworten konnte, verließ Penny die Küche; ihr durchnäßter Regenmantel blieb auf dem Fußboden liegen. Ellen hob ihn auf und blieb mit ihm in der Hand stehen. Das gleichmäßige Tropfen hallte in ihrem Kopf wider wie die chinesische Wasserfolter.

11. Kapitel

Morries Schnarchen weckte Ellen. Sie nahm den jungen Tag mißtrauisch in Augenschein; die Sonne schien, aber auch das heiterte sie nicht sonderlich auf. Sie stolperte in die Küche, setzte den Kaffee auf und hoffte, daß sie eine Tasse in sich hineinschütten konnte, bevor sie zu irgendwem höflich sein mußte.

Als das Telefon schrillte, stürzte sie hin und war zum erstenmal in ihrem Leben enttäuscht, als sie Jacks Stimme hörte. Sie hatte gehofft, daß es Norman sein würde, der sich für sein lächerliches Benehmen entschuldigte.

Zu Jacks Gewohnheiten gehörte es, schlechte Nachrichten sofort hinter sich zu bringen.

»Ich schaffe es nicht, Ellen. Heute nachmittag findet wieder so eine idiotische Besprechung statt.«

»Das tut mir leid.«

»Was ist los? Du klingst schrecklich.«

Ellen zwang Fröhlichkeit in ihre Stimme.

»Ich bin schläfrig. Die Randolphs sind über Nacht geblieben – wir hatten ein Gewitter –, und ich bin erst spät ins Bett gekommen.«

»Wie lustig.« Jack mochte die Randolphs genausowenig wie Ellen. »Hier hat es ebenfalls geschüttet; ist bei euch alles in Ordnung?«

»Natürlich.« Ellen blickte zum Küchenfenster hinaus. »Der Hinterhof ist matschig, aber die Sonne scheint und wird ihn schnell trocknen. Es tut mir leid, daß du nicht kommst…«

»Mir auch. Könntest du nicht morgen mit Penny in die Stadt kommen?«

Ellen vernahm im Hintergrund Stimmen. Er hatte nicht einmal am Sonntagvormittag frei.

»Ich weiß, daß du zuviel zu tun hast, Jack.«

Er legte die Hand über die Sprechmuschel und redete mit jemandem; dann wandte er sich wieder an sie.

»Ich rufe dich heute abend an, dann können wir alles besprechen.«

Das Telefon hatte die anderen geweckt, die gähnend herunterkamen, so daß Ellen auf ihre Tasse Kaffee vor dem Frühstück verzichten mußte. Es wurde Mittag, bis die Randolphs aufbrachen, und Ellen wandte sich mit Kopfschmerzen und halbgeschlossenen Augen dem Geschirr zu. Penny war wieder verschwunden. Unter anderen Umständen hätte es Ellen nichts ausgemacht. Penny war ein normaler Teenager und neigte wie alle Gleichaltrigen dazu, spurlos zu verschwinden, wenn Arbeit drohte. Doch in ihrer jetzigen Stimmung bedrückte Ellen die Abwesenheit ihrer Tochter. Sie konnte nur eines tun: ihrer wachsenden Sorge nachgeben und Norman anrufen. Die Haushälterin meldete sich und sagte ihr, daß Norman nicht zu Hause sei. Martha war nie gesprächig; diesmal war sie gerade noch höflich. Sie legte auf, bevor Ellen Fragen stellen konnte.

Die Kopfschmerzen waren so arg, daß sie zwei Aspirin nahm, ihr Zimmer verdunkelte und sich hinlegte. Sie nahm an, daß sie wach bleiben würde, aber sie schlief sofort ein und träumte.

Es war der alte Traum, in dem sie verzweifelt durch einen dunklen Wald lief, weil sie um jeden Preis etwas verhindern mußte. Doch diesmal war das Gefühl der Gefahr viel stärker. Überall lauerte Gefahr; sie tropfte von den Bäumen wie Blut. Ellen wachte mit wild klopfendem Herzen auf und merkte dann, daß das Klopfen auch von draußen kam. Jemand schlug gegen die Vordertür.

Noch bevor sie öffnete, wußte sie, wer es war: Ishtar

kauerte auf der Fußmatte und starrte regungslos die Tür an. Als Ellen die Treppe hinunterlief, kam Penny aus der Küche.

»Nimm Ishtar«, sagte Ellen kurz. »Es muß Norman sein; sie verhält sich nur bei ihm so.«

Penny hob die Katze hoch, und Ellen öffnete die Tür. Es war Norman, den sie kaum wiedererkannte. Er hatte sich nicht umgezogen, und sein Anzug war schlammverkrustet, zerrissen und fleckig. Er hatte sich nicht rasiert. Er sah an Ellen vorbei zu Penny, die die Katze festhielt, und sagte in einem Ton, den Ellen noch nie von ihm gehört hatte:

»Schaff die verdammte Katze fort.«

Penny drehte sich wortlos um und trug Ishtar in den Keller.

Norman wandte sich Ellen zu. »Entschuldigen Sie.« Er rieb sich mit dem Handrücken die Augen. »Es tut mir leid... ich kann nicht mehr denken. Bitte, Ellen, ist Tim hiergewesen?«

»Natürlich nicht. Kommen Sie herein. Was ist denn geschehen?«

Doch sie wußte es, noch bevor sie fragte, hatte es die ganze Zeit über gewußt. Das einzige, was sie nicht wußte, war, worum es diesmal ging.

»Ich habe ihn die ganze Nacht gesucht. Ich war überall, um ihn zu finden... bevor sie es tun.«

»Wer? Was ist geschehen?«

Sie mußte ihn am Ärmel ziehen, damit er hereinkam; dann holte sie den Brandy aus der Bar, bevor sie ihm weitere Fragen stellte. Der Brandy tat ihm gut; er holte tief Luft, stürzte ihn hinunter und rieb sich wieder die Augen.

»Ich habe vergessen, daß Sie es nicht wissen. Erinnern Sie sich an gestern abend? Es ist, als wäre es hundert Jahre her.«

»Ich erinnere mich an die sogenannte Botschaft des Geistes und daran, daß Sie aus dem Haus gestürzt sind. Ich habe gewußt, was Sie dachten... Sagen Sie mir nicht, Norman, daß es tatsächlich geschehen ist. Was hat Tim heute nacht getan?«

Penny stand schweigend hinter ihr. Bestimmt machte auch sie sich Sorgen. Schwere Sorgen? Wie sehr lag ihr der Junge am Herzen? Was hatte sie heute nacht im Regen im Freien gesucht? Alle diese Gedanken schossen Ellen durch den Kopf, bis Norman endlich antwortete.

»Er hat eines der Mädchen angegriffen. Er hat sie zusammengeschlagen und hätte sie vergewaltigt und vielleicht auch getötet, wenn sie ihn nicht abgewehrt hätte.«

Er verbarg das Gesicht in den Händen. Ellen starrte ihn sprachlos an. Dann fragte Penny:

»Welches Mädchen?«

»Ich habe es mir nicht gemerkt. Wie hieß sie noch? Prudence.«

»Prudence?« wiederholte Ellen. »Die zu mir...«

»Ja.« Norman ließ die Hände sinken und blickte auf. Seine Augen waren wie hellblaue Kiesel, ausdruckslos und stumpf. »Ich weiß, was Sie jetzt denken, Ellen. Aber das Mädchen hat sich die Quetschungen und Platzwunden nicht selbst zugefügt. Ich habe sie gesehen.«

»Hat ein Arzt Prue untersucht?« Pennys Stimme war so trocken und hart, als wäre sie eine alte Frau.

»Du kennst diese Stadt nicht«, antwortete Norman. »Einen Arzt holen, um die Schande eines jungen Mädchens publik zu machen?«

»Es gibt Tests«, sagte Penny. »Tests für versuchte Vergewaltigung. Wie weit ist er mit ihr gekommen? Wenn er...«

»Penny!« Ellen verstand nicht, warum sie empört war; sie war immer stolz darauf gewesen, daß sie mit ihrer Tochter und den Jungen offen über solche Dinge sprach. Vielleicht war es Pennys Ton – oder Normans Ausdruck, als er sie anstarrte.

»Darum geht es nicht«, antwortete er langsam. »Bei jedem anderen Jungen in der Stadt würden sie im Zweifelsfall für ihn entscheiden. Aber Tim ist verurteilt, bevor er den Mund aufmacht. Sie suchen ihn! Ich muß ihn vor ihnen finden!«

Ellen dachte darüber nach, wie lange sie schon hier wohnte. Sechs Wochen? Jedenfalls lang genug, um die schreckliche Wahrheit zu akzeptieren, die Norman andeutete. Vor sechs Wochen hätte sie nicht geglaubt, daß es in einer zivilisierten Nation so weit kommen konnte. Sie war unglaublich naiv gewesen. Mrs. Grapow und der Pastor... die krankhafte, perverse Religion, die die Stadt beherrschte... alte Sitten, alte Gewohnheiten, alte Methoden. Und Prudence' Vater...

»... sein Gewehr«, sagte Norman gerade. »Sie kennen Muller, Ellen. Er schwört, daß er den Jungen erschießen wird, sobald er ihn zu Gesicht bekommt. Er ist betrunkener als sonst. Es ist möglich, daß er es tut.«

»Ich kenne ihn«, sagte Ellen, »und ich habe ihm sein Gewehr zurückgegeben... Nein, ich erkläre es jetzt nicht, es ist unwichtig. Er kann immer irgendwo ein Gewehr auftreiben...«

»Helfen Sie mir, Tim zu finden.« Norman breitete bittend die Hände aus. »Ich muß ihn aus der Stadt schaffen. Wo ist er?«

»Ich weiß es nicht, Norman. Wir haben ihn nicht gesehen.«

Norman sah nicht Ellen, sondern Penny an.

Ellen drehte sich um.

Penny trug Shorts und eine ärmellose Bluse. Ihre langen, nackten Beine waren tiefbraun. Ihre schwarzen, gelockten Haare fielen ihr auf die Schultern. Sie sah entzükkend aus.

Ihre großen, aufrichtigen Augen wanderten von einem Erwachsenen zum anderen.

»Nein, wir haben ihn nicht gesehen«, bestätigte sie ruhig. »Ich nehme an, daß er inzwischen schon Meilen von hier entfernt ist. Er hat doch Geld, oder?«

»Er hat kein Geld. Ich habe nicht gewagt, ihm Bargeld zu überlassen.«

»Sie können nicht wissen, was er hat«, meinte Penny. »Er ist schließlich ein Herumtreiber... Wahrscheinlich ist er nicht nur ein Vandale und Mädchenschänder, sondern auch ein Dieb. In Ihrem Haus stehen überall diese teuren Kinkerlitzchen herum. Er könnte per Autostop nach Washington oder Richmond gelangen und zu einer Pfandleihe gehen. An Ihrer Stelle würde ich mein Inventar überprüfen.«

Norman blickte zu Boden. Er schien seine krampfhaft verschränkten Hände, die auf seinen Knien lagen, zu studieren. Sie waren nicht mehr gepflegt, sondern zerkratzt und vom Wald gezeichnet – mit Flecken von Beeren und Harz. Ellen sah ihn vor sich, wie er in Regen und Dunkelheit achtlos durch den Wald irrte und Tims Namen rief. Das Bild ähnelte so sehr dem Inhalt und der Landschaft ihres Alptraums, daß sie vor Mitgefühl erschauerte.

»Wir werden Sie sofort verständigen, wenn er hierherkommt«, versprach sie. »Penny könnte recht haben. Gehen Sie heim und überprüfen Sie das Haus. An Ihrer Stelle würde ich die Polizei anrufen. Machen Sie einfach eine Vermißtenanzeige.«

»Das geht noch nicht«, erklärte Norman. »Ein Junge in seinem Alter – er müßte mehr als eine Nacht verschwunden sein, damit sie etwas unternehmen.«

»Also gut, dann morgen, falls er bis heute abend nicht zurückkommt. Sie machen sich bestimmt unnötige Sorgen, Norman. Muller ist ein Säufer, aber nicht wirklich gefährlich; geben Sie ihm zehn Dollar, und er trinkt sich selbst unter den Tisch. Je länger ich darüber nachdenke, desto mehr gebe ich Penny recht. Wenn Tim per Anhalter...«

Sie unterbrach sich, als Penny zum Fenster lief. Dann hörte sie das Geräusch ebenfalls: Ein Wagen kam die Auffahrt herauf.

Sie trat zu Penny. Sie kannte den Wagen nicht; es war ein zerbeulter, alter, keuchender, stotternder Ford. Der Fahrer stieg aus – es war Mr. Winckler, der Pastor. Ihm folgten Mrs. Grapow und zwei Männer. Einen von ihnen kannte Ellen nur vom Sehen. Der andere war Muller.

»Laß sie nicht herein«, sagte Penny.

»Ich habe es nicht vor.«

Als Ellen auf die Veranda hinauslief, war niemand in Sicht. Offenbar hatte die Delegation unterwegs haltgemacht; Ellen vernahm Stimmengemurmel, als würde eine Besprechung abgehalten.

Einen Augenblick lang flimmerte die Szene wie ein fehlerhafter Film. Es war unmöglich, daß sie auf ihrer eigenen, von grünen, blühenden Bäumen und Sträuchern umgebenen Veranda so etwas erlebte. Der Hof war sonnig und still. Die Sonne stand schon tief; Ellen hatte länger geschlafen, als sie geglaubt hatte.

Sie rieb sich die Augen. Wahrscheinlich schlief sie noch immer und träumte. Vielleicht hatte sie den ganzen Sommer geträumt. Mrs. Grapow war ein Produkt ihres Unterbewußtseins, die Kirche und ihr Priester Bruchstücke eines in ihrer Kindheit unterdrückten Erlebnisses...

Dann tauchten sie hinter den Rosenbüschen auf. Mr. Winckler ging voran. Sein Gesicht war scheinheilig bekümmert, aber seine kleinen Augen schweiften unruhig herum. Mrs. Grapow folgte dicht hinter ihm. Dann kam in sicherer Entfernung Muller. Er hatte kein Gewehr bei sich. Ellen nahm an, daß die übrigen ihm verboten hatten, eine Waffe mitzunehmen, nicht um des Friedens willen, sondern weil sie der Zielsicherheit ihres Verbündeten mißtrauten. Muller schwankte gefährlich. Ohne seine wichtigste Stütze fühlte er sich sichtlich unsicher und unbehaglich.

Ellen verließ die Veranda und schloß die Gittertür hinter sich. Daß sie auf der Treppe stand und hinunterblickte, verschaffte ihr einen psychologischen Vorteil; sie hatte vor, die Eindringlinge mit allen Mitteln vom Haus – und von Penny – fernzuhalten.

Penny kümmerte sich nicht darum, was Ellen vorhatte, sondern folgte ihr und blieb auf der obersten Stufe stehen. Ellen kam nie auf die Idee, sich an Norman um Hilfe oder moralische Unterstützung zu wenden; ihr fiel nur ein Name ein, und sie unterdrückte das verzweifelte, vergebliche Bedürfnis, ihn laut zu rufen.

Als der Pastor sie erblickte, blieb er stehen. Ellen ließ ihn nicht zu Wort kommen.

»Was wollen Sie hier?« fragte sie.

»Sie wissen, was wir wollen. Wo ist er?«

»Das weiß ich nicht.«

Ein Schatten fiel auf die Lichtung. Schwere Wolken überzogen den Himmel im Westen. Der Wind riß Fetzen von ihren Rändern los und trieb sie davon. Sie waren dunkel, und ihr Saum schimmerte golden.

Ellen wurde unvermittelt von einem seltsamen Gefühl erfaßt. All dies war bereits einmal geschehen – eine in die Enge getriebene Frau stand auf der Treppe einem Trupp mürrischer Angreifer gegenüber. Sogar das emotionelle Klima war ihr vertraut: Zorn, in den sich Angst und das Gefühl einer drohenden Gefahr mischten. Psychologen nennen so etwas *Déjà-vu* und erklären es rational.

Ellen hätte es ebenfalls erklären können, versuchte es jedoch nicht. Ihr war das Gefühl willkommen. Die Verachtung der anderen Frau steifte ihr das Rückgrat und ermöglichte ihr zu sprechen.

»Ich weiß es nicht«, wiederholte sie lauter. »Und wenn ich es wüßte, würde ich es Ihnen nicht verraten. Verschwinden Sie von meinem Besitz, sonst hole ich die Polizei.«

Mrs. Grapow schob sich vor.

»Niemand holt die Polizei. Die Schande dieses armen Mädchens darf nicht an die Öffentlichkeit dringen.«

»Soviel ich weiß, ist ihre Schande jetzt schon allgemein bekannt«, antwortete Ellen kühl. Ihr Blick wanderte zu Prues Vater, der zurückwich. »Wenn ihr Vater ihre Gefühle schonen will, dann sollte er lieber nach Hause gehen und sein Gewehr wegwerfen.«

»Er hat das Recht...« sagte Mrs. Grapow.

»Das hat er nicht! Ich warne Sie, und Sie sollten es mir glauben: wenn Tim erschossen wird, hole ich die Polizei, bevor Sie bis drei zählen können. Ich werde aussagen, daß Sie ihn bedroht haben – Sie alle. Anstiftung ist ein schweres Verbrechen, das Sie für lange Zeit hinter Gitter bringen kann.«

»Jetzt hören Sie mir zu«, rief Winckler. »Das ist unsere Sache, und wir erledigen sie selbst. Wir brauchen keine Außenseiter, die uns vorschreiben, was wir zu tun haben.«

Mrs. Grapow nickte zustimmend.

»So ist es recht, Pastor. Sagen Sie es ihr. Sagen Sie ihr, daß wir das Haus durchsuchen wollen.«

»Mutter«, flüsterte Penny verzweifelt.

Ellen sprach lauter.

»Geh hinein, Penny, und verständige die Bundespolizei.«

»Warten Sie einen Augenblick«, begann Winckler.

»Ja, warten wir alle einen Augenblick.«

Das war Normans Stimme. Ellen hatte nicht gehört, daß er herausgekommen war. Er stieg die ersten beiden Treppen hinunter und stellte sich neben sie.

»Sie überschreiten Ihre Befugnisse, Hank«, erklärte er dem Pastor. »Sie dürfen Mrs. March nicht drohen.«

»Ich habe ja nur gemeint...«

Mrs. Grapow versetzte dem kleinen Mann einen Stoß, und er stolperte einige Schritte vor.

»O doch, wir haben es gemeint«, rief sie. »Sie gehen hinauf, Pastor, und bringen es ihnen bei, sonst tue ich es. Sie kennen den Jungen, Norman. Keines unserer Mädchen ist sicher, solange er in Freiheit ist. Die Nacht bricht herein, und Gott allein weiß, was er in der Dunkelheit tun wird.«

»Ich habe alles getan, was ich konnte«, beteuerte Norman. »Ich glaube, daß er fort ist, Mrs. Grapow, daß er die Stadt verlassen hat. Ich habe versucht, ihn zu finden...«

»Aber Sie haben nicht die Hunde eingesetzt. Die würden ihn sehr rasch finden und uns ersparen, ihn zu erschießen.«

Penny schnappte nach Luft, und Norman sagte abwehrend: »Hören Sie, Mrs. Grapow, Sie wollen doch nicht wirklich...«

»Hört auf!« schrie Ellen.

Sie befand sich in einem merkwürdigen Zustand. Vielleicht war der Zorn daran schuld, daß ihr schwindlig wurde und sie verwirrt war; sie hatte noch nie in ihrem Leben solche Empörung und solchen Haß empfunden. Ja, Haß war das richtige Wort; sie hätte alle drei ohne die geringsten Gewissensbisse ins Jenseits befördern können. Auch Normans fruchtloses Bitten ärgerte sie. Merkte er denn nicht, daß es keinen Sinn hatte, mit diesen Ungeheuern zu sprechen?

Sie griff nach dem Geländer, und das harte, feste Holz unter ihrer Hand brachte Ordnung in ihre wirren Gedanken. Alle starrten sie an. Warum?

»Hört auf«, wiederholte sie. »Ich höre mir dieses obszöne Geschwätz nicht länger an. Verschwindet. Verschwindet! Und nehmt den schießwütigen Kretin mit!«

Sie streckte den Arm aus und zeigte auf Muller.

Die Gruppe wich zurück, als hätte Ellen einen Stein geworfen. Mullers Mund stand offen. Tabakbrauner Speichel lief ihm über das Kinn. Er ging Schritt für Schritt zurück, stolperte, ließ Ellen aber nie aus den Augen.

Erst da begriff sie. Sie hatten Angst – sogar Mrs. Grapow, die sich an den dünnen Arm des Pastors klammerte. Sie waren bösartig, vor Haß durch und durch verderbt, und sie hatten Angst. Vor ihr.

Etwas packte sie wie eine riesige Hand. Es umschloß ihre Rippen, so daß der Atem aus ihrer Lunge pfiff. Die Lichtung verdunkelte sich. Sie hörte eine Stimme schreien und Worte schleudern wie Kugeln. Die Worte waren ihr fremd, doch ein Teil ihres Bewußtseins kannte sie, kannte ihre Bedeutung und ihre Macht.

Als sie in ihren Körper zurückkehrte – man kann es nicht anders ausdrücken –, war das Komitee im Rückzug begriffen. Muller war bereits außer Sicht. Der Pastor hatte Mrs. Grapow im Stich gelassen; sie stampfte wie ein schwerfälliger Brontosaurus hinter ihm her.

Norman stand am Fuß der Treppe und klammerte sich an das Geländer. Seine Augen waren so groß, daß sie schwarz wirkten.

Ellen schwankte, und Penny faßte sie an den Schultern.

»Ist alles in Ordnung, Mami?«

»Mein Gott«, murmelte Ellen. »Das kann doch nicht ich gewesen sein. Was habe ich gesagt?«

»Das weiß ich nicht. Aber es klang wie Spanisch.«

Das Wohnzimmer war dunkel, weil sich die Sonne hinter Wolken versteckt hatte. In dieser Beleuchtung wirkte es ungewohnt, und die Möbel sahen fremd aus.

Ellen schüttelte den Kopf. Sie fühlte sich noch immer

komisch, ließ jedoch nicht zu, daß das Gefühl noch einmal von ihr Besitz ergriff. Es hatte einmal geholfen, aber nur für einige Zeit. Die wirkliche Gefahr konnte nicht mit Flüchen abgewendet werden.

»Penny.« Sie faßte ihre Tochter am Arm und drehte sie zu sich um. »Ich muß mit dir sprechen, Penny.«

»Nicht jetzt, Mami. Wir müssen etwas unternehmen.«

»Wir tun, was wir können. Norman ist heimgefahren, um das Haus zu kontrollieren, wie du vorgeschlagen hast, und um sich zu vergewissern, daß die Hunde an der Kette liegen. Den nächsten Schritt mußt du tun. Antworte mir und sage mir um Himmels willen die Wahrheit. Weißt du, wo Tim ist?«

Sie sahen einander in die Augen. Penny war im Sommer gewachsen; sie waren jetzt gleich groß. In all den Jahren, in denen Penny normal ungezogen gewesen war und sich schlecht benommen hatte, hatte Ellen gewußt, daß ihre Tochter sie nie anlog. Angesichts der direkten Frage blickte sie jetzt zu Boden.

»Überleg doch.« Ellen schüttelte sie sanft. »Wenn Tim in der Nähe bleibt, befindet er sich in Gefahr. Wir müssen ihn fortbringen, Penny.«

Sie setzte sich beinahe durch. Penny öffnete die Lippen. Dann schüttelte sie den Kopf.

»Bitte, Liebling. Ich will Tim helfen. Du vertraust mir doch? Du hast mir früher vertraut...«

Über Pennys Gesicht flossen Tränen, und sie warf sich Ellen in die Arme.

»Ich vertraue dir«, murmelte sie. »Wenn du mir nur vertrauen könntest, Mami.«

»Das tue ich doch, Liebling. Ich weiß, daß du getan hast, was du für das Beste hältst; aber mit diesen Leuten werden wir nicht fertig. Suche ihn, Penny. Ich rufe Norman an, und...«

Sie sah das Gesicht ihrer Tochter nicht, aber sie spürte,

wie sich Pennys Muskeln verkrampften. Als sie wieder sprach, klang ihre Stimme schrill.

»Du vertraust mir nicht, du glaubst mir nicht. Bitte, Mami, gehen wir von hier fort, ich halte dieses schreckliche Haus nicht mehr aus. Bitte, bitte...«

»In Ordnung«, erwiderte Ellen. Sie hatte mit hysterischen Mädchen zu tun gehabt und wußte, wie sie sich verhalten mußte. »Gut, Penny, wir gehen. Ich hasse das Haus ebenfalls. Hör jetzt auf zu weinen, wir brechen sofort auf. Wohin möchtest du?«

Sie hielt ihre Tochter auf Armeslänge von sich. Pennys Gesicht war tränennaß, aber sie war jetzt ruhiger. Sie schnupfte kläglich auf und wischte sich die Tränen mit der Hand weg. »Was wäre mit Washington? Wir könnten in einem Hotel absteigen, Jack anrufen...«

»Klingt großartig«, stimmte Ellen mit gespielter Fröhlichkeit zu. »Pack deine Zahnbürste, und wir fahren.«

Sie gingen hinauf, und Ellen begann, eine Reisetasche zu packen. Insgeheim war sie froh, daß sie das Haus verließ. Nicht einmal das Wetter störte sie. Wenn es unterwegs zu arg wurde, konnten sie die Fahrt unterbrechen. Selbst ein einfaches, unpersönliches Hotelzimmer würde nach Chew's Corners der Himmel sein.

Als sie daran dachte, daß sie Norman in dieser Situation allein ließ, bekam sie kurz Gewissensbisse, tröstete sich aber damit, daß sie Tim nicht im Stich ließ. Pennys Vorschlag war ein eindeutiger Hinweis gewesen: Tim befand sich nicht in der Gegend, sonst wäre Penny nicht bereit gewesen, das Haus zu verlassen. Pennys Andeutungen, ihr unerklärliches Verhalten – alles wies darauf hin. Wahrscheinlich wollte sie sich mit Tim in der Stadt treffen. Es wäre unklug, sie jetzt zu drängen; sie war zu aufgeregt. Aber sobald sie sich in sicherer Entfernung befanden, würde ihr Penny eine Menge erklären müssen.

Ellen ging mit ihrer Reisetasche hinunter; Penny war

bereits zum Wagen vorausgegangen. Ellen stellte die Tasche bei der Vordertür ab und machte sich auf die Suche nach Ishtar. Sie durfte das Katzenfutter, die Streu für das Katzenkistchen und Ishtars Reisekorb nicht vergessen. In diesem Augenblick kam Penny herein. Ihr Gesicht war unter der Bräune aschgrau.

»Der Wagen ist kaputt«, sagte sie.

»Was soll das heißen? Gestern ist er angesprungen. Hast du das Licht eingeschaltet gelassen...«

Penny schüttelte mechanisch den Kopf, als wäre sie eine Marionette. »Die Batterie ist in Ordnung. Die Reifen sind aufgeschlitzt worden, und jemand hat ein Loch in den Benzintank gebohrt. Es ist kein Tropfen mehr drin.«

Der vierte Mann, dachte Ellen. Vier Leute waren ausgestiegen, aber nur drei hatten mit ihr gesprochen.

Sie starrte Penny sprachlos an. Ihr war klar, was das bedeutete; die Geschichte wurde viel unangenehmer, als Ellen jemals erwartet hatte.

»Ich werde Norman anrufen«, sagte sie.

»Nein!« Penny war die Zornröte ins Gesicht gestiegen. »Ist das alles, was dir einfällt? Norman anrufen, mit Norman sprechen, dem armen, alten Norman helfen... Ich hasse Norman. Am liebsten würde ich ihn umbringen.«

»Jetzt reicht's«, sagte Ellen. Sie wandte diesen Ton nur selten an, deshalb wirkte er beinahe immer. Diesmal allerdings nicht.

»Ich habe geglaubt, daß es Jack ist«, fuhr Penny fort. »Die ganze Zeit hatte ich gehofft und gebetet, daß es Jack sein wird. Dann kommst du hierher, und dieser verrückte, kranke, alte... Siehst du denn nicht, Mutter, wie er ist? Ich hätte nicht geglaubt, daß jemand, der Jack liebt, so dumm sein kann, auf Norman hereinzufallen. Ich habe dir einen besseren Geschmack zugetraut.«

»Penny«, flüsterte Ellen. Sie hatte das Gefühl, daß sie einen Schlag ins Gesicht bekommen hatte.

»Es tut mir leid, Mami, ich habe es nicht so gemeint. Wenn du nur wüßtest...«

»Ich wäre froh, wenn ich es wüßte. Ich habe versucht, dich dazu zu bringen, daß du es mir erzählst. Was ist in dich gefahren? Ich glaube allmählich selbst, daß es in diesem Haus spukt.«

»Das stimmt, aber nicht so, wie du denkst. Die Stadt ist in Ordnung, Mami. Einige Bewohner sind ein bißchen merkwürdig, aber das gibt es schließlich überall. Es ist nicht die Stadt. Es ist eine Person – ein einziger Mensch –, der hinter diesem Wahnsinn steckt.«

»Mrs. Grapow.«

»Nein, nicht Mrs. Grapow!« Penny war außer sich; sie rang beinahe die Hände. »Du verstehst es nicht, du wirst es erst verstehen, wenn es zu spät ist. Wir haben keine Zeit. Die Zeit läuft uns davon, und in der Nacht...«

Es war erst sechs Uhr, aber der Himmel war so dunkel wie an einem Dezembertag.

»Vielleicht bekommen wir wieder ein Gewitter«, sagte Ellen.

»Nein, es wird nicht regnen, und das ist schade. Das würde sie vielleicht abhalten...«

»Wovor hast du Angst, Penny? Du glaubst doch nicht wirklich, daß wir in Gefahr sind?«

»Jemand will nicht, daß wir das Haus verlassen.«

»Das könnte eine Vorsichtsmaßnahme sein, damit wir uns nicht einmischen oder damit Tim nicht mit unserem Wagen fliehen kann. Wenn ich die Polizei anrufe, Penny, ist sie in zehn Minuten hier.«

Penny lachte.

»Versuch es.«

Ellen hob den Hörer ab. Die Leitung war unterbrochen...

Es fiel ihr schwer, das Telefon auf seinen Platz zurückzustellen, weil ihre Hände so heftig zitterten. Seltsam, daß dies notwendig gewesen war, um sie zu überzeugen; sie hätte es längst sehen müssen. Penny hatte es gesehen. Trotzdem versuchte Ellen weiterhin, gegen ihre Angst und gegen Penny zu kämpfen.

»Wieder eine Vorsichtsmaßnahme. Sie wollen nicht, daß wir die Polizei verständigen.«

»Gut«, sagte Penny mit grimmiger Befriedigung. »Jetzt kannst du wenigstens den guten alten Norman nicht anrufen. Und nun denke weiter nach. Nehmen wir an, daß wir uns tatsächlich in Gefahr befinden. Der Wagen ist nicht fahrbereit. Die Telefonleitung ist unterbrochen. Was tun wir?«

»Wir könnten zu Fuß gehen.«

»Wahrscheinlich haben sie an der Straße einen Wachtposten aufgestellt.«

Ellen mußte nicht fragen, wer ›sie‹ waren. Sie spielte mit, aber beinahe auf eine schizophrene Weise; eine Hälfte ihres Gehirns ›spielte‹, um Penny zu beruhigen, aber die andere Hälfte wußte, daß es kein Spiel war.

»Wir könnten durch den Wald gehen.«

»Sie kennen den Wald besser als wir.«

»Was schlägst du also vor?« Ellen unternahm einen schwachen Versuch, sarkastisch zu sein, und fügte hinzu: »Du wirst vermutlich nicht vorschlagen, daß wir zu Norman gehen.«

»Nein.«

»Was dann?«

»Wir stecken das Haus in Brand.«

Penny meinte es todernst.

»Oder vielleicht den Schuppen«, fügte sie hinzu. »An dieser Aktion beteiligt sich nicht die ganze Stadt. Vielleicht sieht jemand das Feuer und verständigt die Feuerwehr.«

»Mein Gott«, murmelte Ellen. Laut sagte sie: »In Ordnung, Liebes. Ich hole das Kerosin und gehe zum Schuppen. Du versperrst inzwischen das Haus.« Ich werde laufen, dachte sie. Durch den Wald zu Norman. Jack anrufen – einen Arzt – eine Rettungsmannschaft, es muß doch eine geben...«

»Du glaubst, daß ich verrückt bin, nicht wahr? fragte Penny plötzlich. »Du glaubst wirklich... Dann gibt es keinen anderen Weg, ich muß dir die Wahrheit sagen.«

Ellen ließ sich in einen Stuhl fallen. Ihre Beine trugen sie nicht länger, und in ihrem Geist überstürzten sich die unmöglichsten Theorien.

Penny schaltete das Licht ein. Sobald Ellen sie deutlicher sehen konnte, legte sich ihre Aufregung. Penny war blaß, aber ruhig; ihre Lippen waren fest zusammengepreßt, während sie zielstrebig durch den Raum ging, die Vorhänge zuzog und die Vordertür verriegelte. Dann ging sie zur Kellertür und öffnete sie.

»Komm herauf. Es hat nicht geklappt. Der Wagen...«

»Ich weiß. Ich habe zugehört.«

Ein Teil von Ellens Gehirn hatte die Wahrheit vermutet, aber es war trotzdem ein Schock, als sie die tiefe Stimme hörte und der Junge plötzlich vor ihr stand.

Irgendwie sah er anders aus. Er trug die gleichen zerrissenen Kleidungsstücke wie immer, die jetzt in noch schlechterem Zustand waren; daraus folgerte sie, daß er zumindest einen Teil der Nacht im Wald zugebracht hatte. Er war nie massig gewesen, aber jetzt war er hager, und seine Wangen- und Kieferknochen traten deutlich hervor. Doch keine dieser Veränderungen erklärte den Unterschied in seinem Aussehen.

Plötzlich begriff sie. Der mürrische, verschlossene Gesichtsausdruck war verschwunden. Tim hielt sich gerade und trug den Kopf hoch. Die blauen Augen lagen vor Erschöpfung tief in den Höhlen, aber sie hielten Ellens Blick stand.

Penny schloß die Kellertür und stellte sich neben Tim.

Das ist nicht notwendig, dachte Ellen müde. Sie gehören selbst dann zusammen, wenn der ganze Raum zwischen ihnen liegt.

Ishtar kam hereingeschlendert und lehnte sich an Tims schmutzige Knöchel. Eine Zeitlang war das kehlige Schnurren der Katze das einzige Geräusch im Raum. Tim bückte sich und hob die Katze hoch, die sich an seinem Kinn rieb.

»Ishtar mag mich«, sagte er vorsichtig und lächelte Ellen an. Kein Wunder, dachte sie; wenn er mich schon früher so angesehen hätte... Aber er hatte es ja getan: in der Nacht, in der er Ishtar vor den Hunden gerettet hatte.

Ellen begann zu lachen.

Tims Lächeln verging. »Sie braucht ein Aspirin oder etwas Ähnliches«, meinte er. »Vielleicht hätte ich nicht...«

»Nein, ich brauche nichts.« Ellen kicherte. »Ich bin ein bißchen hysterisch. Ich weiß nicht, was ich sagen soll.«

»Das gibt es nicht.« Penny trat vor, und Tim folgte ihr, als würde er von einem Magneten angezogen. »Diese Gelegenheit muß ich ausnützen und dich so rasch wie möglich davon überzeugen, daß ich recht habe, ich, ein sechzehn Jahre altes Baby, und daß der Rest der Welt einschließlich meiner klugen Mutter unrecht hat. Was hältst du davon?«

»In bezug worauf haben wir unrecht?« Ellen war merkwürdig ruhig. Es war die Stille vor dem Sturm – oder das Auge des Hurrikans, denn sie hatte schon etliches hinter sich.

»Fangen wir mit etwas Einfachem an. Wem gehört das große weiße Haus auf dem Hügel?«

»Nicht Norman?«

»Es gehört ihm.« Penny zeigte auf den unmöglichen Eigentümer, der einfältig lächelte. »Ihm gehören das Haus, der Wagen und ungefähr zwei Millionen Dollar.

Ab seinem achtzehnten Geburtstag, also ab nächstem Monat, kann er darüber verfügen.«

»Moment mal«, unterbrach sie Ellen. »Niemand gibt einem Achtzehnjährigen ...«

»Die Verfügungsgewalt über ein Vermögen? Ich weiß, daß es die meisten Leute nicht tun, auch du nicht. Aber Tims Mutter war anders. Hast du dich nie gefragt, wo all das Geld herkommt? Warum das Haus erst kürzlich instand gesetzt und neu eingerichtet wurde? Tims Mutter war eine Peabody – eine von den Fleischwaren-Peabodys. Als sie achtzehn war, brannte sie von zu Hause durch und heiratete Tims Vater. Es war eine dieser verrückten Ehen, von denen alle behaupten, daß sie schiefgehen, aber in diesem Fall irrten sich alle. Sie haßte die sogenannte gute Gesellschaft. Sie wollte im Wald leben und eine Menge Tiere um sich haben. Ihrer Meinung nach war sie mit achtzehn so vernünftig, daß sie selbst über ihr Leben entscheiden konnte, und sie nahm an, daß ihr Sohn ebenfalls dazu imstande sein würde.«

»Woher weißt du das alles?« fragte Ellen ungläubig.

»Ich war zehn, als sie starb«, mischte sich Tim ein; seine ruhige, tiefe Stimme wirkte ohne bitteren Unterton sehr anziehend. »Wir sprachen sehr viel miteinander. Sie sprach mit Kindern nicht von oben herab. Mein Vater war auch in Ordnung. Dann, praktisch über Nacht...« Er machte eine hilflose, sehr beredte Handbewegung, und Ishtar, deren Hinterteil seine Stütze verlor, biß ihn. Er setzte sie ab und sprach weiter. »Die Anwälte sagten, daß Norman mein Vormund sein würde. Ich hatte ihn nie sehr gern gehabt. Er benahm sich Kindern gegenüber dumm, so gezwungen freundlich, Sie wissen schon. Er sah mich immer an, als wolle er mir über den Kopf streicheln, hätte dabei aber Angst, sich die Hände schmutzig zu machen. Mir war es ziemlich egal. Damals war mir überhaupt alles egal. Und er war nicht böse, nur dumm.«

»Denke daran, Mami, daß ich alles beweisen kann«, mischte sich Penny wieder ein. »Akzeptierst du jetzt meinen ersten Punkt?«

»Ja,« antwortete Ellen kleinlaut. Pennys Verhalten erinnerte sie an die Abende vor dem Kamin im alten Haus in Bethesda, an denen sie gelacht und wild debattiert hatten. Penny hatte es mit allen drei Jungen gleichzeitig aufgenommen, und Jack unterstützte abwechselnd eine der beiden Seiten. »Okay. Nächster Punkt – den kann ich ebenfalls beweisen. Tim war nie bei einem Arzt, einem Neurologen, einem Psychiater oder einem Berater. Er war nie der Patient von Dr. Abrahamson.«

»Aber Norman hat gesagt...« Der Ausdruck auf den beiden jungen Gesichtern ließ sie verstummen. »Woher willst du das wissen?«

»Du wirst Tim wahrscheinlich nicht glauben, aber wie steht es mit Doktor Bishop?«

»Penny, du hast doch nicht... Wie hast du das geschafft?«

»Ich habe ihm eine Menge Lügen erzählt«, antwortete Penny kühl. »Über dich. Er hat dich sehr gern, Mami. Zuerst hat er sich ein bißchen gewehrt, aber dann hat er sich bereit erklärt, es zu überprüfen. Tim war nie bei einem der Psychiater in Behandlung, die Doktor Bishop in diesem County kennt. In bezug auf Abrahamson war er seiner Sache absolut sicher.«

Ellen war erschüttert. Die Information über Tims Erbschaft hatte sie weniger berührt. Norman hatte immer den Eindruck erweckt, daß das Geld ihm gehörte, aber Eitelkeit ist eine läßliche Sünde. In bezug auf die Ärzte hatte Norman jedoch bewußt und eindeutig gelogen, und ihr fiel keine harmlose Erklärung dafür ein.

Während sie noch darüber nachdachte, tat Penny etwas, das Ellen noch mehr erschütterte: Sie kniete vor ihrer Mutter nieder und ergriff ihre Hände.

»Jetzt kommt der entscheidende Punkt. Du wirst es mir nicht glauben wollen, Mami, aber es ist wahr. Es ist wahr, und du mußt es glauben. Tim hat nie in seinem Leben einem Tier etwas angetan. Als seine Eltern starben, hatte er einen Hund. Zwei Wochen später fand er ihn auf seinem Bett. Er war vergiftet worden. Auf seinem Bett, Mami.«

Ellen schüttelte benommen den Kopf. Penny tat ihr furchtbar leid; ihre Augen waren vor Entsetzen dunkel. Penny glaubte die Geschichte, aber sie hatte sie von Tim gehört, und Tim... Ellen sah den Jungen an. Er erwiderte ihren Blick ernst. Penny umklammerte Ellens Hände fester und sprach schnell weiter.

»Norman kaufte ihm einen jungen Hund. Tim wollte keinen, jedenfalls nicht sofort – du weißt ja, wie das ist, Mami. Aber Norman kaufte ihn, und Tim schloß ihn ins Herz. Gleichzeitig schaffte sich Norman die beiden Dobermänner an. Sie waren damals auch noch jung, aber sie waren bereits groß und stark und töteten Tims Hündchen. Es wurde aus Versehen – sagte Norman – zu ihnen gesperrt, und Norman hatte sie an diesem Tag nicht gefüttert, weil er sie zu Wachhunden erziehen wollte.«

Ellen glaubte ihr deshalb, weil die Geschichte zu entsetzlich war. Kein Zehnjähriger – und auch kein Siebzehnjähriger – konnte etwas so Teuflisches erfinden.

»Das ist Tims Version«, sagte sie trotzdem.

»Ich weiß, wie es klingt«, meinte Tim.

»Ich bin noch nicht fertig«, verkündete Penny. »Das war erst der Anfang. Möchtest du einen Drink, Mami? Du siehst komisch aus. Und es kommt noch schlimmer.«

»Vielleicht täte mir ein Drink tatsächlich gut«, meinte Ellen. »Penny, Tim, ich bemühe mich wirklich. Das Ganze ist für mich nicht leicht, aber ich bemühe mich.«

»Danke«, sagte Tim. Sein Blick fügte der Last, die Ellen bedrückte, einen weiteren Stein hinzu.

Penny brachte ihrer Mutter ein Glas Sherry, und sie trank einen Schluck.

»Erzähle weiter«, verlangte sie.

»Als Norman für Tim ein Kätzchen kaufen wollte, sagte Tim nein«, fuhr Penny mit ihrem Bericht fort. »Norman kaufte es trotzdem. Tim versuchte, es im Wald auszusetzen, aber es kam zurück, weil es so klein war. Die Hunde...

»Bitte«, unterbrach sie Ellen. »Das genügt. Ich habe schon verstanden.«

Sie sah das Bild so deutlich vor sich, daß Ihr übel wurde.

»Es geschah noch zweimal.« Pennys Stimme zitterte. »Tim setzte dem Spiel ein Ende, indem er das einzige tat, was ihm möglich war: Er stellte sich gleichgültig. Wenn er die toten Tiere fand, lachte er und zuckte die Achseln. Dann lief er in den Wald und erbrach sich.«

»Ich habe gesagt, daß ich kapiert habe. Es ist entsetzlich, Penny, aber du vergißt einen Zwischenfall. Ich habe mit eigenen Augen gesehen, wie Tim...«

»Ich war gerade im Begriff, es zu töten«, unterbrach Tim sie. »Ich mußte es rasch töten. Sie haben es schreien gehört, aber Sie haben nicht gesehen, wie schwer es verletzt war.«

»Einen solchen Zufall gibt es nicht«, widersprach Ellen, der kaum bewußt wurde, daß es sinnlos ist, mit jemandem über ein Verbrechen zu sprechen, das er selbst begangen hat. »Daß ich genau in diesem Augenblick vorbeikam...«

»Es war kein Zufall, Mrs. March. Er hatte mit Ihnen ausgemacht, wann Sie kommen sollten. Um mich dorthin zu schicken, mußte er mir nur erzählen, daß ein verletztes Eichhörnchen auf dem Weg lag. Ich wäre auf jeden Fall hingegangen, aber ich wußte, daß Sie kommen würden, deshalb rannte ich sofort los. Ich wollte nicht, daß Sie so etwas sehen.«

»Es war ein sehr weit hergeholter Plan. Was wäre gewesen, wenn sein Timing nicht gestimmt hätte? Wenn du später gekommen wärst, oder ich früher...«

»Dieses Risiko war es *ihm* wert. Was bedeutet *ihm* schon ein Eichhörnchen?«

Ellen würde sich nie daran gewöhnen, wie sich seine Stimme bei dem Fürwort veränderte.

»Gut«, gab sie nach, »es ist möglich, soweit stimme ich euch zu. Was kommt jetzt?«

»Ich bin noch nicht mit den Tieren fertig«, sagte Penny. »Tim ist verrückt nach ihnen, genau wie seine Mutter. Sie waren bis zu ihrem Tod sehr oft gemeinsam im Wald. Tim kennt den Wald und seine Tiere genausogut wie ein Naturwissenschaftler. Er beobachtet die Tiere, wagt aber nie, sie an sich zu gewöhnen oder nach Hause zu bringen. Im Augenblick füttert er eine arme, streunende Katze, aber er darf nicht zu freundlich zu ihr sein, weil sie ihm dann vielleicht bis in sein Haus folgt.«

Tim sah Ellen an. »Es ist eine weiße Katze. Vielleicht haben Sie sie schon gesehen.«

»Das habe ich tatsächlich. Jetzt weiß ich wenigstens, daß es keine Einbildung war, und das ist eine Erleichterung... Wie konnte Norman es ertragen, das Kätzchen im Haus zu haben, wenn er solche Angst vor Katzen hat?«

»Sie blieben nie lange im Haus«, antwortete Tim. Der Ton, in dem er es sagte, ließ Ellen erschauern. »Seine Angst ist nicht so groß, daß er sie nicht töten könnte.«

»Ich war eigentlich darauf gefaßt, daß du seine Phobie als Vorwand bezeichnest.«

»Warum hätte er so etwas erfinden sollen? Ich hätte die Phobie sogar ausnützen können – Katzen auf sein Bett werfen oder so. Aber es wäre den Katzen gegenüber gemein gewesen... Es ist überhaupt eine komische Phobie. Was er wirklich nicht erträgt, ist die Vorstellung, daß er eine Katze oder die Katze ihn berührt. Wenn sie in Schachteln oder Kisten stecken, kann er sie herumtragen. So hat er es mit Ishtar gemacht.«

»Willst du mir einreden, daß er Ishtar aus dem Schuppen geholt hat?«

»Er besitzt eine Falle, die er dafür benutzt. Als Köder verwendet er Fisch oder Leber oder so was. Ich habe an diesem Tag gesehen, wie er Ishtar nach Hause gebracht hat. Die Hunde sind bei Tag angekettet, und weil Ishtar bestimmt nicht so dumm ist, ihnen nahezukommen, mußte er warten, bis es dunkel wurde und er sie freilassen konnte. Ich schlich mit Ishtar davon, bevor es soweit war. Aber er ließ die Hunde trotzdem los.«

»Warte einen Augenblick.« Ellen drückte sich die Hände auf die Schläfen. »Wenn man dich hört, hält man ihn für ein Ungeheuer. Ich verstehe nicht – oder? Ich nehme an, daß ihr Normans finanzielle Lage überprüft habt.«

Sie hatte es ironisch gemeint und war verblüfft, als Penny nickte.

»Jack hat es getan.«

»Damit kannst du Jack in ernste Schwierigkeiten bringen, Penny! Er dürfte dir so etwas nie erzählen, und auch nicht seine Verbindungen für persönliche Zwecke ausnützen.«

»Für dich würde er alles tun. Du hast eine Menge Verehrer, Mami. Natürlich mußte ich auch ihn ein bißchen anlügen –«

»Du hast ihm wahrscheinlich erzählt, daß Norman mich meines Geldes wegen heiraten will?« fragte Ellen. Sie war amüsiert, verärgert und merkwürdig befriedigt.

»Jack fällt über jeden her, der dich – aus welchem Grund auch immer – heiraten möchte. Du bist wirklich schwer von Begriff, Mami.«

»Es ist dunkel geworden, und Wind kommt auf«, sagte Tim leise.

Der Wind heulte um das Haus wie eine verlorene Seele, und Ellen blickte beunruhigt zu den Fenstern.

»Normans Finanzen«, rief sie Penny ins Gedächtnis.

»Sind ein heilloser Wirrwarr«, erklärte diese. »Jack glaubt, daß Norman Tims Vermögen veruntreut hat.«

»Das hat Jack gesagt?«

»Nicht wörtlich. Er hat gesagt, daß verschiedene Leute komische Andeutungen gemacht haben und daß ich dich vor Dummheiten bewahren soll, bis er Zeit gehabt hat, sich näher damit zu befassen. Er weiß viel mehr darüber, was hier los ist, als du glaubst. Und es gefällt ihm ganz und gar nicht.«

»Mir auch nicht.« Ellen erschauerte. »Hört ihr den Wind?«

Tim trat ans Fenster. »Das ist nicht der Wind, sondern die Hunde.«

»Sie sind los.« Ellen wollte aufstehen.

Penny faßte ihre Hände fester.

»Das war zu erwarten. Hör mir zu, Mami. Wir haben nicht viel Zeit, und ich merke, daß du noch immer nicht überzeugt bist. Ich bin mit meinem Vortrag noch nicht zu Ende.«

»Es gibt noch etwas?«

»Du hast erst die Hälfte gehört. Glaubst du, daß die Geschichte mit der Hexerei auch Zufall war?«

»Was soll das heißen?«

Penny sah zu Tim hinüber, der ihr zunickte.

Sie wandte sich wieder ihrer Mutter zu. »Ich werde mich kurz fassen. Diese Stadt hält an einer seltsamen, widerlichen Religion fest, und Mrs. Grapow mag dich nicht. Davon mußt du ausgehen. Erinnere dich an den Tag, an dem du von einem aufziehenden Gewitter gesprochen hast, das dann tatsächlich ausgebrochen ist. Das war ein echter Zufall. Die Leute hätten darüber gelacht und es vergessen, wenn jemand sie nicht ständig daran erinnert hätte. Dann warst du so dumm – entschuldige, Mami, du konntest unmöglich wissen, was sich daraus ergeben würde –, den jungen Leuten die Zukunft vorauszusagen. Damit ging es los. Daß die Vorhersagen in Erfüllung gingen, war kein Zufall. Sie waren zu allgemeingültig. Gehen wir sie der Reihe nach durch.«

Penny sah wieder zu Tim herüber. Er sagte nichts, aber sein Gesichtsausdruck schien sie zu beunruhigen, und sie sprach jetzt schneller.

»Deine Vorhersagen waren natürlich vage. Das ließ dem Spaßvogel – nennen wir ihn Norman – eine Menge Spielraum. Als du Klaus vor dem Auto warntest, meintest du, er solle vorsichtiger fahren. Aber als er beinahe von einem Auto überfahren wurde, paßte die Prophezeiung auch darauf. Jeder kann ein Auto mieten. Und Norman hielt sich an diesem Tag nicht in der Stadt auf.«

Ellen wollte etwas sagen, aber Penny ließ ihr keine Zeit dazu.

»Es wäre unmöglich, jetzt noch festzustellen, von wo die Halskette stammt, die Sue Ann bekommen hat. Sie war teuer, aber nicht einmalig; es gibt bestimmt in jeder Stadt Juweliergeschäfte, in denen man so etwas kaufen kann, und der Käufer war sicherlich so klug, bar zu zahlen. Aber jemand hat Sue Ann diese Halskette geschickt, damit deine Prophezeiung mit dem ›Geschenk‹ in Erfüllung ging. Sie ist nicht aus dem Geisterreich gekommen.

Joyce und Steve – das hast du erraten. Dazu mußte er sich nichts einfallen lassen, es genügte, daß er immer wieder darauf hinwies. Am grausamsten aber war, daß er Chuck den angeblichen Harvard-Brief schickte. Ich habe den Brief gesehen. Briefpapier und -kopf stimmten, aber jedermann kann sich Briefpapier anfertigen lassen. Wahrscheinlich bestellte Norman es in Washington, so daß es schwierig sein wird, die Firma zu finden. Wir können es trotzdem versuchen.«

Ellen war nicht nur darüber verblüfft, wie klug und hartnäckig ihre Tochter diese Informationen zusammengetragen hatte, sondern auch darüber, wie schlüssig die Beweise waren. Die Prophezeiungen hatten sie immer gestört, und sie nahm erleichtert zur Kenntnis, daß sie doch keine übersinnlichen Fähigkeiten besaß.

»Der Schwindel mit Harvard muß irgendwann auffliegen«, wandte sie ein. »Wenn Chuck nicht bald von der Universität Näheres erfährt, wird er an sie schreiben, und damit kommt die Wahrheit heraus.«

»Dann ist es zu spät«, erklärte Penny.

»Außerdem wird niemand auf die Idee kommen, daß er es war«, wandte Tim ein. »Alle werden glauben, daß jemand Chuck einen gemeinen Streich gespielt hat.«

»Was soll das heißen, daß es zu spät sein wird?« fragte Ellen.

»Siehst du denn nicht, worauf das Ganze hinausläuft? Norman hat es seit Jahren geplant. Wahrscheinlich hat er zu Beginn Tim nur aus Gehässigkeit gequält. Du hast einmal erwähnt, daß Norman vielleicht in Tims Mutter verliebt war. Ich glaube, daß seine Gefühle viel komplizierter waren. Als er dann ihren Sohn unter seiner Fuchtel hatte ... Er begriff vermutlich bald, daß er sich ein ansehnliches Vermögen aneignen konnte. Er liebt Geld; denk nur an die teuren Kunstgegenstände und an den protzigen Wagen. Er mußte sich nicht beeilen, denn er war Vormund und Verwalter in einem. Er konnte Tims Vermögen nach und nach in seinen Besitz bringen und mußte erst dann auf Fragen gefaßt sein, wenn Tim achtzehn wurde. Deshalb arbeitete Norman einen netten, kleinen Plan aus. Wenn Tim unter nicht ganz geklärten Umständen starb, dann würde sich bestimmt jemand näher dafür interessieren, denn es ging schließlich um viel Geld. Norman beschloß also, die Schmutzarbeit von jemand anderem machen zu lassen, und hat die Entwicklung sicherlich mit Genuß verfolgt. Er sorgte allmählich dafür, daß Tim als Monster galt. Tim ist natürlich kein Engel...« Sie warf ihm einen Blick zu, der ihre Worte Lügen strafte, und Tim wurde rot.

»Ich habe eine Menge Kinder verprügelt«, gab er zu. »Ich war eine Zeitlang ein sehr böses Kind.«

»Aber das übrige, die wirklich gemeinen Sachen, hat Norman getan«, fuhr Penny fort. »Er und Tim sehen einander sehr ähnlich. Wenn er Tims alte Sachen anzog und es dunkel war...«

»Mein Gott«, unterbrach sie Ellen entsetzt. »Soll das heißen, daß es Norman war, der gestern abend Prudence...«

»Überleg doch einmal logisch, Mami. Sieh dir Tim an. Glaubst du, daß dieses schwammige weibliche Wesen mit ein paar Platzwunden und blauen Flecken davongekommen wäre, wenn Tim wirklich gewollt hätte...«

Tim war jetzt krebsrot, und Penny erbarmte sich seiner.

»Er hat einen besseren Geschmack. Und du kannst mir glauben, daß er es nicht dringend gebraucht hat.«

Ellen hielt es für besser, nicht auf diese Andeutung einzugehen.

»Aber Norman...« begann sie.

»Er hat ihr ein Briefchen geschrieben, das angeblich von Tim kam. Sie ist in Tim verknallt.«

»Natürlich«, flüsterte Ellen. »Wie konnte ich so dumm sein?«

Prues Gesichtsausdruck, als Tim in den Laden kam... der blonde Traumprinz bei der Hochzeit... »Ich muß auf den Tanzabend gehen, ich muß mit...«

»Eine Menge Mädchen halten ihn für sexy«, fuhr Penny fort. »Ich habe dir ja gesagt, daß der Schmollmund sehr wirkungsvoll ist.«

Sie lächelte Tim an, der das Lächeln erwiderte. Die

strahlenden jungen Gesichter rührten Ellen fast zu Tränen.

»Aber wann hat er... Wahrscheinlich ist er gestern nacht von hier direkt...«

»Nachdem er diese komische Botschaft geschrieben hatte«, ergänzte Penny. »Wenn das Gewitter und der Sturm nicht gewesen wären, hätte er einen Anfall bekommen oder behauptet, daß er ein Geräusch hört, oder irgend etwas getan, das die anderen ablenkte, so daß er die beschriebenen Seiten verstreuen konnte. Er hat uns alle manpuliert. Als ich begriff, was gespielt wurde, war es zu spät, um es zu verhindern. Ich habe mir dummerweise eingebildet, daß ich ihm unauffällig folgen und so herausbekommen könnte, was er vorhat.« Sie starrte Ellen an. »Du glaubst mir. Du glaubst mir jetzt wirklich.«

»Alles paßt zu gut zusammen«, gab Ellen widerwillig zu. »Er wollte, daß ich das Haus und die Stadt verlasse. Er versuchte, mir Angst einzujagen – die Hunde, Andeutungen wegen Tim... Die Bewohner der Stadt halten Tim für einen Bösewicht; außerdem mögen sie es nicht, wenn sich ein Außenstehender einmischt. Wenn Tim etwas zugestoßen wäre, hätten sie keinen Krach geschlagen. Aber ich hätte es getan, und das wußte er.«

»Du bist eine so süße, sanfte, kleine, militante Idealistin«, stellte Penny fest. »Du siehst harmlos aus, aber alles, was du getan hast, bestärkte Norman in seiner Überzeugung, daß du eine Gefahr darstellst. Du hast die Kirche während des Gottesdienstes verlassen, du hast Mrs. Grapow gesagt, was du von ihr hältst. Du hast Norman immer wieder gedrängt, mit Tim einen Psychiater aufzusuchen... Du mußt zugeben, Mami, daß du es dir selbst zuzuschreiben hast.«

»Das stimmt. Ich habe auch immer wieder von der Polizei gesprochen.«

»Genau das hat Jack Sorgen gemacht. Er hat gesagt, daß

du ein neugieriger kleiner Teufel bist und daß du bestimmt mitten drinsteckst, wenn irgendwo Unheil in der Luft liegt.«

»Wenn er doch hier wäre«, murmelte Ellen. Dann erhob sie sich, und diesmal versuchte Penny nicht, sie zurückzuhalten.

»Also schön, ihr beiden. Ich weiß nicht, ob ich davon überzeugt bin, daß diese abenteuerliche Geschichte wahr ist. Es ist so viel, daß ich es nicht sofort verkraften kann. Aber ich bin bereit, mit euch mitzumachen und Vorsichtsmaßnahmen zu ergreifen. Ich kann es mir nicht leisten, es nicht zu tun. Was unternehmen wir jetzt?«

»Wir können nicht hierbleiben«, sagte Penny.

»Und wohin können wir? Gibt es in der Stadt jemanden, der dich bei sich aufnehmen würde, Tim?«

Tim schüttelte den Kopf.

»Moment mal«, rief Ellen, »was ist mit Ed Sallinger? Der ist hundertprozentig in Ordnung.«

»Wir müßten die Stadt durchqueren, um zu seinem Haus zu gelangen«, wandte Penny ein. »Das schaffen wir nie.«

»Warum wollen wir dann überhaupt fort? Das Haus ist intakt, solid gebaut, Norman wird bestimmt niemals Gewalt einsetzen.« Ellen schüttelte den Kopf; sie konnte es einfach nicht glauben, sie konnte sich nicht vorstellen, daß Norman sich wie ein Killer mit einem Revolver oder einem Messer an sie heranpirschte. Aber sie hatte den beiden versprochen, sich ihnen anzuschließen; also fuhr sie verbissen fort:

»Wir werden die ganze Nacht aufbleiben und Wache halten. Sobald es hell wird, gehe ich zur Überlandstraße. Norman wird nicht wagen, mich anzugreifen.«

Sie verstummte, als die beiden sie wieder einmal mitleidig ansahen.

»Du begreifst noch immer nicht, Mami«, sagte Penny

sanft. »Norman wird überhaupt niemanden angreifen. Das muß er gar nicht. Sie Stadt wird es für ihn besorgen.«

Ellen verkrampfte wortlos die Hände im Schoß. Naiv war nicht der richtige Ausdruck für sie; sie war so dumm, daß es schon kriminell war.

Sie mußte zugeben, daß es ein genialer Mordplan war. Der Zunder war vorhanden, aber wenn Norman ihn nicht angezündet und die Flamme angefacht hätte, wäre sie irgendwann von selbst erloschen. Normans Plan war beinahe narrensicher. Natürlich waren nicht alle Einwohner der Stadt böse. In jeder Gruppe gibt es einige Elemente, die man aufstacheln und wie Hunde auf eine Fährte ansetzen kann. Sie genießen die Jagd und die panische Angst der Beute. Daran haben fünftausend Jahre Zivilisation nichts geändert, und diese Art von Menschen wird sich wahrscheinlich nie anders verhalten. Sie lassen sich so leicht aufhetzen – durch leidenschaftliche Worte, durch Alkohol, durch alles, was die latente Mordlust in ihnen weckt.

Sobald die Meute die Spur aufgenommen hatte, war das Ganze praktisch gelaufen. Wenn kein betrunkener Neandertaler im Mob auf die Idee kam, den ersten Schuß abzufeuern, dann konnte es Norman relativ gefahrlos selbst tun. Und wenn der Blutdurst gestillt war und die Wirkung des Whiskeys nachließ, dann würde die Menge nach Hause schleichen und den Mund halten, weil sich alle schuldig gemacht hatten. Niemand würde Fragen stellen. Niemand würde Fragen beantworten. Tims Tod würde als bedauerlicher, aber unvermeidbarer Zwischenfall abgetan werden, und Norman würde in sein schönes weißes Haus auf dem Hügel zurückkehren und einen schwarzen Trauerflor anlegen. Norman wußte, was sich gehörte.

»Dann muß er uns alle töten«, stellte Ellen fest.

»Das würde er nicht wagen«, widersprach Tim. »Das würde zu viel Staub aufwirbeln.«

»Wenn dir etwas zustößt, würde Jack die Stadt Ziegel für Ziegel auseinandernehmen«, fügte Penny hinzu, »und das weiß Norman. Aber das würde Tim nichts nützen. Unser Wort würde nicht nur gegen das Normans, sondern gegen das der ganzen Stadt stehen. Wir können nicht beweisen, daß Norman etwas Ungesetzliches getan hat.«

»Dann ist also nur Tim in Gefahr«, sagte Ellen. »Können wir ihn verstecken?«

»Wo?« fragte Penny bitter. »Wenn sie hereinkommen wollen, können wir sie nicht daran hindern.«

»Dann muß er fliehen.«

»Vergeßt es«, mischte sich Tim ein. »Es ist zu spät. Sie kommen.«

Jetzt hörte es auch Ellen; ein atavistisches Instinkt in ihr erkannte ein Geräusch, das sie noch nie gehört hatte. Und das sie auch nie mehr vergessen würde – das dumpfe Gebrüll eines erregten Mobs.

12. Kapitel

Ellen trat ans Fenster, und Tim hielt die Vorhänge zurück, so daß sie hinausschauen konnte.

Sie kamen mit Autos und zu Fuß, die Auffahrt herauf und aus dem Wald. Einige trugen Fackeln, aber es gab auch Taschenlampen und Laternen. Jemand schaltete die Scheinwerfer eines Wagens ein. Die Rasenfläche war taghell beleuchtet.

Sie drängten sich in sicherer Entfernung vom Haus zusammen. Auf den ersten Blick hatte Ellen den Eindruck gehabt, daß es Hunderte waren, aber dann erkannte sie, daß es nicht mehr als zwanzig oder dreißig sein konnten, hauptsächlich Männer, obwohl sich auch einige Frauen darunter befanden. Natürlich auch Mrs. Grapow, die in der vordersten Reihe neben dem Pastor stand. Sie hatte Normans Hunde bei sich und hielt sie ohne sichtliche Anstrengung an der Leine, obwohl beide Tiere daran zerrten.

Ellen war beinahe erleichtert, weil das Warten vorbei war. Jetzt war die Bedrohung real; ihre Fantasie hatte ihr also keinen Streich gespielt.

»Ich werde zu ihnen sprechen«, sagte sie.

Tim faßte sie am Arm. »Gehen Sie nicht hinaus, sondern sprechen Sie durch das Fenster, dann sind Sie nicht so exponiert.«

»In Ordnung. Kannst du durch die Küchentür flüchten, während ich sie ablenke?«

Penny war ihr einen Schritt voraus, denn sie kam gerade durch den Korridor zurückgelaufen.

»Im Hinterhof sind sie auch, Mami. Sie haben das Haus umzingelt.«

»Wenn uns kein anderer Ausweg bleibt, wird Tim versuchen müssen durchzukommen«, meinte Ellen. Trotz ihrer vorgetäuschten Ruhe wich sie jedoch zurück, als eine schrille Stimme draußen rief: »Wir wissen, daß er drinnen ist, Miz March. Schicken Sie ihn heraus, dann geschieht Ihnen und Ihrer Tochter nichts.«

»Wie haben sie deiner Meinung nach herausgefunden, daß Tim hier ist?« murmelte Penny.

Mrs. Grapow war einige Schritte vorgetreten. Sie ist also die Sprecherin der Gruppe, dachte Ellen. Das paßte zu ihr. In dem langen, dunklen Kleid und mit den beiden Hunden an ihrer Seite sah sie wie eine der unangenehmen heidnischen Göttinnen aus – vielleicht wie Hekate oder die Nilpferdgöttin im alten Ägypten.

»Schicken Sie ihn heraus«, brüllte sie. »Sonst kommen wir hinein und holen ihn uns.«

»Er ist nicht hier«, brüllte Ellen zurück. »Verschwindet. Alle.«

»Wir wissen, daß er da ist. Nehmen Sie sich in acht, sonst kümmern wir uns auch um Sie. Welche von uns denken sich, Sie sind schlimmer als er.«

Ellen stellte mit grimmiger Belustigung fest, daß Mrs. Grapows Grammatikkenntnisse zu wünschen übrigließen. Diese Belustigung verwandelte sich vollkommen unerwartet in überschäumende Heiterkeit. Es erinnerte sie an den Anfall, bei dem sie den Eindringlingen unverständliche Flüche an den Kopf geworfen hatte, aber diesmal wußte sie genau, was sie sagte. Es war, als hätte etwas in ihr aus dem ersten Erlebnis gelernt, daß sie damals zu weit gegangen war. Jetzt war es sanfter und geschickter. Ellen fühlte sich angenehm beschwipst.

»Verschwinden Sie mit Ihrem fetten Arsch von meinem Rasen.« Sie genoß die Kraftausdrücke. »Und nehmen Sie Ihre Horde von Schwachsinnigen mit. Ich schwöre Ihnen, ich verklage Sie auf Schadenersatz, bis Sie keinen Penny mehr haben, Sie unflätige, geifernde, paranoide, alte...«

»Mami – he, Mami!«

Pennys Stimme zitterte. Ellen warf einen Blick zurück und sah, daß ihre Tochter Tränen lachte. Sie war wirklich nicht aus der Art geschlagen. Die Jungen würden stolz auf sie sein.

Mrs. Grapow war einen Schritt zurückgewichen: der Angriff auf ihre Geldsäcke war ein Volltreffer gewesen. Doch die Wirkung hielt nicht an. Wenn Mrs. Grapow jetzt klein beigab, litt ihr Prestige darunter, und Macht bedeutete ihr mehr als Geld. Natürlich dachte sie in dem Augenblick nicht so klar; sie war vor Wut außer sich.

»Also gut, Jungs«, kreischte sie. »Fangen wir an...«

»Wartet, wartet!« Der Pastor drängte sich wild gestikulierend vor. »Seien Sie nicht dumm, Mrs. March! Wir werden Ihnen nichts tun, wenn Sie uns nicht dazu zwingen. Geben Sie den Jungen heraus, machen Sie jetzt keine Schwierigkeiten. Wir wollen nicht...«

»Die Schwierigkeiten machen Sie«, rief Ellen zurück. »Wenn Sie noch einen Schritt machen, bringe ich Sie ins Gefängnis.« Sie überlegte einen Augenblick und sprach dann klar und deutlich weiter. »Sie sind ein Wüstling, ein Gauner, ein psychotischer, kleinkarierter Tyrann und ein ekelhafter, kleiner, vertrockneter, magerer...«

»In Ordnung«, rief der Pastor. »In Ordnung. Ich habe es versucht. Sie sind selbst schuld daran.«

»Mami, Mami.« Penny schüttelte sie. »Ich bewundere deinen Schatz an ordinären Ausdrücken, aber du bringst sie nur in Wut. Versuche, Zeit zu schinden.«

Die Anführer der Horde berieten sich. Die Fackeln flakkerten im Wind. Die Hunde hatten sich gesetzt und starrten bösartig zum Haus hinüber. Sie bereiteten Ellen mehr Sorgen als die Menschen; in ihrer derzeitigen Stimmung war sie davon überzeugt, daß sie es mit zwei Männern zugleich aufnehmen konnte. Aber die Hunde waren etwas anderes.

Mrs. Grapow wandte sich wieder dem Haus zu; ihr dikkes Gesicht leuchtete im Fackelschein wie ein orangefarbener Mond. Bevor sie sprechen konnte, rief Ellen:

»Noch einen Schritt, und ich verfluche Sie. Sie sollen so fett werden, daß Sie nicht gehen können. Ihr Laden soll bis auf die Grundmauern abbrennen. Ihre Zunge soll schwarz werden, verdorren und Ihnen ausfallen. Ich spreche diesen Fluch im Namen des Satans und aller Teufel in der Hölle und...«

»Hören Sie auf!« Das kam vom Pastor; Mrs. Grapow starrte nur blicklos und unbeweglich vor sich hin. »Hören Sie, Mrs. March, das hilft Ihnen auch nicht...«

»Nehmen Sie ihn von mir!« Mrs. Grapow sprach zu Winckler, aber man verstand sie auch im Haus mühelos. »Nehmen Sie ihn von mir, lassen Sie nicht zu, daß meine Zunge...«

»Das werde ich tun, machen Sie sich keine Sorgen, Elvira, die Macht des Herrn ist mit mir...«

Ellen unterbrach dieses Versprechen mit einer Bemerkung, die sie selbst überraschte. Sie kannte den Ausdruck, hätte aber nie geglaubt, daß sie jemals Gelegenheit haben würde, ihn zu verwenden.

Der Pfarrer trat vor. »Sie machen alles nur schlimmer, Mrs. March. Ich gebe Ihnen zehn Minuten. Länger kann ich diese gerechten Bürger nicht zurückhalten. Schicken Sie den jungen Teufel heraus, und wir lassen Sie in Ruhe. Überlegen Sie es sich.«

Er wandte sich Mrs. Grapow zu, um sie zu beruhigen. Der kleine Mann bot einen lächerlichen Anblick, als er sich auf die Zehenspitzen stellte und Mrs. Grapows bebende Schultern streichelte.

»Gut.« Ellen räusperte sich; durch das Brüllen war ihr Hals trocken geworden. Sie wandte sich vom Fenster ab; Penny und Tim hielten einander an den Händen und starrten sie mit großen Augen an.

»Ich habe dich noch nie so sprechen gehört«, stellte Penny fest.

»Das ist erst der Anfang. Wir haben zehn Minuten, die müssen wir nützen. Das ist deine Chance, Tim. Sie ist nicht groß, aber es ist besser, als im Haus zu bleiben.«

»Richtig«, stimmte Tim zu. Er versuchte, Penny seine Hand zu entziehen, aber sie ließ ihn nicht los.

»Er schafft es nie, Mami. Rund um das Haus stehen Männer mit Laternen und Gewehren.«

»Ich sehe es mir an.« Ellen begriff auf den ersten Blick, daß Penny recht hatte. Alle Ausgänge waren bewacht. Sie kehrte ins Wohnzimmer zurück.

»Also gut, dann werden wir uns zur Wehr setzen. Stapeln wir alles, was sich dazu eignet, vor den Türen auf. Tragt alles zusammen, was als Wurfgeschoß verwendet werden kann. Wenn sie die Türen aufbrechen, werden wir uns in den Keller zurückziehen. Zum Glück geht die Kellertür nach innen auf. Kannst du auf der Innenseite eine Art Sperrbalken konstruieren, Tim? Im Keller findest du Werkzeug und Holz.«

Tim starrte sie mit offenem Mund an.

»Sie sind wirklich verrückt«, sagte er ernst.

»Kommt schon, bewegt euch. Ich bleibe hier und beobachte, was draußen geschieht.«

Tim kam nach wenigen Minuten wieder.

»Am Türrahmen befinden sich alte Riegel«, berichtete er, »und ich habe auch ein passendes Stück Holz gefunden.«

»Hilf Penny, das Sofa vor die Tür zu schieben.«

Tim gehorchte und kehrte dann zum Fenster zurück.

»Raten Sie mal, wer gerade eingetroffen ist«, sagte er.

Es war der alte Lieferwagen, den Norman für Transporte und bei schlechtem Wetter verwendete. Sieht ihm ähnlich, daß er den Rolls Royce nicht gefährdet, dachte Ellen; dann regte sich Hoffnung in ihr. Vielleicht irrten sich die Kinder in bezug auf Norman doch. Vielleicht konnte er die Menge zerstreuen.

Er sprang aus dem Wagen und rannte sichtlich außer sich auf die Gruppe zu. Als er mit Mrs. Grapow sprach, horchte Ellen angestrengt, aber seine Stimme war zu leise. Nach einer Weile wurde er allerdings lauter.

»Ich habe Ihnen doch gesagt, daß ich Ihnen die Hunde nicht gebe. Wie kommen Sie überhaupt dazu, einfach meine Hunde zu stehlen...«

»Das öffentliche Interesse«, erwiderte Mrs. Grapow lakonisch. »Sie können sich den Leuten nicht in den Weg stellen, Norman.«

»Ihr seid alle verrückt«, brüllte er. »Verrückt, wahnsinnig... Hank, schicken Sie die Leute nach Hause. Ich verspreche Ihnen, daß ich mir Tim vorknöpfen werde.«

»Sie gehen nach Hause, Norman«, erklärte Mrs. Grapow. »Sie haben hier nichts verloren, und Sie können uns nicht aufhalten.«

Norman wandte sich dem Haus zu und legte die Hände wie einen Schalltrichter an den Mund.

»Machen Sie sich keine Sorgen, Ellen, ich hole Hilfe, die Polizei...«

Mrs. Grapow hob ihre riesige Faust, und Ellen sah fasziniert zu. Sie hätte keine Zeit gehabt, ihn zu warnen, aber sie hatte es auch gar nicht vor. Die Faust schlug zu, Norman brach zusammen und blieb regungslos liegen.

»Noch fünf Minuten«, rief Mrs. Grapow.

Sie machte eine Handbewegung; zwei Männer traten vor und schleppten Normans schlaffen Körper nach hinten.

»Glaubt ihr nicht...« begann Ellen.

»Damit ist er die Verantwortung los«, sagte Penny. »Fang nicht an, darüber nachzudenken, Mami, das war alles nur Schau.«

Ellen blieb am Fenster stehen, während die beiden Teenager die Barrikaden vor den Türen verstärkten.

»Drei Minuten«, rief der Pastor.

Penny schrie auf, und das Geräusch eines Handgemenges folgte. Ellen fuhr herum.

Das große Sofa, das sie mit solcher Mühe vor die Vordertür geschoben hatten, war so weit zur Seite gerückt, daß eine Person durchkonnte. Tim hatte eine Hand auf den Türknauf gelegt. An seinem anderen Arm hing Penny wie ein wütender kleiner Hund, der sich in einen viel zu großen Gegner verbissen hat. Er wollte ihr nicht weh tun; nur deshalb war sie imstande, ihn zurückzuhalten.

Ellen lief zu ihnen und half ihrer Tochter. Tim leistete noch einen Augenblick Widerstand, dann entspannte er sich und legte den Arm um Penny. Sie klammerte sich an sein Hemd; ihr Gesicht war tränenüberströmt.

»Das tust du nicht«, keuchte Ellen. »Was ist mit dir los?«

»Sie müssen mich rauslassen, dann geschieht Ihnen nichts. Wenn Sie es nicht tun ...« Er zeigte mit dem Kinn auf Penny, die ihr Gesicht in seinem schmutzigen Hemd vergraben hatte.

»Wir haben etwas dagegen, Menschen den Wölfen vorzuwerfen«, erklärte Ellen. »Wenn du hinausgehst, würde dir Penny auf den Fersen folgen. Ich könnte sie nicht aufhalten, weil ich ihr auf den Fersen folgen würde.«

Er glaubte ihr, und das war ein Hinweis darauf, was für großartige Vorbilder seine Eltern für ihn gewesen waren. Ich hätte nicht so emotional sein dürfen, dachte Ellen, denn er wird gleich weinen.

Doch Tim hatte gelernt, seine Gefühle nicht zu zeigen. Es dauerte einen Augenblick, aber dann hatte er Gesicht und Stimme wieder unter Kontrolle.

»Okay«, sagte er rauh. »Jetzt mach aber einen Punkt, Penny. Dein Gesicht ist schon ganz dreckig.«

Ellen kehrte zum Fenster zurück und überließ die beiden einander. Der Zwischenfall hatte ihre letzten Zweifel an Tim beseitigt, und wenn das unlogisch war, dann pfiff sie auf Logik. Er liebte Penny so sehr, daß er sich ihretwegen dem Rudel menschlicher Wölfe gestellt hätte.

Ellen wußte, daß sie ihn nicht aus den Augen lassen durfte. Wenn sich ihm eine Gelegenheit bot, das Haus unbemerkt zu verlassen, würde er sie ergreifen.

Ein weiterer Wagen kam die Auffahrt herauf. Sie kannte das Auto nicht, dafür aber den Mann, der ihm entstieg. Ellen schrie leise auf, und Penny und Tim liefen zu ihr.

»Ich kann es nicht glauben«, stieß Penny hervor.

»Wer ist das?« fragte Tim.

»Jack«, flüsterte Ellen.

»Er ist mein Onkel«, erklärte Penny. »Ich habe mir die ganze Zeit gewünscht, daß er kommt.«

Seine Krawatte hing schief, und er hatte keinen Hut auf; das Licht der Fackeln warf einen rötlichen Schein auf seine hohe Stirn. Er sah nicht zum Haus hinüber, sondern ging rasch über das Gras auf die Menschengruppe zu. Mrs. Grapow trat vor. Sie sprachen einige Minuten miteinander, und die drei im Haus ließen die beiden nicht aus den Augen.

»Er wird es nicht schaffen«, murmelte Ellen. »Was sucht er überhaupt hier? Er kann nicht –«

Jacks Bemerkungen zeitigten Wirkung, der Pöbelhaufen zog sich ein paar Schritte zurück. Winckler war nicht mehr zu sehen; Ellen entdeckte ihn schließlich hinter zwei sehr kräftigen und sehr betrunkenen Farmern.

So leicht ließ sich Mrs. Grapow jedoch nicht einschüchtern. Sie hatte ihr Leben lang Männer herumkommandiert, und ein einzelner Mann, der noch dazu unbewaffnet war, beeindruckte sie nicht. Sie trat dich an Jack heran und stritt erbittert mit ihm. Offenbar sagte er etwas, das sie ärgerte, denn sie begann zu schreien. »Verschwinden Sie, Mister. Etwas Beeilung. Wenn Sie die drei so gern haben, können Sie sich ihnen anschließen. Na los, beeilen Sie sich, sonst hetze ich die Hunde auf Sie.«

Sie ließ die Leine locker, und die beiden großen Tiere sprangen vor; Jack entging ihren Zähnen nur dadurch, daß er rasch zurückwich. Er sah zum Haus und dann zu seinem Wagen hinüber. Ellen erfaßte, woran er dachte und wozu er sich entschließen würde, doch er bekam keine Gelegenheit dazu. Mit dem Wagen konnte er nicht nur Hilfe holen, sondern ihn auch als Waffe verwenden, und das hätte er zweifellos getan.

Doch Mrs. Grapow hatte ebenfalls erraten, was er vorhatte, und reagierte schnell. Sie ließ sich von den Hunden vorwärts ziehen, und Jack mußte zurückweichen. Sie brüllte vor Lachen. Als Jack sich umdrehte und zu laufen begann, ließ sie den Hunden noch mehr Spielraum, und ihr Gelächter steigerte sich zu einem Geheul.

Ellen, Tim und Penny waren gleichzeitig an der Tür. Tim schob die Couch weg, die Frauen öffneten Riegel und Schlösser. Ellen riß die Tür in dem Augenblick auf, in dem Jack die Treppe hinaufsprang. Er machte wortlos kehrt, half Tim, die Couch zurückzuschieben, und trat dann ans Fenster.

»Gebt mir fünf Minuten«, rief er. »Ich werde mit ihnen sprechen und sie überreden.«

Erst jetzt drehte er sich um und grinste Ellen an.

»Du übertriffst dich selbst. Vor sechs Wochen hast du bei Null angefangen, und jetzt sieh dir einmal an, was du zustande gebracht hast.«

Noch vor wenigen Tagen wäre Ellen in Tränen ausgebrochen und ihm in die Arme gesunken. Jetzt erwiderte sie das Grinsen.

»Wir brauchen offenbar wirklich einen Diplomaten. Warum hast du nicht fünfzehn Minuten verlangt, wenn du schon dabei warst?«

»Ich habe ja nicht einmal gewußt, was wir mit fünf Minuten anfangen können. Die Situation ist reichlich verwirrend.« Er sah sich im Zimmer um. »Ich nehme an, daß es sich bei diesem jungen Mann um Tim handelt.«

Tim brachte nur ein »Sir!« heraus.

»Hi, Penny. Dein Gesicht ist schmutzig... In Ordnung, Leute. Wie kommen wir hier raus?«

»Das Haus ist umzingelt«, sagte Ellen. »Wir wollten uns zur Wehr setzen.«

»Das habe ich mir gedacht, aber damit haben wir keine Chance. Die Hälfte des Pöbels ist stockbesoffen, und die andere Hälfte von Mrs. Grapows Hunden hypnotisiert. Wenn sie nicht anders hineinkönnen, werden sie das Haus in Brand stecken. Ich würde ihnen lieber im Freien entgegentreten, als hier gebraten zu werden. Was ist mit der mit Brettern vernagelten Tür im Keller? Wohin führt sie?«

»Der Tunnel der Hexe«, sagte Ellen langsam.

»So hast du ihn in einem deiner Briefe genannt. Wohin führt er?«

»Das weiß ich nicht. Ich weiß nicht einmal, ob er passierbar ist.«

»Dann werden wir es herausfinden. Hol eine Taschenlampe. Du behältst das Fenster im Auge, Penny, aber komm ihm nicht zu nahe. Sie werden sofort anfangen, Steine zu werfen.«

Wie auf ein Stichwort durchschlug ein Stein das Glas. Jack sah sich nicht einmal um.

Ellen und Tim folgten ihm in den Keller. Als sie durch den Raum kamen, in dem Ellen das Werkzeug aufbewahrte, nahm Jack eine Hacke mit. Sie stiegen die glitschige Steintreppe hinunter, und Ellen zeigte stumm auf die Tür. Jack hob die Axt und schlug mit aller Kraft zu. Die morschen Bretter zersplitterten und fielen auf den Boden.

Tim sah zu Ellen hinüber. Seine Augen leuchteten vor Begeisterung; er hatte einen Helden gefunden, dem er nacheifern konnte. Er lief die Treppe hinauf und kam mit einem Beil zurück.

»Wir brauchen etwas Schwereres«, sagte Jack. »Unter der Werkbank liegt ein Vorschlaghammer.«

Tim schoß davon wie ein geölter Blitz. Jack stützte sich lässig auf die Hacke und lächelte Ellen an. Sein Gesicht glänzte vor Schweiß, aber sonst wirkte er vollkommen unbekümmert.

»Ein Glück, daß du den Jungen erlaubt hast, ihren ganzen Trödel in deinem Keller zu verstauen.«

»Du wolltest, daß sie ihn irgendwo einlagern.«

»Ich begehe manchmal einen Fehler, aber nur selten. Du kannst mir keinen Vorwurf daraus machen, daß ich diese speziellen Probleme nicht vorausgesehen habe ... Na also, Tim, das ist das Richtige. Versuch mal, was du damit ausrichten kannst. Und du hältst das Licht ruhig, Ellen.«

Als die Bretter weggeräumt waren, sah die Türöffnung noch unzugänglicher aus. Sie war mit Ziegeln zugemauert worden, die jetzt von grünen Flecken überzogen waren. Bevor Ellen etwas sagen konnte, schwang Tim den Hammer. Ellen duckte sich, als ihr die Splitter um die Ohren flogen, dann traf sie ein dumpfer, stinkender Lufthauch. Sie ließ den Arm sinken, den sie sich schützend vor das Gesicht gehalten hatte, und stellte fest, daß die Mauer keineswegs unüberwindlich war. Wo Tim zugeschlagen hatte, klaffte jetzt ein gezacktes, schwarzes Loch. Die noch vorhandenen Ziegel hatten sich gelockert.

»Der Mörtel ist nichts wert«, bemerkte Jack. »Wahrscheinlich hatten sie es eilig. Versuch es noch einmal, Tim, aber gib auf deine Augen acht.«

Tim hatte ein Splitter getroffen, und seine Wange blutete, aber er grinste, als er sich wieder der Wand zuwandte.

Plötzlich fiel Ellen etwas ein.

»Ishtar! Ich kann sie nicht hierlassen.«

»Natürlich, sie ist ja die Vertraute der Hexe«, stimmte Jack zu. »Das reicht jetzt, Tim, das Loch ist so groß, daß wir durchkriechen können. Gib Ishtar zwei von den Beruhigungstabletten, Ellen, die du auf Reisen verwendest. Beeil dich, ich möchte, daß sie bewußtlos ist, wenn ich sie trage.«

Ellen rannte hinauf.

Penny stand an der inneren Wand. Auf dem Boden lagen jetzt mehrere Steine, und als Ellen durch das Wohnzimmer rannte, ging draußen ein Schuß los. Er klang unangenehm nahe, war aber offenbar nicht auf das Fenster gerichtet gewesen.

»Geh hinunter!« rief Ellen Penny im Vorbeilaufen zu.

Ishtar hatte sich unter das Bett verkrochen. Sie war zu klug, um in einem Raum zu bleiben, in dem die Leute brüllten und alles mögliche zum Fenster hereingeflogen kam. Ellen holte sie heraus und zwang sie, die Pillen zu schlucken. Als sie in den Keller zurückkehrte, schleppten Jack und Tim Kisten zur Tür und stapelten sie dort auf.

»Sie werden die Tür irgendwann finden«, sagte Jack und stellte einen Karton auf den Stoß, »aber wir können es ihnen etwas schwerer machen. Seid vorsichtig, Mädchen, wenn ihr hineinkriecht, zerstört unsere Tarnung nicht.«

Er richtete den Lichtkegel der Taschenlampe in den Tunnel, und Ellen sah, was sie erwartete.

Die Wände und der Boden waren aus gestampfter Erde, und die Decke wurde von morschen Balken gestützt. In dem schwachen Licht glänzten die Wände schmierig. Das Ganze sah aus, als würde es im nächsten Augenblick zusammenbrechen.

»Hinein«, befahl Jack.

Ellen zögerte.

»Ich kann nicht. Es ist schrecklich.«

»Oben ist es noch schrecklicher«, sagte Jack, als die Fenster unter Gewehrschüssen zersplitterten. »Sie lassen noch Dampf ab, aber es wird nicht lange dauern, bis außer Kugeln auch Menschen durch die Fenster kommen. Nach dir, Ellen.«

Sie drückte die schlaffe Katze an sich und kroch hinein.

Als alle drinnen waren, griff Jack durch die Tür und zog einige der aufgestapelten Kisten vor die Öffnung.

»Okay, setzen wir uns in Bewegung«, sagte er, als er fertig war. »Kannst du sehen, Tim, was vor uns liegt?«

»Nein, Sir.«

»Nimm die Taschenlampe. Dir wird die zweifelhafte Ehre zuteil, die Kolonne anzuführen. Gib mir die Katze, Ellen. Autsch. Wie ich merke, ist sie noch bei Bewußtsein.«

»Ich habe ihr die dreifache Dosis gegeben«, erklärte Ellen besorgt. »Hoffentlich habe ich es nicht übertrieben.«

»Sobald wir draußen sind, bringen wir sie vorsichtshalber zu einem Tierarzt und lassen ihr den Magen auspumpten«, versprach Jack. Selbst mitten in einer Katastrophe ging er auf ihre kleinen Sorgen ein.

Der Tunnel war so eng, daß sie hintereinander gingen, und so niedrig, daß die Männer sich bücken mußten; der Gestank verursachte Brechreiz. Der glitschige Belag auf dem Boden sah wie Schimmel aus. Ellen wurde schwindlig.

»Wie weit ist es noch?« stöhnte sie.

»Je weiter, desto besser«, antwortete Jack, der das Schlußlicht bildete.

Es war klar, was er meinte: Je weiter vom Haus entfernt sie auftauchten, desto größer war ihre Chance, dem Mob zu entgehen. Falls sie ins Freie gelangten... falls der Tunnel nicht einstürzte... falls sie nicht wegen der schlechten Luft das Bewußtsein verloren... falls der Mob die versteckte Tür nicht so schnell fand...

Die Mutlosigkeit, die Ellen erfaßt hatte, bedrückte sie;

ihr wäre lieber gewesen, wenn die euphorische Stimmung, in der sie sich anfangs befunden hatte, angehalten hätte. Sie ging nur deshalb weiter, weil ihr nichts anderes übrig blieb – und weil Jack da war. Und sie hatte ihn nicht einmal gefragt, wieso er genau im richtigen Augenblick auf der Bildfläche erschienen war. Sie hatten noch keine Zeit dafür gehabt, und jetzt waren andere Probleme gravierender.

Je weiter sie kamen, desto schlechter wurde die Luft. Ellen hatte das Gefühl, daß sie seit Stunden unterwegs waren. Einmal hielt sie ein riesiges Spinnennetz aus Wurzeln auf, die kreuz und quer durch den Tunnel verliefen. Zum Glück waren sie abgestorben und brüchig. Obwohl Ellen warnend meinte, daß der Tunnel einstürzen könnte, warf sich Tim mit der Schulter dagegen und brach das Gewirr durch.

»Wir haben keine Zeit, vorsichtig zu sein«, erklärte Jack. »Die Luft ist zu schlecht. Geh weiter, Tim.«

Als sie endlich anhielten, fiel Ellen das Atmen bereits schwer. Der Tunnel endete unmittelbar vor einem Erdwall.

Ellen sah sich verängstigt um. War der Tunnel an dieser Stelle eingestürzt? Es konnte nicht anders sein, denn weit und breit war kein Ausgang zu sehen. Sie würden nie durchkommen.

Tim kniete auf dem Boden.

»Es muß hier eine Leiter gegeben haben.« Er hielt eine vermoderte Sprosse in die Höhe. »Wahrscheinlich befindet sich über unseren Köpfen eine Falltür.«

»Ich steige auf deine Schultern«, sagte Jack. »Ich bin schwerer als du, aber du bist der jüngere.«

»Ja, Sir.«

Sie arbeiteten zusammen, als wären sie ein altes, eingespieltes Team. Tim kniete nieder und verschränkte die Hände, und Jack stieg auf seine Schultern und stützte sich an der Wand ab. Bevor Ellen es sich versah, war die niedrige Decke verschwunden, und oberhalb von ihnen öffnete sich ein Schacht. »Das wird interessant.« Jacks Stimme hallte in dem engen Raum wider. »Hier gibt es eine halb verfaulte Falltür, aber ich bin sicher, daß auf ihr eine meterdicke Schicht von Steinen und Erde liegt.« Als er weitersprach, merkte man seiner Stimme die Anstrengung an. »Sagen wir lieber eineinhalb Meter, denn sie rührt sich nicht. Du bist an der Reihe, Tim.«

Sie wechselten den Platz.

»Ich werde den Rücken dagegenstemmen«, rief Tim hinunter. »Können Sie dann aufstehen?«

»Ich werde es versuchen.«

Jacks Gesicht wurde vor Anstrengung dunkelrot.

»Nein.« Er sank keuchend wieder auf die Knie. »Verdammt!«

»Etwas hat nachgegeben«, sagte Tim. »Ich habe es gespürt. Noch einmal...«

Ellen sah beunruhigt, wie die Adern auf Jacks Stirn anschwollen. Sie wollte gerade etwas sagen, als sie einen gedämpften Ruf, Splittern und Krachen hörte und frische Luft hereinströmte. Jack fiel auf den Bauch, und Tims Beine baumelten lächerlich über seinem Kopf. Dann gab Tim sich einen Ruck, und die Beine verschwanden.

Jack setzte sich auf.

»Ich glaube, eine Bandscheibe hat den Geist aufgegeben«, stöhnte er. »Für so etwas bin ich zu alt.«

Tim rief von oben hinunter: »Heben Sie Penny zu mir herauf, Sir.«

»Hör auf, mich Sir zu nennen«, protestierte Jack.

Er hob Penny hoch, und Tim zog sie an den Händen zu sich. Als nächste kam Ellen an die Reihe. Jack steckte Ishtars schlaffen Körper unter sein Hemd, dann hielten Ellen und Penny Tim an den Beinen fest, während er kopfüber in den Schacht hing und Jack heraufhalf.

»Die Taschenlampe ist noch unten«, knurrte Jack, während er aufstand. »Ich habe sie ausgeschaltet.«

»Es ist ohnehin besser, wenn wir sie jetzt nicht verwenden«, meinte Tim.

Sie sprachen instinktiv leiser. Über ihren Köpfen rauschten die Kronen der Bäume im Wind, aber unten, wo sie standen, war es sehr still und sehr dunkel. Der Mond war noch nicht aufgegangen, und das dichte Blätterdach ließ nicht einmal das schwache Licht des Nachthimmels durch.

»Wo sind wir?« flüsterte Ellen.

»Gute Frage«, sagte Jack. »Du bist dran, Tim.«

»Ich weiß, wo wir sind«, antwortete Tim. »Wir sind sehr weit gekommen und knapp einen Kilometer vom Haus entfernt.«

»Du hast Katzenaugen«, meinte Jack anerkennend.

»Ich bin an die Dunkelheit gewöhnt. Nur – wohin gehen wir?«

»Wieder eine gute Frage.«

Eine Zeitlang sprach keiner von ihnen, sondern horchte auf die leisen Geräusche der Nacht; eine Eule schrie, und ein Vogel antwortete ihr. Ellen bildete sich ein, daß sie ferne Stimmen hörte, aber dann vernahm sie ein anderes Geräusch und klammerte sich an Jacks Arm.

»Die Hunde!«

»Es ist besser, wenn wir weitergehen«, stimmte Jack zu. »Führ uns zu deinem Haus, Tim, denn niemand wird annehmen, daß wir uns dorthin flüchten. Ich brauche nur fünf Minuten und ein funktionierendes Telefon.«

»Martha und Will...« begann Ellen.

»Haben Sie sie nicht gesehen?« unterbrach Tim. »Die sind bei Ihrem Haus. Kommen Sie, hier geht es weiter. Es ist besser, wenn wir einander an den Händen halten.«

Penny sprach zum erstenmal. »Was ist mit der Falltür?« Ellen sah sie jetzt undeutlich: eine dunkle Gestalt neben Tims dunkler Gestalt.

»Laß sie offen, vielleicht fällt jemand hinein«, antwortete Jack.

Ellen fand, daß sie entsetzlich langsam vorankamen. Sie hatte keine Ahnung, wo sie sich befanden. Sie war bestimmt schon in diesem Teil des Waldes unterwegs gewesen, aber in der Dunkelheit gab es nichts, woran sie sich orientieren konnte. Dann begann sie, deutlicher zu sehen. Zuerst glaubte sie, daß ihre Augen sich an die Dunkelheit gewöhnt hatten, doch als das Licht stärker wurde, begriff sie, was es war, und stöhnte laut.

»Verdammt, der Mond ist aufgegangen.«

»Das Licht ist unser geringster Kummer«, widersprach Jack. »Horch.«

Sie blieben stehen. Das Bellen war jetzt ständig zu hören und kam näher.

»Das ist die Gefahr«, sagte Tim. »Tim.«

Tim begriff sofort. »Hier hinüber.«

Das Licht war so hell, daß Ellen den Bach sah. Tim führte sie direkt hinein. Das Wasser fühlte sich an Ellens Füßen angenehm kühl an; es machte ihr nicht einmal etwas aus, daß ihre Schuhe durchweicht wurden. Solange ihnen die Hunde auf der Spur waren, war alles andere unwichtig.

»Wir weichen damit von unserem Weg ab«, sagte Tim und stützte Penny, die auf einem Stein ausgeglitten war. »Aber uns bleibt nichts anderes übrig.«

Der Mond verschwand zeitweise hinter Wolken und tauchte dann wieder auf. Tim legte ein scharfes Tempo vor. Er war der einzige, der nie den Halt verlor; hinter Ellen fluchte Jack, wenn er ausglitt, aber wenn sie stolperte, war seine Hand da und stützte sie. Der Mond trat immer häufiger zwischen den Wolken hervor, und sie kamen gut voran. Es konnte nicht mehr weit bis zum Haus auf dem Hügel sein, auch wenn sie einen Umweg gemacht hatten. Das Bellen wurde leiser.

Doch während sie durch das Wasser stolperten, nahm die Spannung in Ellen zu. Gefahr. Gefahr. Das Wort stand so klar vor ihren Augen, als wäre es mit feurigen Buchstaben auf die Bäume geschrieben.

Natürlich war die Gefahr noch vorhanden. Sie hatten den Wald noch nicht hinter sich. Aber ihre Lage hatte sich entschieden gebessert, seit sie am Fenster gestanden und Mrs. Gapow ihr noch fünf Minuten gegeben hatte. Von den Verfolgern war nichts zu sehen, und das Gebell hatte aufgehört. Warum hatte sie dann das Gefühl, daß ihnen die Gefahr auf dem Fuß folgte?

Tim führte sie aus dem Bach hinaus. Er wirkte jetzt sicherer und lächelte Penny sogar an, als er sie über das Steilufer hinaufzog. Dann reichte er Ellen die Hand, und Jack half von hinten nach. Sobald auch er oben stand, hob er die Hand.

»Horcht!«

Zuerst konnte Ellen das Geräusch nicht identifizieren – ein hohes, schrilles Heulen, das an- und abschwoll. Die fantastischsten Theorien fielen ihr ein, bis endlich der Groschen fiel.

»Sirenen«, rief sie. »Die Polizei oder die Feuerwehr.«

»Ich kann es nicht glauben«, murmelte Tim.

»Nimmst du an, daß sie das Haus angezündet haben?«

»Wenn die Flammen so hoch wäre, daß sie ein Nachbar bemerkt, dann würden wir sie ebenfalls sehen.« Jack blickte in die Richtung zurück, aus der sie angekommen waren. »Vielleicht hast du doch noch ein paar Freunde, Ellen.«

»Wir können also zurückgehen«, meinte Penny.

»Nein!« antwortete Ellen scharf, dann schüttelte sie den Kopf. »Ich weiß nicht, warum ich das gesagt habe. Was ist überhaupt mit mir los? Ich fühle mich so komisch.«

»Kein Wunder.« Jacks Hand schloß sich um ihren Arm. »Es war eine ereignisreiche Nacht. Ich finde, daß du recht hast, Ellen, wir sollten zuerst die Lage erkunden, bevor wir zurückgehen. Hier, nimm die Katze.«

Er überreichte Ellen das schlaffe Bündel. Ishtar schnarchte entsetzlich.

»Entschuldigen Sie, Sir.« Ellen hätte beinahe laut gelacht, weil sich Tims formvollendetes Benehmen so kraß von seiner früheren Verhaltensweise unterschied. »Sie kennen sich hier nicht aus. Lassen Sie lieber mich...«

»Nein!« Penny klammerte sich an ihn. »Dich wollen sie haben.«

Sie stritten eine Weile und einigten sich schließlich darauf zusammenzubleiben. Tim wollte sie zu dem Weg führen, der die beiden Häuser verband, denn dort würden sie eher merken, ob ihre Verfolger in der Nähe waren.

Ellen fiel nichts ein, was gegen den Plan sprach, doch je weiter sie gingen, desto stärker wurde das Gefühl einer zunehmenden Gefahr. Die Sirenen der Einsatzfahrzeuge hatten sie für kurze Zeit beruhigt, aber jetzt schien etwas anderes ihre Vernunft zu beeinflussen, etwas, das nichts von öffentlichem Schutz wußte, das bei jedem Schritt rief: »Gib acht! Gib acht!«

Nach einer Weile erkannte sie einen Orientierungspunkt. Sie befanden sich bereits in der Nähe des Pfades. Einen Augenblick später trat Tim auf eine kleine Lichtung hinaus – die gleiche, auf der er das verletzte Eichhörnchen getötet hatte. Es war keine günstige Stelle, vielleicht war sie deshalb...

Jack befand sich hinter ihr, und Tim und Penny standen Seite an Seite wenige Schritte vor ihr. Ellen hatte das Gefühl, daß sie Grippe bekam. Ihr Kopf war schwer, und ihr war übel. Hinter einer umgestürzten Eiche trat ein Mann hervor, und sie schrie auf.

»Ich habe mir ja gedacht, daß ihr irgendwann hier landen würdet«, sagte er.

Er hatte seine Stimme besser unter Kontrolle als sein verzerrtes Gesicht. Seine Lippen zuckten unbeherrscht.

»Ich nehme an, daß Sie Norman sind«, sagte Jack.

»Und Sie müssen John Campbell sein. Ich weiß nicht, wie Sie hierhergekommen sind, aber Sie befinden sich in einem Irrtum. Schaffen Sie die Frauen fort, Campbell, während ich diesen unglücklichen Jungen den Behörden übergebe.«

Ellen trat einen Schritt vor, so daß sie an Tims Seite stand. Penny umklammerte ihn wie eine Schlingpflanze.

»Gehen Sie weg, Ellen.« Norman hob das Gewehr. »Er ist gefährlich, das sollten Sie am besten wissen.«

»So gefährlich, daß Sie ein Gewehr brauchen, um ihn zur Polizei zu bringen?« fragte Ellen. »Merkwürdigerweise ist es die gleiche Art Gewehr, die die hiesigen Jäger verwenden.«

»Moment mal«, sagte Jack. Er schien sich nicht bewegt zu haben, aber er stand plötzlich neben ihr. »Unterhalten wir uns, Mr.... Macht es Ihnen etwas aus, wenn ich Sie einfach Norman nenne? Ich habe das Gefühl, daß ich Sie sehr gut kenne.«

»Ich habe keine Ahnung, Campbell, was Ihnen die beiden einfältigen Weiber erzählt haben.«

»Sie wissen doch, wie Frauen sind«, meinte Jack beruhigend. »Legen Sie das Gewehr weg, dann können wir uns wie vernünftige Menschen unterhalten.«

»Ich bin der Onkel des Jungen«, erklärte Norman. »Glauben Sie wirklich, daß ich ihm etwas tun würde? Ich will ihn nur zur Polizei bringen.«

»Die Polizei ist also da?«

»Jemand hat sie verständigt.« Normans Gesicht zuckte beunruhigend. »Ich hätte es selbst getan, aber die Leute hielten mich fest. Sie haben es doch gesehen, Ellen? Sie haben gesehen, wie Mrs. Grapow mich niedergeschlagen hat.«

»Ich habe es gesehen«, bestätigte Ellen. Sie hatte Angst, mehr zu sagen. Norman war labil, und ein falsches Wort konnte eine Katastrophe auslösen.

Der Mond beleuchtete die Lichtung beinahe taghell. Norman hielt sich im Schatten der Bäume.

»Der Junge ist gefährlich, Campbell. Es fällt mir schwer, es zuzugeben, doch seit der vergangenen Nacht – er hat ein Mädchen überfallen. Wie können Sie Ihre Nichte mit ihm allein lassen? Aber vielleicht hat man Ihnen nichts von dem Zwischenfall erzählt?«

»Nein«, antwortete Jack. »Das ist entsetzlich.«

»Sie kennen Ellen.« Normans Flüstern klang grauenhaft vertraulich. »Sie wissen, wie sie ist. Natürlich ist sie sehr freundlich und sehr lieb, aber sie versteht den Jungen nicht. Wenn ich kein Gewehr hätte, würde er flüchten. Vielleicht mit Penny als Geisel. Dieses Risiko kann ich nicht eingehen.«

»Ich verstehe, was Sie meinen«, sagte Jack.

Penny sah ihren Onkel entsetzt und ungläubig an. Tim wandte zwar nicht den Kopf, aber Ellen, deren Schulter seinen Arm berührte, spürte, wie sich seine Muskeln verkrampften. Nachdem er sein Leben lang gegen eine Mauer aus Haß und Mißtrauen angerannt war, hatte er endlich zwei Erwachsene gefunden, die ihm anscheinend vertrauten. Aber jetzt benahmen sie sich wie alle anderen und waren bereit, ihn auszuliefern. Ellen wäre nicht überrascht gewesen, wenn er Penny gepackt und versucht hätte, zu entkommen. Sie wollte ihn und Penny beruhigen. Jack glaubte Norman kein Wort, er versuchte nur, ihn abzulenken; aber wenn sie etwas sagte, warnte sie Norman.

»Ach verdammt«, sagte Tim in seinem alten, höhnischen Tonfall. »Wir vergeuden nur unsere Zeit. Laß mich los, Penny. Ich gehe mit dem alten Normie mit, wenn er dann endlich den Mund hält.«

Er trat einen Schritt vor. Ellen griff nach ihm. Penny klammerte sich schreiend an seinen anderen Arm. Jack stieß einen unverständlichen Laut aus und setzte sich in Bewegung. Dann ging das Gewehr los.

Ellen war einige Sekunden lang blind und taub. Dann sah sie, daß Jack auf dem Boden lag.

Im nächsten Augenblick setzte er sich auf.

»Verdammt«, sagte er deutlich. »Das war eine Meisterleistung von euch.«

Norman hatte sich hinter den umgestürzten Baumstamm zurückgezogen und war unangreifbar.

»Es war ein unglücklicher Zufall«, murmelte er. »Ich bin an dieses Ding nicht gewöhnt. Zwingen Sie mich nicht, etwas Unvernünftiges zu tun, Campbell. Es ist Ihre Schuld, wenn jemand verletzt wird. Und natürlich auch Tims Schuld. Ich will niemanden verletzen...«

Jack erhob sich. Er stand jetzt genau vor Tim, und als das dem Jungen klar wurde, versuchte er, sich an ihm vorbeizudrängen. Jack schob ihn mit dem Ellbogen zurück.

»Sie spielen mit dem Tod, mein Freund«, sagte er zu Norman, »und ich habe genug von diesen kindischen Spielen. Geben Sie mir das Gewehr.«

Einen Augenblick lang glaubte Ellen, daß der zwingende Ton Erfolg haben würde. Aber Norman hatte sich so weit vorgewagt, daß er nicht mehr aufgeben konnte.

»Nein«, sagte er. »Nein, Sie bekommen es nicht. Ihr seid alle verrückt, aber ich werde euch retten, auch wenn ihr es nicht verdient. Komm herüber, Tim, oder ich schieße. Ich zähle bis fünf, dann schieße ich, und es ist mir egal, wer mir im Weg steht.«

In diesem Moment erblickte Ellen es auf einem Ast über seinem Kopf. Wahrscheinlich war das Mondlicht weiter gewandert und hatte es erreicht, denn sein weißes Fell leuchtete. Es saß nur einen Augenblick lang auf dem Ast, aber in diesem Augenblick nahm Ellen dank des seltsamen, leuchtenden Lichtscheins, der es umgab, jede Einzelheit wahr. Es war klein, dick und langhaarig; in dem Gesicht mit den Schnurrhaaren saß ein zartes rosa Näschen, und seine Augen leuchteten wie zwei winzige rote Rücklichter.

Die Katze ließ sich direkt auf Normans ungeschützten Kopf fallen.

Norman schrie. Ellen hatte noch nie ein menschliches Wesen so schreien gehört. Das Gewehr fiel zu Boden. Norman stolperte nach hinten und griff nach seinem Gesicht, das von einem sich bewegenden, weißen Pelz bedeckt war, wie ein Ungeheuer aus einem Roman von H. G. Wells.

Vor Entsetzen erstarrt, preßte sie Ishtars schlaffen Körper an sich. Jack warf sich nach vorn, und als er wieder auf die Beine kam, hielt er das Gewehr in der Hand. Er reichte es Tim und drehte sich dann um. Aus der Dunkelheit unter den Bäumen kamen Geräusche, aber sie hielten nicht lange an.

13. Kapitel

Ellen stand am Küchenfenster. Es war ein schöner Tag; die Sonne schien, die Rosen blühten, und die Drosseln neckten wieder einmal Ishtar. Sie saß geduckt auf der Treppe und knurrte wie ein Vulkan, während die graziösen grauen Vögel im Sturzflug über sie hinwegflitzten; ihr Zwitschern klang wie Gelächter. Das Vergnügen war ausschließlich einseitig, und Ishtar war an diesem Morgen noch schlechter gelaunt als sonst. Sie war über die Demütigungen empört, die sie in der vergangenen Nacht erlitten hatte.

Als Jack hereinkam, drehte sich Ellen um. Sein Gesicht war mit graumelierten Bartstoppeln bedeckt, und seine Kleidung – die gleiche, die er in der vergangenen Nacht getragen hatte – wies die Spuren ihrer nächtlichen Abenteuer auf. Doch er nahm den Kaffee, den sie ihm reichte, mit strahlendem Lächeln entgegen.

»Es ist wie in alten Zeiten«, stellte er fest.

»Schlafen die Kinder noch?«

»Und ob. Wenn Tim schläft, erinnert er mich an Phil – er nimmt das ganze Bett ein und hat die Laken um sich geschlungen, als wären sie die Schlangen und er Laokoon.« Sein Lächeln schwand. »Ist dir klar, daß der Junge zum erstenmal seit sieben Jahren zu Bett gegangen ist, ohne sich vor dem nächsten Morgen zu fürchten?«

»Wahrscheinlich hat er gelegentlich selbst daran gezweifelt, daß er normal ist, und hat sich gefragt, ob er die Dinge, deren Norman ihn beschuldigte, vielleicht doch getan hat. Ich verstehe nicht, wie Norman das geschafft hat.«

»Das ist ihm ganz leichtgefallen. Tim war mit vierzehn

schon so groß wie ein Erwachsener und sah seinem Onkel ähnlich. Bis zu diesem Zeitpunkt war es noch leichter. Norman nützte jedes zufällige Unglück aus; wahrscheinlich hat er einige selbst arrangiert. Wenn etwas geschah, stürzte er zum Haus des Opfers, schwenkte sein Scheckbuch und stammelte Entschuldigungen. Außerdem darfst du dir Tim nicht als edelmütiges Wesen vorstellen. Alle normalen Kinder sind kleine Teufel.«

Jack lächelte, in selige Erinnerungen versunken, und Ellen lachte.

»Ja, ich habe von deinen Schandtaten gehört. Ihr Männer seid doch alle gleich... Was fangen wir mit Tim an, Jack?«

»Ich bin froh, daß du dich damit abgefunden hast!«

»Womit?«

»Daß Tim zur Familie gehört.«

»Moment mal, das habe ich nicht gemeint. Penny ist erst sechzehn, und ich will nicht, daß sie... Ich mag Tim, und er tut mir leid, aber...«

»Deine Haltung ist sehr weltfremd. Die meisten Mütter würden nach zwei Millionen greifen, auch wenn der Besitzer Jack the Ripper wäre. Wir sollten ihn uns schnappen, bevor er in die Welt hinauszieht und sieht, was er alles bekommen kann.«

»Ich würde Penny auch nicht für zwanzig Millionen...« Sie bemerkte seine amüsiert funkelnden Augen und unterbrach sich mitten im Satz.

»Du solltest dich schämen, mich so hereinzulegen.«

»Ich stimme dir wie immer voll zu. Aber verdammt, Ellen, diese Beziehung ist fantastisch. Ich habe noch nie so etwas erlebt. Wie sie sich rückhaltlos für ihn in den Kampf gestürzt hat, schlau und intelligent wie eine Erwachsene...«

»Weil sie in dem Augenblick, in dem sie ihn sah, wußte, daß er nie etwas Unrechtes tun konnte«, murmelte Ellen.

»Es gab auch andere Gründe. Wenn du davon ausgehst, daß Prophezeiungen heutzutage unüblich sind, dann sind deine Erfolge verblüffend, und es muß eine Erklärung dafür geben. Es kann kein Zufall gewesen sein. Am unerklärlichsten ist aber, daß du das nicht selbst bemerkt hast, denn dann hättest du auch andere Dinge bemerkt. Warst du so von...«

Er unterbrach sich, und Ellen, die sich zu ihm an den Küchentisch gesetzt hatte, sah ihn erstaunt an.

»Nein«, sagte sie, als sie endlich begriff. »Nein, es war nicht Norman. Ich war nie... ich habe nie... es war nicht Norman, sondern etwas anderes.«

Jack wollte etwas sagen, aber Ellen ließ ihn nicht zu Wort kommen. Sie mußte es aussprechen, denn nur so konnte sie es exorzieren.

»Ich habe bis jetzt nicht gewagt, es zuzugeben«, fuhr sie fort. »Jetzt kann ich es, weil Penny verschiedenes erklärt hat, das mir Angst gemacht hat. Alles, was ich erlebte, konnte auch rational erklärt werden. Aber es war so viel, daß es mir über den Kopf wuchs.«

Sie erzählte Jack vom Schatten. Er hörte ihr aufmerksam zu, und als sie fertig war, nickte er nachdenklich.

»Suggestion.«

»Du weißt nicht, wie real es war, Jack. Es... sie... die Gestalt hing.«

Er begriff sofort, was sie meinte.

»Hast du je herausbekommen, in welchem Raum sie gestorben ist?«

»Natürlich. Ed sagt, daß es ihr Zimmer war, ihr Schlafzimmer. Du verstehst, was das bedeutet.«

»Klar, ich weiß, wozu Schlafzimmer da sind.« Er lächelte etwas gezwungen. »Es paßt zum dem Teil der Legende, den du von Tim gehört hast. Es ist ein beliebtes Thema, Ellen – der scheinheilige Puritaner und die schöne, amoralische Frau. Unzählige Schriftsteller haben es bereits behandelt. Sie lockte ihn in ihr Bett und nahm ihm seine Selbstachtung, also nahm er ihr das Leben. Oder sie lockte ihn in ihr Bett und verweigerte sich ihm dann... er hängte die Leiche auf, so daß der Strick die Würgemale verdeckte, die seine Hände auf ihrem Hals hinterlassen hatten. Vielleicht sollten wir gemeinsam ein Buch schreiben. Zur Zeit verkaufen sich Horrorstories gut.«

»Du findest immer die richtig Erklärung, Jack, aber du hast keine Ahnung, wie sehr es mich bedrückt hat. Zeitweise hatte ich sogar das Gefühl, besessen zu sein. Je mehr Schwierigkeiten ich mit der Stadt bekam, desto mehr identifizierte ich mich mit ihr.«

»Das ist verständlich. Möchtest du einen Priester kommen lassen, Ellen? Pater Kelly würde es bestimmt tun. Nicht, um zu exorzieren, sondern um ein Gebet zu sprechen.«

Er meinte es vollkommen ernst, und Ellen dachte genauso ernsthaft darüber nach.

»Nein«, sagte sie schließlich. »Ich halte es nicht für notwendig. Es klingt komisch, Jack, aber ich hatte nie Angst vor ihr. Außerdem könnten wir uns in bezug auf Marys Religion irren. Wenn sie nicht katholisch war, dann reizt Pater Kelly sie vielleicht.«

»Du hast also nicht vor, das Haus zu verkaufen?«

»Um Himmels willen, nein, nicht nach allem, was ich durchgemacht habe. Damit meine ich, daß das Schlimmste vorbei ist. Ich glaube nicht, daß mir die Bewohner der Stadt noch Schwierigkeiten machen werden.«

»Das glaube ich auch nicht; dazu hat ihnen dein Freund Ed zu gründlich die Meinung gesagt. Es ist schade, daß er so ein Eigenbrötler ist; in der UNO wäre er am richtigen Platz.«

Sie verstummten beide, wei! sie sich daran erinnerten, was nach ihrer Heimkehr geschehen war. Die Bundespolizei hatte die Situation im Griff gehabt; sie hatte den Pöbel zerstreut und die Rädelsführer verhaftet. Die Mitläufer hatten nur zu bereitwillig gegen sie ausgesagt. Die einzige, die Widerstand leistete, war Mrs. Grapow gewesen. Sie brüllte biblische Warnungen, als Ellen mit ihrer Familie eintraf, verstummte jedoch bald, als Jack mit seinem Bericht begann. Er beschuldigte Norman unter anderem des Mordversuchs und des schweren tätlichen Angriffs. Die Polizisten reagierten zunächst ungläubig, doch Jacks Auftreten und sein Ausweis machten Eindruck, und Norman versuchte nicht zu leugnen. Er sprach kein Wort und nahm auch dann nicht die Hände vom Gesicht, als er zum Polizeiwagen geführt wurde.

Das Verhalten einiger von Ellens Nachbarn war für sie herzerwärmend gewesen. Ed Salling hatte nicht die Polizei geholt, denn das hätte gegen seine Grundsätze verstoßen. Er war ihr einfach zu Hilfe gekommen, war mit seinem alten Lastwagen gefahren, als wäre der Teufel hinter ihm her; unterwegs hatte er so viele verantwortungsbewußte Bürger eingesammelt, wie es ihm in der Eile möglich war. Er hatte den Ernst der Situation erst erfaßt, als ihn eine Abordnung der Teenager der Stadt um Hilfe bat. Alle Jugendlichen der Stadt, Bob Muller inbegriffen, hatten sich beteiligt. Joyce hatte die Polizei verständigt. Dann hatten sie sich in Klaus' alte Kiste gezwängt und waren zu Ellens Haus gefahren. Als Ellen und die ihren eintrafen, waren sie gerade dabei, Suchtrupps zusammenzustellen.

Ellen glaubte nicht, daß sie mit der Stadt noch einmal Schwierigkeiten bekommen würde.

Jack räusperte sich.

»Ellen ... ich glaube nicht, daß du ... das heißt, würdest du ...«

Ellen hörte Penny und Tim erst, als sie hereinkamen. Penny ging immer leise, und Tim hatte im Wald gelernt, sich lautlos wie ein Indianer zu bewegen. Jack unterbrach sich. Ellen fiel auf, daß er sich über etwas ärgerte, aber sie hatte andere Sorgen. Tim satt zu kriegen, war eine Ganztagsbeschäftigung. Während sie Schinken mit Ei und Pfannkuchen verteilte, erinnerte sie sich daran, daß Tim in den letzten Jahren nicht nur Schlafstörungen gehabt, sondern wahrscheinlich auch zuwenig gegessen hatte. Er hatte es bestimmt nicht dreimal täglich ertragen, daß Martha ihm scheinheilige Vorwürfe machte und ätzende Bemerkungen über seine Mutter fallen ließ. Ellen schlug noch zwei Eier in die Pfanne und nahm sich vor, Tim zu fragen, ob sie dabei sein durfte, wenn er Martha hinauswarf.

Während die beiden Teenager aßen, sprach kaum jemand; sogar Jack war ungewöhnlich schweigsam. Sobald Tims erster Hunger gestillt war, wandte er sich an Jack: »Sir...«

»Hör auf, mich ›Sir‹ zu nennen«, brummte Jack.

»Wie soll ich Sie denn nennen?«

»Mylord?« schlug Ellen vor und nahm Jack den Toast aus der Hand, den er zwischen den Fingern zerbröselte. »Eure Heiligkeit? Ehrwürdiger...«

»Ich habe einen Vornamen«, unterbrach sie Jack.

»Darf ich wirklich?«

»Es ist am einfachsten.« Jack schob seinen Stuhl zurück und musterte Tim, der ihn voll rückhaltloser Bewunderung ansah. »Du bist bestimmt noch durcheinander, deshalb halte ich es für verfrüht, jetzt schon über deine Zukunft nachzudenken.«

»Ich weiß, was ich werden will.«

»Und zwar?«

»Tierarzt. Darf ich?«

»Du mußt überhaupt nichts werden«, meinte Jack zögernd. »Du wirst ein reicher Mann sein, selbst nachdem der Staat dich um seinen Anteil erleichtert hat.«

»Aber ich möchte Tierarzt werden.« Tim tat zwei Millionen Dollar mit einem Achselzucken ab. »Es geht nur darum, ob es möglich ist. Ich war nämlich ein verdammt schlechter Schüler. Ich habe sehr viel gelesen, aber nie gelernt. Ich wäre sitzengeblieben, wenn die Lehrer mich nicht durchgelassen hätten, um mich loszuwerden.«

»Veterinärmedizin.« Jack dachte nach. »Es ist ein schweres Studium, aber du kannst es ja versuchen. Nimm dir ein Jahr lang einen Hauslehrer oder gehe in eine vorbereitende Schule und versuche dann, in ein College aufgenommen zu werden.«

»Saint Edmund ist eine sehr gute vorbereitende Schule«, bemerkte Penny unschuldig.

»Natürlich«, antwortete Jack trocken. »Und nur einen Kilometer von Rosecroft entfernt, was? Ich meine, daß du ein Jahr im Ausland verbringen solltest, Tim. Ich hatte noch keine Gelegenheit, es dir zu erzählen, Ellen, aber Phil möchte diesen Herbst nicht ins College eintreten, sondern sich ein Jahr lang den Wind um die Nase wehen lassen. Ich habe mich damit einverstanden erklärt, unter der Bedingung, daß er dieses Jahr in meiner Nähe verbringt und regelmäßig Privatunterricht nimmt. Nichts spricht dagegen, daß Tim sich uns anschließt.«

Tims Augen waren groß wie Untertassen, und Ellen seufzte unhörbar, aber erleichtert auf. Die arme Penny sah aus wie ein Kind, das unter dem Weihnachtsbaum keine Geschenke vorgefunden hat. In diesem Augenblick hatte Tim vergessen, daß es sie gab, und das war in Ordnung. Tim war aus gutem Holz geschnitzt; nur wenige Erwachsene hätten Normans Kampagne sieben Jahre lang so gut durchgestanden. In einigen Jahren ... Ellen gab sich konventionellen mütterlichen Zukunftsvisionen hin.

Dann sah sie zu Jack hinüber und war froh, daß er auf seinen Teller blickte, um Tim in Ruhe über seinen Vorschlag nachdenken zu lassen. Ihr Gesicht hätte ihre Gefühle verraten. Sie konnte nicht anders, sie mußte ihn lieben. Er hielt ihr vor, daß sie sich überall einmischte, aber er war der erste, der anderen hilfreich die Hand entgegenstreckte.

Eine heftige Auseinandersetzung vor der Tür unterbrach ihren Gedankengang. Zischen, Knurren, Kreischen – es klang nach einem kleinen Krieg.

Tim war aufgesprungen.

»Ein Katzenkampf. Glaubt ihr...«

»Ishtar!« Ellen lief zur Tür.

Ishtar kauerte vor einem Fliederbusch. Sie hatte sich zur eineinhalbfachen Größe aufgeplustert und knurrte so drohend, daß ihr Körper bebte. Die andere Katze war unsichtbar. Wahrscheinlich hatte sie sich unter den Busch zurückgezogen.

Weil Tim Ellen um einen Kopf überragte, sah er mehr als sie.

»Das ist meine Katze«, strahlte er. »Es ist doch merkwürdig, daß sie gerade jetzt daherkommt, als wüßte sie... Darf ich sie ins Haus nehmen? Bitte.«

Ellen dachte an Flöhe, Bandwürmer und an ähnliches.

»Selbstverständlich«, antwortete sie, ohne eine Sekunde zu zögern. »Vorausgesetzt, du kannst sie fangen.«

Tim ging zum Busch. Ishtar rührte sich nicht, sondern knurrte ihn nur an.

»Ich werde Ishtar holen«, sagte Penny und folgte Tim. »Danke, Mami.«

»Das ist das mindeste, was ich tun kann. Ich muß diese Katze adoptieren, ganz gleich, ob Ishtar damit einverstanden ist oder nicht. Schließlich hat sie...«

Die Tür fiel vor ihrer Nase zu, und sie drehte sich zu Jack um, der als einziger übriggeblieben war.

»Schließlich hat sie uns allen das Leben gerettet«, sagte sie.

»Was hat sie getan?«

»Uns das Leben gerettet.« Tim, Penny und die Katzen

waren verschwunden. Ellen hörte Penny lachen und Ishtar wütend kreischen; dann fuhr sie fort: »Wenn die Katze Norman gestern nacht nicht auf den Kopf gesprungen wäre, wäre einer von uns verletzt worden.«

Jacks Gesichtsausdruck war so verständnislos, daß es sehenswert war.

»Wovon sprichst du, Ellen?«

»Du mußt es doch gesehen haben. Auf dem Ast oberhalb von Norman. Sie ist gesprungen oder hast sich fallen lassen oder...« Sie warf einen Blick auf Jacks Gesicht und verstummte. »Du hast es nicht gesehen?«

»Es hätte ein Tier sein können. Ich habe nichts auf dem Baum gesehen, denn ich habe mich ausschließlich auf Norman konzentriert.«

»Hast du wenigstens irgend etwas gesehen?«

»Ich habe etwas gesehen, das wie Mondlicht wirkte. Als hätten sich die Blätter bewegt, so daß der Mondschein auf seine Haare fiel. Norman schrie, stolperte oder so ähnlich, ließ das Gewehr fallen...«

»Es war eine Katze«, sagte Ellen. »Eine weiße Katze. Normans Gesicht muß ganz zerkratzt sein.«

»Er war vollkommen unverletzt.«

Sie starrten einander an.

»Ich wollte dich etwas fragen, Jack, hatte aber letzte Nacht keine Gelegenheit dazu. Warum bist du gekommen? Noch dazu im letzten Augenblick wie der *Deus ex machina* in einem Theaterstück?«

»Du wirst es nicht glauben.«

»Versuch es.«

»Ich saß in meinem Hotelzimmer«, erzählte Jack. »Es war später Nachmittag. Die Sonne schien noch. Ich war in meine Arbeit vertieft. Plötzlich – es ist schwer zu erklären – plötzlich hörte ich dich. Deine Stimme rief meinen Namen. Etwas ergriff von mir Besitz und zwang mich, etwas zu unternehmen. Meine Denkfähigkeit war nicht beeinträchtigt, ich wußte genau, was ich tat. Ich versuchte, dich anzurufen. Kein Freizeichen. Die Telefonzentrale sagte, die Leitung sei gestört. Darauf rief ich die Rezeption an und bestellte einen Wagen. Erst als ich schon beinahe bei dir war, ließ mich das Ding wieder los. Trotzdem konnte ich nicht umkehren und versuchte es auch nicht. Ich fuhr so schnell, wie ich es den Jungen immer verboten habe.«

»Ich verstehe.«

»Glaubst du mir?«

»Ja.«

»Hast du mich gerufen, Ellen?«

»Nur in Gedanken.« Ellen erinnerte sich an die erste Konfrontation mit Mrs. Grapow und dem Pastor. Das mußte ungefähr um diese Zeit gewesen sein.

»Anscheinend war Marys Geist gegen fünf Uhr nachmittags sehr beschäftigt. Eine Zeitlang hatte sie mich ebenfalls in ihren Klauen. Du hättest hören sollen, wie gut ich fluchen kann.«

»Ich habe dich schon früher gehört. Du brauchst keinen Nachhilfeunterricht von Geistern.«

»Aber du hast ihn gebraucht. Und wie bist du auf den Tunnel gekommen? Ich hatte ihn vergessen.«

»Das spricht gegen deine Theorie von der Besessenheit. Wenn uns deine Hexe nur an den Fluchtweg erinnern wollte, hätte sie mich nicht hineinziehen müssen. Du behauptest, daß sie von dir Besitz ergreifen kann, oder wie immer du das nennst.«

»Sie kann mir nur Gefühle vermitteln. Sie braucht ein – Vehikel –, einen Menschen, der dafür empfänglich ist und darauf reagiert. Als ich zum erstenmal hier war, erfaßte mich ein wildes Triumphgefühl ... Eds Tante hatte in all den Jahren, in denen sie hier gelebt hat, nichts gespürt. Aber ich war zu offen und ihr zu ähnlich. Als sie versuchte, mich zu erreichen, brannten die Sicherungen durch, wie bei einer überlasteten Leitung.«

»Vor einigen Minuten warst du bereit, den Geistern abzuschwören, Ellen. Was ist jetzt über dich gekommen?«

»Du«, antwortete Ellen einfach. »Die Menschen können sich nicht selbst beurteilen. Vielleicht bin ich abergläubisch und leicht beeinflußbar, vielleicht neige ich dazu, mir Schatten, Katzen und Verwünschungen einzubilden. Aber du bist anders. Ich kenne dich. Um bei dir ein so ungewöhnliches Verhalten auszulösen, ist tatsächlich etwas erforderlich, das nicht aus unserer Welt stammt.«

»Es war jedenfalls kein verdammter Geist«, widersprach Jack zornig.

»Was war es denn?«

Der Katzenkampf hatte sich in eine entfernte Ecke des Hofs verlagert. Jack betrachtete die Tür, als säße er in der Falle. »Die verdammten Kinder kommen immer wieder herein«, stellte er unfair fest. »Sie geben mir nie die Möglichkeit... Ich werde dir erklären, was es war. Ich habe nie bezweifelt, daß es außersinnliche Wahrnehmungen gibt, vor allem in Augenblicken außergewöhnlicher emotionaler Belastungen. Wenn zwei Menschen einander nahestehen, dann kann einer dem anderen Gefühle übermitteln, wenn das Bedürfnis dazu sehr stark ist. Ich habe deine Bedrängnis gefühlt. Du befandest dich in Gefahr, und – du kannst nicht in Gefahr geraten, ohne daß ich es weiß, Ellen. Ellen... könntest du... ich meine, wäre es möglich, daß...«

Die Küchentür ging auf. Jack stöhnte und schlug mit der Faust auf den Tisch.

Penny kam mit Ishtar herein; die Katze wand sich in ihren Armen wie ein zum Leben erwachter, dämonischer Pelzmuff. Einen Augenblick lang fiel das Licht auf ihre Augen, die rot aufleuchteten.

Penny beförderte Ishtar schleunigst in den Keller, als

Tim mit einer zweiten Katze eintrat. Es war ein großes, mageres, heruntergekommenes Tier, das verängstigt wirkte, aber ruhig in Tims Armen liegenblieb.

Er wird ein guter Tierarzt sein, dachte Ellen. Wir werden überrannt werden – Schlangen, Mäuse, Vögel … von mir aus kann er auch Elefanten halten, wenn es ihn glücklich macht.

Sie öffnete eine Dose mit Katzenfutter, und der Eindringling begann, es laut und geräuschvoll hinunterzuschlingen. Tim saß mit untergeschlagenen Beinen auf dem Boden und streichelte den knochigen Rücken.

»Sie kennt mich«, erklärte er stolz. »Die meisten Katzen knurren, wenn man sie beim Fressen stört.«

Penny kam zurück, setzte sich neben Tim auf den Fußboden und blickte zu ihrem Onkel auf.

»Was ist los? Du siehst wütend aus.«

»Hat einer von euch gestern nach eine Katze gesehen?« fragte Jack.

»Ishtar?«

»Eine weiße Katze auf einem Ast über Normans Kopf.«

Tim schüttelte den Kopf.

»Ich habe die Augen zugemacht«, gestand Penny. »Als er zu zählen begann, habe ich sie einfach zugemacht und gebetet.«

»Die Katze hatte blaue Augen«, sagte Ellen; sie stellte eine Tatsache fest. »Nur blaue Augen leuchten in der Dunkelheit rot. Ich habe sie genauso deutlich gesehen wie euch jetzt.«

»Nein«, wiederholte Penny. »War das die falsche Antwort? Du siehst noch immer wütend aus, Onkel Jack.«

»Ich bin nicht deshalb wütend«, knurrte Onkel Jack.

Pennys Blick wanderte von Jack zu ihrer Mutter. »Seid ihr noch immer nicht soweit? Ich hatte geglaubt, daß wir heute morgen die Zukunft besprochen haben.«

»Wenn ihr mich nicht ständig unterbrechen würdet …«

»Wovon redet ihr eigentlich?« fragte Ellen neugierig.

»Er möchte dich fragen, ob du ihn heiraten willst«, antwortete Penny und rutschte dann schnell auf ihrer Kehrseite weiter, bis sie sich hinter Tim und seiner Katze befand. Ihr Onkel hatte sie angestarrt und sich dann zielstrebig erhoben. »Ich wollte dir ja nur helfen«, jammerte sie. »Du bist zu langsam. Warum bringst du es nicht hinter dich?«

Jack kratzte sich am Kinn. »Vielleicht hast du recht, ich kann die Spannung ohnehin nicht mehr ertragen. Willst du, Ellen?«

»Ganz bestimmt nicht.« Ellens Wangen waren feuerrot. »Du würdest alles auf dich nehmen, um mich vor meiner Unfähigkeit zu beschützen, richtig? Ich habe dir gesagt, daß ich keine Angst habe.«

»Aber ich habe Angst.« Jack schien sein Publikum vergessen zu haben. »Ich habe Angst davor, ohne dich zu leben. Gefehlt haben mir nicht die Kinder, sondern du. Es waren die elendsten Wochen meines Lebens. Nein, warte, ich will dir zuerst alles sagen. Du mußt weder dein Haus noch dein Gespenst aufgeben. Wir werden jeden Abend eine Untertasse mit Milch vor die Tür stellen, wie sie es in Irland tun. Nur noch ein Jahr dieser Hetzjagd, und ich gehe in Pension. Ich will im Garten sitzen und zusehen, wie die Rosen wachsen. Vielleicht werde ich sogar das Buch schreiben, von dem ich immer spreche. Darf ich hierherkommen? Bitte.«

»Du willst mich nur heiraten, weil ich dir leid tue.« Ellen hatte die Zuhörer ebenfalls vergessen.

»Mir fehlen die Worte.«

Jack brachte mit einem einzigen Schritt die Katze, die Schüssel und das gefesselt zuhörende junge Paar hinter sich und schloß Ellen in die Arme.

Nach einiger Zeit hob er den Kopf.

»Will ich dich heiraten, weil du mir leid tust?«

»Nein«, gab Ellen zu.

Jack wendete den Kopf, ohne Ellen loszulassen.

»Verschwindet, ihr beiden.«

Eine gute Weile später spürte Ellen, daß sich etwas um ihre Knöchel wand, und zuckte erschrocken zusammen. Jack ließ sie los.

»Vermutlich wird immer eine Katze zwischen uns stehen.« Er betrachtete stirnrunzelnd die weiße Promenadenmischung. Die Katze schnurrte heiser. Die Futterschüssel war leer.

»Sie möchte noch etwas Futter«, sagte Ellen. »Ist es dein Ernst, daß wir unser Gespenst behalten werden?«

»Das mit der Milch war ein Scherz.«

Ellen bückte sich und nahm Tims Katze auf den Arm. Sie schnurrte weiter und hob den Kopf, als Ellen sie unter dem Kinn kraulte. Sie hatte die Augen halb geschlossen, aber man konnte trotzdem ihre Farbe erkennen. Sie waren grüngelb.

Ellen setzte die Katze auf den Boden.

»Wir werden die Milch hinausstellen«, beschloß sie.

HEYNE BÜCHER

Mary Higgins Clark

Ihre psychologischen Spannungsromane sind ein exquisites Lesevergnügen. »Eine meisterhafte Erzählerin.«

Sidney Sheldon

Schrei in der Nacht
01/6826

Das Haus am Potomac
01/7602

Wintersturm
01/7649

Die Gnadenfrist
01/7734

Schlangen im Paradies
01/7969

Doppelschatten
Vier Erzählungen
01/8053

Das Anastasia-Syndrom
01/8141

Wo waren Sie, Dr. Highley?
01/8391

Schlaf wohl, mein süßes Kind
01/8434

Mary Higgins Clark (Hrsg.)
Tödliche Fesseln
Vierzehn mörderische Geschichten
01/8622

Wilhelm Heyne Verlag
München

HEYNE BÜCHER

Ellis Peters

Spannende und unterhaltsame Mittelalter-Krimis mit Bruder Cadfael, dem Detektiv in der Mönchskutte.

»Ellis Peters bietet Krimi pur.« Neue Züricher Zeitung

01/8669

Außerdem erschienen:

Ein Leichnam zuviel 01/6523

Die Jungfrau im Eis 01/6629

Das Mönchskraut 01/6702

Der Aufstand auf dem Jahrmarkt 01/6820

Der Hochzeitsmord 01/6908

Zuflucht im Kloster 01/7617

Des Teufels Novize 01/7710

Lösegeld für einen Toten 01/7823

Ein ganz besonderer Fall 01/8004

Mörderische Weihnacht 01/8103

Der Rosenmord 01/8188

Der geheimnisvolle Eremit 01/8230

Pilger des Hasses 01/8382

Wilhelm Heyne Verlag
München